GERHARDT MULDER

ROTTERDAMSE PENOZE

OVER KRUIMELDIEVEN EN KEIHARDE KILLERS

GERHARDT MULDER

ROTTERDAMSE PENOZE

OVER KRUIMELDIEVEN EN KEIHARDE KILLERS

JUST PUBLISHERS

Auteur: Gerhardt Mulder

Omslagontwerp: Ben Gross
Redactie en productie: Vitataal, Feerwerd
Opmaak: Studio Spade, Voorthuizen
Kaart: BlokPlan, Breda

ISBN 97890 8975 295 6
NUR: 330

WWW.JUSTPUBLISHERS.NL

Inhoud

Voorwoord

Het was in mei 2002 dat ik in het Rotterdamse stadhuis geëmotioneerd mijn naam schreef in het condoleanceregister van de vermoorde Pim Fortuyn. Ivo Opstelten – bekend om zijn karakteristieke stemgeluid, luid en duidelijk als een scheepshoorn klinkend vanaf de Maas – was in die tijd burgemeester van Rotterdam. Toen ik na de ondertekening weer naar buiten kwam en al die bedroefde stadsgenoten voor het stadhuis zag staan, kreeg ik het idee iets over de penoze van Rotterdam te schrijven.

Research alleen is niet voldoende om iets van de handelingen, gedachten en intenties van de penoze te kunnen begrijpen. Je moet zelf een vrije jongen zijn om je te kunnen inleven in de penoze, om te ontdekken waarom hij handelt zoals hij handelt. Je moet iets snappen van het milieu waaruit hij komt, van zijn opvoeding en karakter. Alleen dan is uit te leggen waar zijn brutaliteit, de kunst van het liegen en zijn vindingrijkheid vandaan komen. Het zijn allemaal kenmerken van de vrije jongens van de penoze. En die penoze kun je alleen van binnenuit begrijpen.

Zelf ben ik zo'n vrije jongen, die, in en na de oorlog, opgroeide in een arme volksbuurt. Het was een tijd waarin mijn vader – weduwnaar – allerlei strapatsen moest uithalen om zijn drie kinderen in leven te houden en te kleden. Overal waar het mogelijk was werd er iets 'geritseld'. Hij stal, alleen of met kompanen, op het spoorwegemplacement steenkolen uit wagons. De kolen gingen in de kachel of werden geruild. Hij roofde uit een school, die was omgebouwd tot 'Postamt' (postkantoor) van de Duitsers, de lange bruine velours overgordijnen. Daar maakte hij zelf kinderkleren van, zodat mijn broers en ik door het leven gingen als 'de Bruine Beertjes'. Mijn vader werkte in een meelfabriek en had een brede gordel van zeildoek gemaakt, die hij dagelijks vulde met meel en naar buiten smokkelde. Daar werd brood van gebakken, waarvan een gedeelte weer werd geruild voor andere etenswaren.

Voor een ontvankelijke jongen zoals ik werd de avontuurlijke en creatieve kant van mijn vader, die ik adoreerde en van wie ik erg veel hield, ongewild een deel van mijn opvoeding. Ik werd een impulsieve dromer en fantast, het type jongen dat van het 'hun' graag het 'mijn' maakte. Zo vond ik het niet vreemd om als tiener in te breken in een kantoor om te nemen wat ik nodig had. Helaas werd ik gesnapt. Het was misschien niet zo handig dat ik dit deed in het gerechtsgebouw. Mijn ondeugd verscheen in de krant dan ook onder de kop: 'In het hol van de leeuw'.

Later vond ik het als dienstplichtig militair heel 'gewoon' om enkele keren ongevraagd een jeep te lenen en daarmee met een roodharige vriendin naast me door de stad te toeren. Het meisje had ik als rechtgeaarde militair wel een helm opgezet. Ik werd aangehouden en accepteerde de straffen voor joyriding van de krijgsraad te velde met een glimlach.

De meeste lol beleefde ik in die jaren toen ik op de kermis optrad in een sensatiebaan als Dracula, de aristocratische vampier uit Transsylvanië, en als angstaanjagende grizzlybeer.

Ik had plezier in mijn leven en voelde me in die jaren echt een vrije jongen. En dat zou ik diep vanbinnen altijd blijven, zoals uit dit boek blijkt. Niettemin werd de kronkelige weg die ik mijn jonge jaren aflegde gaandeweg een keurig geplaveide straat. Ik ging in legale zaken, verdiende goed en gebruikte de mensenkennis en slimmigheidjes die ik door mijn jeugdervaringen had verkregen op een manier waardoor ik op mijn 53e stil kon gaan leven.

Het gilde van de penoze zit anders in elkaar. Penoze ben je voor het leven. Een penozejongen leeft volgens de romantische Robin Hood-filosofie: stelen van de rijken om de buit vervolgens te verdelen onder de armen – waarbij de penozejongen zelf natuurlijk als de armste der armen door het leven gaat. Alles wat zo'n vrije jongen buitmaakt, is in zijn beleving nooit van een persoon, maar altijd van een bedrijf, een bedrijf 'dat het wel lijden kan'. Die filosofie en het plezier dat hij eraan beleeft, blijft zijn leven lang hét excuus om te doen wat hij doet.

Stiekem dromen we daar allemaal weleens van, van snel geld maken waarbij voor ons gevoel 'niemand rechtstreeks geraakt wordt'. Het belastingformulier lijkt soms het aangewezen middel om brave burgers te verleiden om de waarheid net even anders te maken, zodat er aan het eind van de maand nog eens wat overblijft op onze bankrekening. En bijna iedereen droomt er weleens van om eens helemaal uit de band te springen en domweg alles te doen wat we willen doen, zonder rekening te houden met een ander. Het zijn die eigenschappen die de penoze tot kunst verheven heeft.

Bij de vrije jongen, de penozejongen, is het een kwestie van 'niet denken, maar doen'. Hij is geen harde crimineel: hij is de koorddanser tussen goed en kwaad. Hij is een artiest die leeft van zijn vindingrijkheid en handigheid. Dit in tegenstelling tot de meedogenloze crimineel, die zich met geweld en vaak ten koste van mensenlevens dingen toe-eigent.

Ik woon inmiddels al ruim vijftig jaar in Rotterdam. In deze prachtige stad heb ik de kroegjes waar de vrije jongens komen, leren kennen. Ik heb aan menige bar gezeten waar goede grappen worden gemaakt. En komt er heibel, dan wordt zo'n ruzie met de vuist of 'hooguit' met het mes beslecht. Nee, het zijn geen lieverdjes. Het zijn en blijven wel boeven. Maar slechts een enkeling gaat een stap verder en komt in het zware criminele circuit terecht.

Het zijn de Rotterdamse penoze, de kleine en grotere rotzakken, maar ook het zwaardere geboefte, die in dit boek de hoofdrol spelen. Ik ben zo vrij om me als gids op te werpen en je langs het heden en verleden van de Rotterdamse penoze te voeren. Uitgebreid heb ik met de oude en nieuwe penoze gesproken. Want naast de humoristische, vaak hilarische strapatsen van de zwendelaars en oplichters zal ik uit de doeken doen hoe vandaag de dag de sfeer is op Katendrecht, in Crooswijk en het Oude Westen. Ik zal niet alleen de anekdotes vertellen van de oorspronkelijke penoze, maar ook de misdaden van de mannen en vrouwen die anno nu harde criminelen zijn geworden.

Mijn reis langs de Rotterdamse penoze begint bij de Polder en gaat via het Weena naar de Kruiskade (het Oude Westen) en vandaar via de Westersingel naar de Oude en Nieuwe Binnenweg. Vandaar gaat het verder via de Blaak naar het gebied rond het Oude Havenkwartier. We lopen verder naar Kralingen en Crooswijk en het Noorden. Hierna gaan we terug en steken de Willemsbrug over naar het Noordereiland. Vervolgens gaan we via de Wilhelminabrug naar Feijenoord, de Afrikaanderbuurt, Charlois en de Havens, en dan door naar de Tarwewijk en het Afrikaanderplein in Rotterdam-Zuid. Daar maken we een uitstapje naar de Beverwaard en keren terug naar de Kop van Zuid. Via de Erasmusbrug, Delfshaven, Spangen en Blijdorp komen we uit bij het Centraal Station. Ik nodig je van harte uit om met mij mee door Rotterdam te wandelen.

Gerhardt Mulder

1

De Polder, voorheen een kwartier in de huidige wijk de Cool

Een arme volkswijk

Om iets te begrijpen van het verschijnsel penoze, moet je iets begrijpen van zijn sociale achtergrond, van het milieu waarin hij opgroeit. Dat milieu wordt deels bepaald door het verleden. De ouders en grootouders van de penoze leven vaak in wijken waar een bepaald normen-en-waardenstelsel geldt dat voortgekomen is uit de sociale geschiedenis en zelfs simpelweg de opzet van de huizen en straten in de wijk. Om daarmee kennis te maken neem ik je een flinke stap mee terug in de tijd, naar het Rotterdam van eind 19e, begin 20e eeuw.

De Polder ① is een echte volksbuurt die rond de vorige eeuwwisseling naast arbeiders ook criminelen, pooiers en hoeren huisvest – bewoners aan de zelfkant van het leven. Het is een wijk met een totale oppervlakte van zo'n vier voetbalvelden, waar 630 woningen en andere panden staan. Het is een achterbuurt van sloppen, gangen en stegen met tientallen cafés, bierhuizen en danslokalen, waar zeelieden vanuit allerlei landen hun vertier zoeken bij de meisjes van plezier, of hun geluk beproeven in een speelhol.

Een dag in de Polder begint veelal met de vrouwen die met een muntstuk in de ene hand en een ketel in de andere naar de water- en vuurnering van tante Rika gaan. Ook al is het nog vroeg, de koffie staat klaar en het zit er al vol met nog half slapende vrouwen. In de witte wasem staat Mina de stovenzetster te luisteren naar Anna, de vrouw van de mandenmaker. Deze dikke matrone wordt wel 'het wandelende nieuwsblad van de Polder' genoemd. Sommige vrouwen hebben hun haar ongekamd opgestoken. Ze dempen hun stemmen op dit vroege uur. Wanneer een vrouw met dampende ketel weggaat, klepperen de zolen van haar sloffen op de stenen. Ze gaat het eten voor haar man maken, die thuis – nog halfdronken – aan tafel zit, en voor de kinderen, die naar school of een van de werkplaatsen gaan. Van het kinderwetje van Van Houten trekt men zich niets aan in de bittere armoede die hier heerst. De jongens, soms pas tien jaar oud, staan achter de werkbank, vlechten manden of doen ander werk, en dat de gehele dag door.

Overdag proberen arme eerlijke sloebers hun geld te verdienen in azijnmakerij De Roos, van Hendrik van den Dool, in de Kikkersteeg, of met hun negotie in de Paddensteeg. Benauwde, griezelige stegen die voornamelijk vol zijn gebouwd met paardenstallen, pakhuizen en kleine, dompige werkplaatsen.

Door de opeenhoping van mensen en de primitieve hygiënische omstandigheden, met weinig licht en lucht, is het sterftepercentage onder de kinderen in de Polder hoog. De meest voorkomende doodsoorzaken zijn de regelmatig uitbrekende epidemieën, en niet te vergeten de overdraagbare geslachtsziekten.

De hygiënische omstandigheden in de huizen zelf zijn ook slecht. Kinderen en ouders slapen in een bedstee, met enkele vodden als bedekking. De ratten zijn in deze slechte behuizing de koningen van de nacht: zij stelen tijdens de slaap het eten. Wanneer de mensen hun karige brood naar binnen werken vallen de 'rooie huzaren' van het plafond op tafel. Deze dichterlijke naam hebben de sloebers aan de wandluizen gegeven. Omdat veel bewoners geen eigen privaat hebben, doen ze hun behoefte in een emmer waarvan ze de inhoud daarna dumpen in het water van de Coolvest. Of ze lopen met toegeknepen billen naar de openbare gelegenheid in de Peperstraat. In dit asociale klimaat van armoede, verwaarlozing en dronkenschap komt ook regelmatig incest voor.

Dit alles staat in schril contrast met het 'schijngeluk' van het uitgaanscentrum dat is gesitueerd rondom de Zandstraat. Het is een beruchte straat waar opgedofte animeermeisjes in de cafés zitten om de klanten aan te zetten tot een flinke afname van consumpties.

In die jaren komen de keuterboertjes op hun klompen en in klederdracht met paard-en-wagen naar de stad en verkopen ook in de Polder hun producten aan de huisvrouwen. En passant duiken ze na gedane arbeid de kroeg in, drinken een kouwe klets en geven daarna hun aandacht aan de joffers. Dit is toch wel even wat anders dan thuis achter de gebreide broek van moeder de vrouw te liggen. De joffers gaan daarna op hun beurt met de liefhebber die fiducie heeft, naar een nabijgelegen uurhotelletje of peeskamertje voor het afwerken. Diegenen die te veel hebben gedronken, worden in de donkere sloppen geplukt door vingervlugge zakkenrollers.

Zakkenrollers en andere penozejongens, zoals de ladelichters, hebben hun eigen café, waar ze aan de bar schuiven naast de pooiers en inbrekers. In de Schavensteeg staat het kroegje van tante Toos, een matrone die in de Polder is geboren. Achter het kroegje bevinden zich haar keuken en slaapvertrek, benevens nog twee kleine peeskamertjes. Na het afwerken door haar meisjes krijgt ze een afgesproken aandeel in de winst.

Het politiebureau in de Grote Pauwensteeg, die van de Coolsingel naar de Schiedamsedijk loopt, is jarenlang druk met het criminele hart van Rotterdam, wanneer de Schiedamsedijk en de Zandstraat nog in volle glorie functioneren. Geen zaterdag gaat er voorbij of er zijn in de buurt vechtpartijen.

Vóór de Eerste Wereldoorlog zijn het vooral de geweldsdelicten die het bureau grote bekendheid bezorgen. Vele criminelen zijn daar vaste klanten, zoals Bleeke Willem; de beruchte inbreker 't Corporaaltje; en de boeven Kees-kom-je-eten en Koos Kotebikker.

Op het gebied van de meisjes van plezier heb je Anna de Pruik, Naatje met 't kleedje, Schele Jet en de Utrechtse Mina, van wie het incident met 'het oor' een tijdlang het gesprek van de dag is. Op een gegeven moment komt op het bureau de melding binnen: 'Er heeft een gevecht plaatsgevonden tussen de meisjes en er ligt een oortje voor jullie op de schoorsteen.' De politie rukt uit naar het café waar de vechtpartij tussen de dames heeft plaatsgevonden en vindt daar inderdaad een oor: de mooie, afgesneden oorschelp die aan Utrechtse Mina heeft toebehoord.

Zo rond 1910 komt het bericht dat het uitgaanscentrum rond de Zandstraat moet verdwijnen. Het moet wijken voor de bouw van het stadhuis, het postkantoor en de beurs, waarmee in 1914 wordt begonnen.

De hoertjes die tippelen, trekken nu naar de Schiedamsedijk, waar ze vooral zeelieden als klant lokken. Dit wordt nu het uitgaanscentrum van Rotterdam met talloze cafés, cabarets en lichtekooien. Drugs doen hun intrede, want in de cafés Het Roode Front en Lichtenholz op de Schiedamsedijk kun je cocaïne kopen. In dat jaar worden door de politie een 27-jarige Oostenrijkse uitbater en een Spanjaard aangehouden. Die twee ontkennen in eerste instantie iets met die louche handel te maken te hebben.

Er is echter, zoals zo vaak, altijd wel een versliecheraar en dat is in dit geval de pooier Kamstra. Tijdens een huiszoeking vindt de politie bij hem een flesje novocaïne en een notitieboekje waarin de namen van andere souteneurs en hun hoertjes staan. Achter de namen staan geldbedragen vermeld, waarmee de politie Kamstra confronteert. Hierop volgt een heftige woordenwisseling tussen de pooier en zijn concubine; de beschuldigingen tussen die twee vliegen over en weer. Kamstra, bang dat hij door haar aantijgingen veroordeeld zal worden als souteneur, iets wat veel zwaarder weegt dan de handel in aan cocaïne gerelateerde producten, legt een volledige bekentenis af. Hij geeft toe zich al ruim een jaar bezig te houden met de handel in cocaïne en novocaïne, die hij dagelijks koopt van een bediende van apotheker Adriaan Robertson aan de Leuvehaven. Kamstra koopt zo'n 35 gram per week, voor ongeveer anderhalve gulden per gram. Van één gram maakt hij vier poeders die hij verkoopt voor één gulden per stuk. Kamstra verzekert de politie dat hij enkel in zuivere cocaïne handelt en dat hij er zelf altijd opgewonden, vrolijk en uitbundig van wordt. Hij verkoopt de drugs voornamelijk aan de hoertjes, die naar zijn zeggen allemaal gebruiken, en aan de zeelieden in zeemanshuizen, zoals Spanjaarden, Grieken, Italianen, Engelsen en vooral Amerikanen.

En zo vinden de eerste aanhoudingen op drugsgebied plaats in Rotterdam.

Schele Gerrit wordt gestraft

Uit begin 20e eeuw stamt ook een verhaal waaruit blijkt hoe de penoze de incestueuze praktijken van Schele Gerrit uit de wereld helpt.

Aan een gangetje in de Polder waar de geur van vis, smerig zeepsop en bedompte huisjes hangt, woont de twaalfjarige Liesje, een dochter van slepersknecht Schele Gerrit. Hij is vader van drie kinderen, van wie twee bij zijn tweede vrouw, een jongen en een meisje. Wanneer Rooie Betty, zoals zijn huidige vrouw wordt genoemd, 's avonds onder het toeziend oog van de Schele de baan op gaat om wat geld te snaaien van dronken zeelieden, heeft Liesje de zorg voor haar broertje.

De eerste keer dat het onverwachte gebeurt, is wanneer stiefmoeder Betty opnieuw in het kraambed ligt; Liesjes zusje wordt geboren. Gerrit is zoals altijd dronken wanneer hij 's nachts thuiskomt en naast Liesje op de matras kruipt.

'Ik kan haar nu niet lastigvallen,' mompelt hij tegen Liesje en hij valt na die ontboezeming ronkend in slaap.

Zodra het licht wordt staat Liesje op om voor haar broertje en zichzelf boterhammen met reuzel klaar te maken. Daarover strooit ze wat bruine, uitgebakken kaantjes en daarna snijdt ze de boterhammen in blokjes. Ieder twee boterhammen, wat door de blokjes wel wat meer lijkt.

'Eet maar lekker op, Rinus, dan breng ik je straks naar tante Sjaan.'

Sjaan is de zus van moeder, en die heeft allemaal tantes in huis. Dat vertelt vader aan Liesje wanneer moeder bedlegerig wordt en ze de eerste keer haar broertje wegbrengen.

'Wat doen die juffrouwen daar bij tante Sjaan?' vraagt ze Gerrit op de terugweg.

'Die naaien,' zegt hij lachend. 'Het zijn naaisters in het naaiatelier van tante Sjaan.'

De nacht erop kruipt hij weer naast haar op de matras. Het is koud en in haar slaap kruipt Liesje dicht tegen hem aan. Bij het wakker worden ligt ze lepeltje lepeltje met haar vader. Zijn adem blaast warm in haar nek en ze voelt zijn hand op haar been liggen.

Voorzichtig, om hem niet wakker te maken, kruipt ze van de matras.

Pa slaapt niet. 'Jammer,' hoort ze hem fluisteren. 'Kom even terug, meisje.'

'Nee, pa. Ik moet Rinus eten geven, want hij moet naar tante Sjaan.'

Zo is de smeerlap begonnen. Die nacht erop zegt hij: 'Kom maar lekker tegen me aan liggen, duifje, het is koud en zo kunnen we elkaar verwarmen.' In haar onschuld kruipt Liesje tegen hem aan en wanneer ze lepeltje lepeltje liggen, begint hij haar rug te strelen. Dat vindt Liesje heerlijk, maar ze schrikt wanneer zijn hand haar broekje naar beneden schuift en haar buik en billen begint te strelen.

'Niet doen, pa, dat mag niet,' zegt ze paniekerig.

'Dat mag je vader wel, je bent mijn meisje. Zeg maar niets, want anders hoort mama je nog.'

Als verstijfd ligt Liesje in bed, haar vader blijft haar strelen, hij schuurt met zijn piemel langs haar rug en hijgt alsof hij met een zak kolen een trap oploopt.

Zo begint de ellende voor Liesje. Vanaf dan kruipt hij elke avond bij haar op de matras en hij gaat steeds verder. Hij noemt haar 'mijn vrouwtje', dat verandert algauw in 'mijn kleine sletje' en Liesje begint zich schuw en ongemakkelijk te voelen als ze haar stiefmoeder ziet.

Op een nacht vraagt hij Liesje om zijn piemel vast te pakken die stijf tegen haar billen ligt. Ze weigert. 'Dat doe ik niet papa, dat is vies,' fluistert ze.

Tot haar verwondering draait hij zich woedend om en schuift bij haar weg.

'Je bent een rotmeid. Iedere dochter is lief voor haar vader, maar jij bent een ondankbaar mormel.'

Twee dagen lang spreekt hij niet tegen haar en Liesje voelt zich doodongelukkig. 's Nachts kruipt hij wel bij haar op de matras, maar hij gaat zo ver mogelijk van haar af liggen en trekt de dekens stijf over zich heen. Hierdoor ligt Liesje bijna helemaal bloot. Ze kan niet slapen en krijgt het erg koud. De derde nacht kruipt ze tegen hem aan en slaat haar armen om zijn borst.

'Wat moet je?' vraagt hij.

'Je moet niet boos zijn, papa, en ik heb het zo koud.'

De smeerlap denkt dat zijn dochtertje haar tegenstand heeft opgegeven, trekt haar ruw tegen zich aan en zijn hand schuift in haar broekje.

Geschrokken rukt Liesje zich los en vliegt uit bed.

'Kom hier,' sist Gerrit. Liesje vlucht naar de bedstee waar Rinus ligt en kruipt naast haar kleine broertje. Stil huilend ligt ze naast het ventje totdat het licht wordt.

In alle vroegte gaat ze met het keteltje warm water halen bij tante Rika en ze is die morgen de eerste. Wanneer ze het keteltje aan tante overhandigt, kijkt die haar aandachtig aan.

'Waarom heb je gehuild, kleintje? Gaat het niet goed met je moeder, er is toch niets aan de hand?'

Liesje schudt haar hoofd.

'Jawel, er is wel wat, vertel het maar aan tante Rika.'

'Mijn vader,' zegt Liesje en ze begint hard te huilen.

Op dat moment komt Anna van de mandenmaker binnen met een vrolijk: 'Goedemorgen!'

Wanneer ze Liesje ziet huilen, loopt ze op haar toe en slaat haar armen troostend om haar heen.

'Waarom zo'n verdriet, wat is hier gebeurd?' vraagt ze aan Rika.

'Er is iets met haar vader, misschien is hij ziek. Ze was net bezig het me te vertellen toen je binnenkwam.'

Liesje slaat haar betraande ogen op. Het lijkt wel of er een hand om haar keel ligt die haar wurgt en met moeite stoot ze uit: 'Mijn vader is niet ziek.'

'Wat is er dan met je vader?'

'Hij wil dingen van me die ik niet wil.'

Rika en Anna kijken elkaar veelbetekenend aan.

'Wat voor dingen?' vraagt Rika. 'Vieze dingen?'

Liesje knikt.

'Met je lichaam?' vult Anna aan, die zeker wil weten dat het is wat beide vrouwen denken.

'Ja,' zegt Lies, 'en ook met dat van papa.'

'Nou schat, als hij dat nog eens wil doen, dan kom je maar direct naar mij toe. Al is het midden in de nacht,' zegt Rika, die het gevulde waterketeltje voor het bedroefde meisje neerzet.

'Dat doet hij nooit meer,' zegt de vrouw van de mandenmaker, 'daar kun je vergif op innemen.'

Die middag loopt Schele Gerrit in de Schavensteeg ter hoogte van het pakhuis van Beinsdorff als Bleeke Willem en Koos Kotebikker hem tegemoetkomen.

'Goedemiddag, mannen,' zegt de Schele, terwijl hij zijn hand ter begroeting opsteekt.

'Zo, viezerik,' zegt Koos. 'Wat vreet jij allemaal met je dochtertje uit, ken je geen fatsoenlijke vrouw naaien?'

'Waar bemoei jij…'

Voordat de Schele zijn zin kan afmaken, heeft hij al een stoot van Koos op zijn neus te pakken, gevolgd door een trap in zijn kruis van Willem. Schele Gerrit klapt met een schreeuw van pijn dubbel en zijn hoofd wordt daarbij opgevangen door de knie van Koos. Opnieuw vangt zijn neus een klap op, die door de kracht breekt. Een straal bloed spuit uit zijn neusgaten.

'Raak dat meisje nog één keer aan en ze kunnen je een houten jas aanmeten. Heb je dat goed gehoord, schele machochel?' Ze kijken niet meer om wanneer Gerrit in de richting van zijn huis strompelt.

Het is niet dat de mannen trots zijn op wat ze hebben gedaan, maar de penoze heeft geen befgajes nodig om dit soort problemen op te lossen. Dat doen ze onderling wel.

Bokskampioen Piet van der Veer

Pooiers en penozejongens zijn echte straatvechters, die hun territorium en de mores van hun gemeenschap met hand en tand zullen verdedigen. Het is een echte machocultuur en zij zijn het die begin 20e eeuw op de voorste rij staan bij de gevechten in de haven waar mannen om geld met elkaar worstelen en boksen. Er wordt dan heimelijk gewed met het geld dat de meisjes op hun rug verdienen. Welke krachtpatser gaat de partij winnen?

Een van de Polder-straatjongens is de lange Piet van der Veer. Hij gaat op zijn twaalfde bij een oom werken in de hoefsmederij. In het begin zorgt Piet voor het vuur en zet hij de paarden vast in de hoek, waar ze door zijn oom 'warm' worden beslagen. Maar algauw is het zo dat, terwijl oom een neut drinkt in het café, Piet bezig is bij het vuur. Met moker en aambeeld maakt hij de ijzers precies op maat van de hoeven en hij beslaat de paardenbenen.

Piet wordt door het zware smidswerk zo sterk als een stier en krijgt een gespierd lijf. Hij verwacht geen betaling van zijn oom en gaat als vuurwerker aan de slag bij brouwerij d'Oranjeboom. Wanneer hij een collega die bezig is biertonnen te laden een handje helpt, uit die zijn bewondering als Piet de ruim honderd kilo wegende tonnen oppakt en op de wagen tilt alsof het botertonnetjes van vijf kilo zijn.

'Je mot gaan bokse jonge.'

Dat advies volgt de ex-hoefsmid op, en met succes.

In 1923, Piet is dan 25 jaar, gaat hij voor een smak geld om de Europese titel boksen in Milaan. Zijn tegenstander is Erminio Spalla en het gevecht is afgesloten over 20 ronden. Meer dan 50.000 kaartjes tussen de 5 en 500 lire zijn binnen een dag verkocht. De Rotterdamse reus is een geduchte tegenstander en heel boksminnend Italië siddert. In alle winkels en op billboards staat de gedaante van Piet in bokshouding. Om Spalla, een sergeant in het fascistenleger, te steunen krijgen de Italiaanse boksliefhebbers uit de provincie 40 procent korting op hun treinkaartje.

De zoon van de Italiaanse koning zit op de eerste rij, evenals fascistenleider Benito Mussolini, in gezelschap van een grote groep zwarthemden die Spalla luidruchtig aanmoedigen. Dit geeft ongetwijfeld de doorslag voor de aanstaande nederlaag van Van der Veer. Het gevecht, waarin Piet ruim op punten voor staat, wordt door een dubieuze beslissing van de angstige Belgische scheidsrechter Boulanger beslist in het voordeel van Spalla. Het kan ook zijn dat een douceurtje van de zwarthemden Spalla de wedstrijd heeft laten winnen.

De boksfanaten in de Rotterdamse Polder grommen van woede. 'We hadde dur bij motte zijn,' zegt 't Corporaaltje. 'Dan had die Vlaamse kloteklapper ut lèf nie gehad.'

Piet boekt daarna succes op succes. Zijn manager, Jan Grijseels, regelt een bokswedstrijd in het Circus in Scheveningen tegen de 27-jarige Harry Persson uit Stockholm.

Eindelijk breekt de 31e mei 1925 aan en de jongens uit de Polder, Bleeke Willem en Koos Kotebikker, die zelf ook een sterke kerel is, zitten op de eerste rij. Ze hebben ieder zeventien gulden moeten betalen en de meisjes hadden daarvoor toch enkele keren hun beentjes moeten spreiden. Rondom hen zitten de notabelen, opgeprikte en nuffige mannetjes die tot dan toe enkel hun neus hadden opgetrokken voor de bokssport. Maar nu doen ze ineens alsof de edele vorm der pugilistiek hun favoriete vermaak is.

Zwaargewicht Piet van der Veer is in puike conditie. De Belg Frank Briscot, met wie hij traint, heeft hem geleerd wat 'counteren' is. De stijl van het afwachten en toeslaan is Piet op het lijf geschreven en hij voelt zich voor het eerst superieur aan alles wat op twee benen rondloopt. Al vanaf de eerste ronde toont hij zich een volleerd technicus en daarmee brengt hij niet alleen de opgeprikte mannetjes, maar ook Willem en Koos in vervoering. Tot dan toe hadden de meesten onder het publiek Piet eigenlijk alleen maar onbesuisd zien vechten. Van der Veer bekijkt het gevecht zoals hij het nog nooit bekeken heeft, en de arme Zweed vliegt in die boobytrap. Steeds opnieuw stormt hij op de afwachtende Rotterdammer af en steeds weer vangt de meesterlijk counterende Piet hem op.

Het publiek reageert uitzinnig. Dit type boksen kent men niet van zwaargewichten. Mannen die voor het eerst bij een bokswedstrijd zijn, geven zich onmiddellijk gewonnen. Dit is werkelijk *the noble art of self-defence*, waarover sommige heren eerder zo smalend spraken.

De achtste ronde komt. Persson vecht met de moed der wanhoop. Het is ook de zwaarste ronde voor Piet, die er helemaal door zit. Hij moet heel wat incasseren, want de stoten van Harry Persson zijn hard en droog. In die achtste ronde volgt de ene slagwisseling na de andere. Persson weet dat hij alleen nog kans maakt als hij alles waagt. Zijn achterstand in punten is niet meer in te halen.

Eén ogenblik is de Zweed iets minder voorzichtig. De rechterhoek van Piet komt als een bliksemschicht vanuit diens schouder en treft Persson vol op de kin. Die stort voor dood op de planken neer, maar weet met uiterste wilskracht bij de negende tel weer gevechtsklaar te staan. Op dat moment gaat de gong voor het eind van de ronde.

'Zag je die doodsklap!' brult Koos tegen het mannetje dat naast hem zit en dat van schrik achteruitdeinst. 'Jezus, ik doch dattik zag dadde harses van die Zweed in ut rond spatte.'

'Ja, ja. Het was een mooie stoot,' geeft het heertje veiligheidshalve toe.

'Me zussie is un mooie stoot,' zegt Koos, terwijl zijn ogen van opwinding fonkelen. 'Dit was gewoon un moordklap.'

Het heertje gaat vanwege de doorstane emotie bij die verbale aanranding gauw weer zitten.

Moedig hervat de Zweed de strijd en met inspanning van al zijn krachten bokst hij het gevecht uit. Piet heeft gewonnen en de orkaan van toejuichingen die losbreekt wanneer de jury Van der Veer tot winnaar uitroept, zal Willem en Koos hun leven lang bijblijven. Opgewonden nemen ze de trein terug van Den Haag naar Rotterdam. De eerste dagen hangt iedereen aan hun lippen wanneer ze vertellen van het heroïsche gevecht dat ze in Scheveningen hebben gezien.

Wanneer Piet zijn bokshandschoenen vlak voor de Tweede Wereldoorlog aan de wilgen hangt, koopt hij van zijn zwaarbevochten centjes een kroeg ② op het Pijnackerplein in het Oude Noorden; een goedlopende zaak waar heel wat sterke verhalen worden verteld over de gevechten die Piet heeft geleverd. Hij leidt daar een prima leven met zijn vrouw, totdat die rotmoffen een bom op zijn café laten vallen.

In 1947 sterft de Rotterdamse zwaargewicht, die van 1919 tot 1933 ongeslagen bokskampioen van Nederland was, geknakt en verbitterd. Hij is dan 52 jaar oud.

2

Het Weena

Vals spel met humor

Voordat ik zelf in zaken ging, werkte ik als vertegenwoordiger bij Océ van der Grinten, in hun kantoor op het Weena ③. Men beweerde dat ik een rasverkoper was. Eén ding is in elk geval zeker: ik wist alles van de Océ 2100, een offsetmachine die men met één knop kon bedienen.

Op een mooie dag in mei worden er twee kaartjes voor de wedstrijd Ajax-Inter Milaan bezorgd op het kantoor van Océ. Ze zijn besteld door de Amsterdamse verkoopleider, die naar de Europacup I-finale wil; deze zal op 31 mei 1972 in het Feijenoordstadion worden gespeeld.

Ik arresteer de envelop en houd hem twee dagen in voorarrest. Van een van de twee kaartjes maak ik van de voor- en achterzijde een elektrolytische offsetplaat. Dit is het nieuwe offsetsysteem dat bij de 2100 hoort. Daarna, ik voel me net Han van Meegeren, ga ik enthousiast inkt mengen totdat ik precies de gele kleur van de kaartjes heb. Deze zijn bedoeld voor een stoelnummer in vak Q. Na lang zoeken vind ik een gelijkende papiersoort met het gramgewicht van het originele kaartje bij Eef Zuidendorp, de eigenaar van Multi-Mail in de Kipstraat.

Mijn collega's op kantoor zijn verbaasd dat ik die avond over blijf werken.

'Ik heb morgenvroeg een belangrijke demonstratie,' zeg ik met een ernstig gezicht tegen de verkoopleider. Bij de Ajax-fan gaat verkoop boven alles, dus knikt hij goedkeurend.

Zodra iedereen weg is, sla ik aan het drukken. Het duurt ruim een uur voordat de instelling van de Océ 2100 zo is dat ik, als ik zou willen, honderden perfect nagemaakte kaartjes kan drukken. Maar dat doe ik niet. Ik druk er slechts twintig, snijd ze, perforeer ze in exact het juiste formaat en daarna ruim ik alles op. Na het drukken van het geel heb ik de inktrollen al een keer gewassen. De zwarte inkt van de tekst mag in de machine blijven en zelfs Sherlock Holmes zou de volgende ochtend niet kunnen ontdekken dat het apparaat is gebruikt. De envelop met de originele kaartjes leg ik daarna ongezien op het bureau van de verkoopleider, die al enkele keren bezorgd heeft gevraagd waar de kaartjes toch blijven.

Drie dagen voor de wedstrijd deel ik negentien van de twintig kaartjes uit onder de monteurs en vertegenwoordigers van het rayon Rotterdam.

'Hier joh, een kaartje voor de wedstrijd tegen Inter Milaan. Niet over praten, want ik heb er maar twee kunnen bemachtigen. Het lijkt me leuk om er samen met jou heen te gaan.'

Bij nagenoeg iedereen zie ik de blijde verbazing op het gezicht dat ik uitgerekend die collega heb uitgekozen als voetbalvriend.

'Nou, ik zie je wel in het stadion, en een biertje als dank sla ik dan niet af.'

Er spelen zich hilarische taferelen af als er successievelijk zo'n twintig enthousiaste supporters aanspraak maken op dezelfde stoel in vak Q. Op die stoel zit de verkoopleider al, met zijn secretaresse ernaast. Hij weet zich geen raad. Niet alleen omdat hij, getrouwd en vader van twee kinderen, daar te pronk zit met de donkerharige Anita, die door iedere vertegenwoordiger wordt begeerd alsof ze Marilyn Monroe is, maar vooral omdat het zootje ongeregeld rondom hem op de trappen plaatsneemt en hem met zijn hittepetit in de maling zit te nemen. Het plaatsnemen op de trap gebeurt overigens met goedkeuring van de stewards, die ook niet weten hoe te handelen op het moment dat de wedstrijd begint.

Ajax verovert die dag de Europacup. En ook al word ik daar zelf als Feyenoord-supporter niet echt warm van, ik heb wel ontzettend veel plezier, temeer daar ik die avond door de jongens in Uncle Charlie, de discotheek aan de Oppert, volledig word vrijgehouden...

Wapenhandelaar op het Weena

Theo heb ik enkele keren bij Old Dutch aan de bar zien zitten en ik denk niet dat ik de enige was die wist dat de oude man in de illegale wapenhandel had gezeten. In elk geval wist Merie het, want zij had me op hem geattendeerd. Hij was zo'n intermediair door wie criminelen hun gewapende misdaden kunnen plegen.

Uit de nalatenschap van de in 2004 overleden publicist Willem Oltmans blijkt dat Theodor Cranendonk, een in Rotterdam geboren handelaar, aan het eind van de jaren tachtig heeft bemiddeld in een wapendeal. Oltmans stelt in 1987 Cranendonk, een oud-commando van het Nederlandse leger, voor aan Desi Bouterse en er wordt geprobeerd een wapendeal te organiseren tussen Bouterse en de Oostenrijkse wapenfabrikant Steyr-Daimler-Puch. Doordat een exportvergunning van de Oostenrijkse regering aan Suriname ontbreekt, gaat de deal niet door.

Oltmans, Cranendonk en een derde tussenpersoon, Dirk Keijer, zouden, indien de deal gelukt was, een commissie van één miljoen Zwitserse francs krijgen.

Het is Cranendonk een doorn in het oog dat vanwege zo'n legale kwestie als een exportvergunning de deal afketst. Hij zoekt daarom contact met de internationale maffia en doet zaken met de Russische gangsterboss Vjatsjeslav Ivankov, en hij werkt samen met de Italiaanse maffiabaas Emilio Di Giovine.

Cranendonks mooie dochter Marie-Louise Cranendonk, die model is voor het parfummerk Chanel N°5, krijgt een relatie met Di Giovine. Dit is een womanizer die tegelijkertijd een relatie heeft met de blonde schoonheid Valeria Vrba, een model uit Slovakije.

Marie-Louise brengt haar vader in contact met Di Giovine en beide mannen worden zakenpartners. Cranendonk levert Russische wapens aan de maffiabaas, waaronder bazooka's, raketten, explosieven en mitrailleurs.

Als Di Giovine in 1991 in de gevangenis verdwijnt, smeden zijn bondgenoten een plan om hem te bevrijden. Het plan wordt verijdeld na een tip.

Een jaar later regelt Cranendonk een commando huurlingen voor een tweede ontsnappingspoging. Die operatie mislukt ook, doordat een explosief ontploft in de handen van een van de huurlingen.

Cranendonk wordt op 8 november 1995 in Zwitserland gearresteerd op verdenking van wapenhandel. Hij wordt ervan verdacht zaken te hebben gedaan met de Italiaanse maffia. Volgens justitie zou hij zijn opgeklommen tot een hoge positie binnen een machtige Italiaanse maffiafamilie.

De Italiaanse justitie vraagt Zwitserland om zijn uitlevering en in maart 1999 wordt Cranendonk in Italië gevangengezet, nadat hij is veroordeeld tot tien jaar cel voor het leveren van wapens, waaronder dertig bazooka's, aan de 'Ndrangheta.

Maar eerst wordt hij overgeplaatst naar een psychiatrische kliniek. Wanneer die overplaatsing door een Italiaanse rechter ongedaan dreigt te worden gemaakt, neemt Cranendonk de benen en blijft jarenlang zoek, tot hij in 2010 gearresteerd wordt in Rotterdam, waar hij in een flat aan het Weena ④ woont.

Ondanks zijn vermomming als heer, in een keurig kostuum met een wit overhemd en een moderne stropdas, is Cranendonk niets anders dan een beruchte, internationaal gezochte crimineel.

Italië verzoekt om zijn uitlevering, want Cranendonk zou in Italië ook betrokken zijn geweest bij het lozen van giftig afval in zee en bij het lozen van afval in Afrika.

Op 10 maart 2010 wordt Cranendonk, hij is dan 78 jaar, gearresteerd in zijn appartement.

Hij wordt door het Openbaar Ministerie gehoord inzake zijn eventuele betrokkenheid bij de gezonken gifschepen die 'Ndrangheta, begin jaren negentig, in de Middellandse Zee, de Zwarte Zee en voor de kust van Somalië liet zinken.

Twee dagen later wordt hij voorlopig op vrije voeten gesteld. Hij krijgt wel een meldingsplicht, maar dat Cranendonk niet wordt uitgeleverd aan Italië, dat is zeker. Mocht het Italiaanse OM toch verzoeken om zijn uitlevering, dan zal dat verzoek door het Nederlandse OM met welwillende aandacht worden bekeken.

Cranendonk houdt zich vanaf dat moment niet echt meer verborgen. Af en toe dineert hij bij Old Dutch op de Rochussenstraat en drinkt daar een borrel met allerlei zakenmensen. Soms maakt hij samen met zijn zoon Theo een trip naar Manilla voor een bezoek aan zijn vriend, de Griekse George Sarakinis, die getrouwd is met stijldanskeizerin Becky Garcia, die de bijnaam de Lambada-koningin draagt.

Begin april 2011 dient voor de rechtbank op het Wilhelminaplein in Rotterdam de zaak-Cranendonk. Het is een zaak met veel vraagtekens. Vooral zijn vlucht uit de Italiaanse gevangenis, in maart 1999, roept bij de rechter nogal wat vragen op. Is Cranendonk nou ontsnapt, zoals de Italiaanse autoriteiten zeggen, of mocht hij van de Italianen gewoon vertrekken? Het laatste wordt door Cranendonk beweerd. Dit moet het OM eerst maar eens uitzoeken.

Waarom bleef een Italiaans verzoek tot uitlevering maandenlang in een bureaula van het ministerie van Justitie liggen?

Waarom kon Cranendonk meer dan tien jaar onopgemerkt in Nederland verblijven? Ook zijn er indicaties gevonden dat Cranendonk mogelijk banden heeft gehad met de geheime dienst; dit blijkt uit notities van Willem Oltmans. Genoot Cranendonk misschien bescherming van deze dienst?

Cranendonk heeft het nu allemaal wel gehad. Hij geniet van zijn oude dag in Spanje, in een appartementencomplex in Estepona, niet al te ver van Marbella.

3

Het Oude Westen

Het oude 'wilde' Westen

Af en toe drink ik een whisky bij Café Beurs op de Kruiskade. Op een maandag in 2012 vereer ik het etablissement met een bezoek. Dit is deels uit nieuwsgierigheid, omdat hier een dag eerder een man is neergestoken, zo hoorde ik op Radio Rijnmond. Het ging om een man van een jaar of 45 die ruzie kreeg met drie andere mannen. Plotseling had een vierde man hem met een mes twee keer in de rug gestoken, en evenzovele keren in de nek. Met loeiende sirenes was het slachtoffer afgevoerd, hoor ik van de uitbater. Terwijl ik uit het raam staar, denk ik aan mijn jeugd, toen dat soort steekpartijen – dat tegenwoordig schering en inslag is – slechts af en toe voorkwam.

De zware jongens kwamen in die tijd vaak bij elkaar in het café, met uitzondering van de einzelgänger die echt iets smerigs te verbergen had. Het was een gezellige plek waar de buurtproblemen werden besproken, snode plannen werden gesmeed en manieren werden bedacht om uit handen van de politie te blijven. Dit gebeurde onder het genot van makkelijke meisjes, populaire muziek en een 'blonde jongen' of schiedammertje. Aan de bar werden goede grappen gemaakt. Was er heibel, dan werd zo'n ruzie enkel met de vuist of hooguit met het mes beslecht, maar dat was hoogst zelden. Dat was het type penoze om wie altijd een grote saamhorigheid hing, het type dat ervoor zorgde dat de geldende fatsoensregels en mores in de buurt werden gehandhaafd.

Die 'gezellig aan de bar hangende' vrije jongens, inbrekers en zakkenrollers bestaan niet meer. Met de integratie van andere culturen zijn er steeds meer keiharde knapen bij gekomen met wapens op zak, die er niet voor schromen iemand om te leggen; mede daardoor is de romantiek van de penoze verdwenen.

Ik herinner me nog goed dat begin jaren zestig het café van Sjaak de Groot op de Kruiskade werd geopend, een zaak speciaal voor homoseksuelen die daar gezellig samenkwamen, wat dronken en met elkaar kennismaakten. In die tijd was dat heel vooruitstrevend.

Die broederschap had in het begin nog wel wat last van een jeugdbende genaamd Kokomo: een bende van echte straatschoffies, de penoze van de toekomst, die vaak samenkwamen bij de portiek van Coster op de Kruiskade. Het ging van '*Ready set go man go*, wij zijn van de Kokomo' en menig keer werden de ruiten van café De Groot aan diggelen gegooid terwijl er werd gescandeerd: 'We motte die ruigpote nie.'

Totdat Rooie Koos aan de deur kwam staan. Vanaf dat moment hielden de Kokomootjes wel afstand, en de vechtpartijen binnen hielden ook op.

Geleidelijk aan vertrokken in die jaren steeds meer oudere bewoners uit de wijk. Ze werden vervangen door Surinamers, Turken en andere groepen allochtonen. Kijk je vijftig jaar verder om te zien wat er van de Kruiskade is geworden, dan schrik je. Toch dwaal ik nog steeds graag rond in die buurt.

Tijdens weer eens zo'n rondje Kruiskade ben ik er getuige van dat op perron 0, begin jaren negentig, openlijk harddrugs worden verhandeld en gebruikt. De junks overspoelen de straat, maar toch is het er gezelliger dan dat het er tegenwoordig is. Bij Billboard Records op de Kruiskade zetten ze de speakers buiten. Er wordt zwarte muziek gedraaid waarop wordt gedanst en gevreeën; het is er hartstikke gezellig. Vooral de Surinamers dansen, los uit de heupen, dat het een lieve lust is.

De nieuwe Nederlanders in de buurt, maar ook dagjesmensen, doen daar op de Kruiskade inkopen bij Toko Milobi. Hierna gaan ze wat eten in Kiem Foei en vervolgens genieten ze van tropische muziek bij Billboard.

Ook vandaag loop ik vanuit het café in de richting van het Tiendplein en zie rechts het straatnaambord van de Coolsestraat.

Koude rillingen trekken over mijn rug en mijn gedachten gaan naar wat zich hier in oktober 1929 moet hebben afgespeeld. In deze straat, voor de deur van hun ouderlijk huis ⑤, spelen in die tijd Marietje van Os, haar oudere zus Christina, haar veel jongere zusje Susanna en het kleine broertje Henry op de stoep. De vier kinderen zijn op zoek naar een cent die Christina heeft laten vallen.

Een man komt vanaf de plek waar ik nu sta de straat in fietsen, stapt bij de kinderen af en helpt hen even zoeken. Plotseling draait hij zich om naar Marietje en vraagt:

'Weet jij waar de Walenburgerweg is?'

'Jawel, meneer, dat weet ik wel,' is haar antwoord.

De man vraagt haar achter op zijn fiets te stappen en hem even de weg te wijzen. Zo verdwijnt hij met Marietje in de richting van de Diergaardesingel.

Nog diezelfde avond wordt Marietje gevonden, rond half twaalf, in de Blijpolder, op ongeveer tweehonderd meter van de Melkmarkt. Het meisje is seksueel misbruikt en door wurging om het leven gekomen. De smeerlap die dat op zijn geweten heeft, wordt na lang zoeken door de politie gevonden en op 19 januari 1933 veroordeeld tot een gevangenisstraf van tien jaar plus tbs.

Aangedaan door wat er destijds is gebeurd keer ik de straat mijn rug toe en probeer me weer op andere zaken te concentreren.

Halverwege de jaren zestig dalen de boottarieven van Suriname naar Nederland. De wederopbouw in Nederland verloopt voorspoedig en de werkgelegenheid groeit. Er arriveren bootladingen vol met laagopgeleide Surinamers die werk proberen te vinden in Rotterdam. Ze worden ook gelokt door de in die tijd hoge uitkeringen, die vrij eenvoudig worden toegekend. Steeds meer Surinamers maken de oversteek. Het Oude Westen wordt door de migranten overgenomen en de Kruiskade krijgt in de volksmond de naam Kroeskade.

De migranten zijn echter een aanwinst voor de stad: het broeierige en exotische van Suriname gemixt met de harde zakelijkheid van Rotterdam. Later komen daar nog de gastronomische geuren en kleuren van China bij. Het zijn ouderwetse kroegen die je hier ziet, naast exotische winkels en junks die tussen het winkelende publiek door schuifelen.

Als ik de Kruiskade afloop, de 2e Middellandstraat door, langs de Jan Porcellisstraat, hoef ik mijn ogen maar te sluiten om de zwoele en zware bas van Teddy Treurniet te horen. Hier heeft de Surinaamse zanger zijn hippiecafé aan huis ⑥. Illegaal weliswaar, maar fantastisch, net als de prikkelende rook van de joints die de kamer blauw kleuren.

Wanneer het te druk wordt, huurt Teddy de leegstaande Sint-Josephkerk aan de Kruiskade, die tot De Tempel wordt omgedoopt. Dit is een beperkt poppodium met een prima akoestiek. Na een avondje uit in De Doelen komen de liefhebbers de nacht vieren in De Tempel. Peter Graute, bijnaam Peter Backstreet, beweert dat bankiersdochter Astrid Slavenburg daar stripte op *As tears go by* van Marianne Faithfull.

Er zijn natuurlijk altijd van die droogkloten die de zon niet in het water kunnen zien schijnen en er zijn dan ook regelmatig politie-invallen. De bekende Rotterdamse dichter Frans Vogel wordt op een avond uit de blauwe hasjdampen gevist en draait de bak in. In deze ambiance van *Peace No War* komt de dag dat het voormalige godshuis met buitensporig veel geweld door de politie wordt ontruimd. De Tempel is niet gekraakt, maar daar lijkt het wel op, want er is al anderhalf jaar geen huur betaald. Jimmy, de hoofdhuurder, heeft de huurpenningen die voldaan moesten worden, in eigen zak gestoken.

Het Oude Westen blijft in ontwikkeling en er komen steeds meer migranten, onder wie veel Aziaten. De Kruiskade komt begin 2001 in het nieuws wanneer de Chinezen massaal protesteren tegen de criminaliteit waarvan zij beweren steeds vaker het slachtoffer te zijn. In de buurt rond de Kruiskade neemt het aantal straatroven in een jaar tijd met zeventig procent toe, waarmee deze straat zijn aloude imago van 'daar mot je nie komme' weer eens oppoetst.

Volgens de bewoners uit het Caribisch gebied kletsen die Chinezen maar wat. Ze overdrijven, aldus hen, en door hun stemmingmakerij maken ze het erger dan het is, zodat de prijzen van de panden zakken en zij die goedkoper kunnen overnemen. Ze willen ons eruit drijven en komen met tassen vol geld en betalen cash, het dubbele van de waarde van de panden, zo is de mening van menig (oud-) bewoner.

Na de recente verkrachtingen is echter voor veel Chinese buurtbewoners de maat vol en daarom gaan ze met zijn allen de straat op. De eigenaresse van toko De 1e klasse, die tempé, varkensbloed en levende vis verkoopt, is hun aanspreekpunt. Bij haar kunnen de Chinezen terecht om aangifte te doen. Zij vertaalt hun klachten in het Nederlands en ze heeft er bijna een dagtaak aan.

Met een zucht zegt ze: 'In het begin was het hier gezellig, toen kwamen de Chinezen uit het hele land hierheen, want ze kunnen hier leuk winkelen, er is goed Chinees eten en er zijn platenzaken met cd's uit Hongkong. Nu komen ze jammer genoeg niet meer.'

Met deze sombere toekomstverwachting zal de eigenaresse geen gelijk krijgen. Het Rotterdamse Chinatown met zijn interessante mengelmoes van exotische culturen, tegen een achtergrond van historisch Rotterdam, zal altijd boeien.

Chinatown

Het Rotterdamse Chinatown ⑦ wordt voornamelijk gevormd door de Kruiskade en de buurt die aansluit op de Westersingel. In die wijk wonen niet alleen Chinezen, maar ook veel Antillianen, Turken, Surinamers en Afrikanen. Het is een buitenlands aandoende wijk met zijn restaurants, toko's, supermarkten, videoshops en belwinkels. Het is voor mij daarnaast een straat vol herinneringen. Bij elke stap die ik daar zet, schieten me wel voorvallen te binnen van lang of kort geleden – fraai maar ook minder fraai.

In 1980, ze is dan 17 jaar, komt Lee Ah K. naar Nederland. Haar ouders hebben op het eiland Terschelling een Chinees restaurant. Lee Ah is verliefd op de kelner, Chun H. Die relatie wijzen haar ouders af. Na drie jaar vlucht het verliefde paar en ze krijgen drie kinderen in een tijdsbestek van zes jaar.

Dan ontdekt Lee Ah dat haar partner gokverslaafd is. Ze kan geen kant op: de onmin met haar ouders belet haar om terug naar Terschelling te gaan en verder heeft ze niemand die haar kan helpen. De Chinese en haar partner komen in de mensensmokkel terecht en ze worden daarvoor veroordeeld: Lee Ah in 1995 in een Nederlandse smokkelzaak; Chun H. een jaar later in Frankrijk tijdens een internationale operatie.

Lee Ah komt eerder vrij en tijdens de detentie van haar partner, in 1996, krijgt Lee Ah een relatie met de woekeraar Min Z. Deze houdt ze geheim voor Chun H., die na zijn terugkeer uit de Franse cel wel apart gaat wonen. Intussen heeft Lee Ah 85.000 gulden schuld gemaakt om het gezin te onderhouden. De banken ontdekken dat ze met valse gegevens kredieten heeft verkregen. Alleen wanneer ze terugbetaalt, zijn de banken bereid aangifte bij de politie achterwege te laten.

Daardoor heeft Lee Ah geen andere uitweg dan illegale inkomsten te verwerven via de organisatie van Jingping Chen, bijgenaamd Sister Ping, in Rotterdam. Chen is een jonge dertiger, spreekt Mandarijn, draagt dure kleding en juwelen en heeft haren op schouderlengte. Ze is mooi en erg dominant en heeft een beruchte reputatie in het smokkelen van mensen naar het Verenigd Koninkrijk.

Ergens eind juni 1998 wordt in Rotterdam de Chinese woekeraar annex mensensmokkelaar Min Z. vermoord. Hij bleek mensen te manipuleren met gokschulden. Als een gokker verliezen had geleden, bood hij hem in het casino een lening aan, om dat bedrag daarna tegen een woekerrente terug te vorderen. Wie niet kon betalen, werd gedwongen tot criminaliteit, veelal mensensmokkel.

De maanden voor zijn dood heeft de woekeraar zijn praktijk vooral uitgeoefend in een illegaal Turks gokhuis aan de Essenburgsingel in Rotterdam. Zo komen Turkse gokkers in de mensensmokkel terecht, want de 'handige' Chinezen winnen vrijwel altijd van de Turken.

Op 1 juli 1998 ontdekt de politie een lichaam op een van de pijlers van de Zeelandbrug. Het blijkt het lijk van Min Z. te zijn, waarvan de schedel is ingeslagen. Forensisch onderzoek, mede door hulp van de patholoog-anatoom dr. Hens, brengt aan het licht dat dat vermoedelijk met een koekenpan is gebeurd. Ook blijkt dat de woekeraar voor zijn dood is gemarteld. Hens signaleert behalve beschadigingen aan de schedel dat het voorhoofd met een scherp voorwerp is gekliefd. Er is toiletpapier in de bebloede mond van Min gepropt, waardoor hij is gestikt.

Omzwachteld met lakens en gordijnen wordt het lijk op de eerste dag van juli aan de voet van de Zeelandbrug teruggevonden. De daders hebben half werk geleverd: de dode man is van de brug gegooid maar op een pijler blijven liggen, zodat het wordt ontdekt.

De politie begint een onderzoek en via het tv-programma *Opsporing Verzocht* op 20 juli 1998 komt bij de Criminele Inlichtingendienst in Rotterdam een zeer gedetailleerde anonieme tip binnen. Er wordt beweerd dat de moord is uitgevoerd door twee Albanezen uit het gokcircuit. Twee Britse chauffeurs met ervaring in de smokkel van illegale Chinezen naar Dover, waarvan er een ook bekend is als huurmoordenaar, zouden het lijk naar de Zeelandbrug hebben gereden. De vier werken in opdracht van de Rotterdamse Chinees, Chun H., alias People Fong.

De man gaat nog veelvuldig om met Lee Ah, inmiddels zijn ex. Zij is ook de latere vriendin van Gürsel Özcan. De politie luistert de telefoon van de verdachten af en stelt vast dat de moord op Min Z. voor hen nauwelijks een gespreksonderwerp is. Ze zijn druk met het arrangeren van illegale transporten van Chinezen naar Dover. In eerste instantie zijn er acht verdachten, inclusief Lee Ah, en de vader van haar kinderen, Chun dus. Voor hen is het een dagelijkse routine, leren de verslagen van de afgeluisterde telefoongesprekken.

Wat betreft de moord blijkt dat de tip vrijwel volledig klopt. Chun H. legt een bekentenis af bij de politie. Kort voor de moord had Chun ontdekt dat zijn ex-vriendin Lee Ah een relatie had met Min Z., en hij nam daarvoor wraak. In het moordplan speelt ook zijn ex een rol. Zij belt Min Z. en zegt dat haar vriend in het buitenland is. Min komt naar Lee Ahs woning zonder zijn vaste lijfwachten, en bij de voordeur overmeesteren de Albanezen hem. Lee Ah bevestigt later deze gang van zaken, maar onderstreept dat ze onder druk van haar Chun heeft gehandeld. Als een Britse chauffeur ook een bekentenis aflegt, is de zaak rond.

Het Copa-onderzoek

In het Surinaamse restaurant Kiem Foei op de West-Kruiskade eet ik graag roti, met 'gepluisde kip' en kousenband. Een biertje smaakt daar altijd goed bij. Tijdens weer eens zo'n etentje vang ik het luide maar geanimeerde gesprek van twee Surinaamse mannen op die iets in de jeugdzorg doen. Ze zullen minder verdienen dan hun landgenoten die in de cocaïne zitten, maar hebben wel meer eer van hun werk en leiden een rustiger leven, denk ik. Die gedachte wordt ingegeven door een rapport dat ik net die middag heb gelezen, het rapport over het Copa-onderzoek.

Begin jaren negentig deed het Copa-team onderzoek naar de cocaïnestromen van Suriname naar Nederland. De naam 'Copa' staat voor het traject Colombia-Paramaribo. Tijdens dit onderzoek blijkt dat er opvallend veel Rotterdamse of aan Rotterdam gelieerde criminelen bij die zaak betrokken zijn.

Het begint in 1989, wanneer de vrouw van Iwan Graanoogst, Desi's rechterhand, betrokken blijkt bij de import van 200 kilo Colombiaans *finest* in Suriname. In 1991 verklaart Helio Stewart dat Graanoogst drie dagen had geconfereerd met de Nederlander Kobus Lorsé over het opzetten van een nieuwe cokelijn naar ons land. Die lijn wordt al snel effectief, want een paar maanden later onderschept de Nederlandse douane al bijna 650 kilo aan cocaïne en worden Kobus, Helio en de rest van de betrokkenen achter de tralies gezet. Helio verlinkt de boel en wordt de kroongetuige in die zaak, maar op 6 december 1993 wordt hij door Siegfried Saez omgelegd.

Het is wel zeker dat de exercities van Helio hun weg hebben gevonden in een rapportage van het Copa-team. Coördinator Van Winsen neemt in zijn rapport verschillende criminelen onder de loep. Zo hebben we Richard Jean van Aalst, geboren op 20 mei 1947. Van Aalst is een grote jongen op het gebied van de verdovende middelen; niet alleen hasj en cocaïne, maar ook heroïne en amfetamine (ecstasy). Hij is zowel organisator van cocaïnetransporten vanuit de

Antillen naar Nederland als van grote hasjpartijen vanuit Libanon naar België en Nederland. Van Aalst zou ook de distributie van verdovende middelen verzorgen vanuit Nederland naar andere landen, zoals Engeland. Zijn contacten zijn onder anderen Henk de Zeeuw, Van Niekerk, John van der Wel, Cock Steenbergen en mevrouw Wil Weerheym-Baggerman.

Laten we deze mannen eens onder de loep nemen. Gerrit Jan de Zeeuw, roepnaam Henk, geboren 11 juni 1953, is een van de vier grote jongens op het gebied van import van hard- en softdrugs. De Zeeuw is eigenaar of mede-eigenaar van Enteco International BV, van Holland International Service AVV (via Wilfried Tjon a Loi) en diverse horecabedrijven, waaronder Intermezzo. Hij zou zich met Fred Seitzinger bezighouden met grote hasjtransporten en in afwezigheid van De Zeeuw zou Seitzinger de verantwoordelijke man zijn. Bob van Niekerk, de 'luitenant' van De Zeeuw, zou diens horecazaken regelen en exploiteren en zelf beslissingen mogen nemen met betrekking tot, met name, de hasjtransporten vanuit Marokko.

En dan is er nog John van der Wel, die zich vaak zou bewegen in het legale dan wel illegale gokcircuit. Allemaal zeer vaag, maar een belangrijk gegeven is dat op maandagochtend 2 december 1991 zeven mannen in een loods in de Meern worden aangehouden, onder wie Van der Wel. Daarbij wordt tien ton hasj in beslag genomen. Onder de aangehouden mannen bevinden zich ook Johns broer Jos van der Wel, Miloud el Guebli en Shane Erwich. Achter dit hasjtransport zouden Henk de Zeeuw en Fred Seitzinger zitten. Volgens het Sinusteam, een team dat drugslijnen onderzoekt, zou de Marokkaan Miloud el Guebli, geboren 10 augustus 1962, de intermediair van Piet Schneider zijn.

Vermeldenswaardig is verder nog dat John van der Wel contacten zou hebben met gokkoning Ger van Driel Vis.

De dame in dit gezelschap is Wilhelmina Dorica, een pseudoniem van Wil Weerheym-Baggerman, geboren 8 mei 1947. Uit alles blijkt dat zij als een soort intermediair fungeert tussen de grote jongens

Steenbergen, Kiers en Van Aalst en ook met de grote hasjhandelaar Wout Ultee. Zij zou vermoedelijk dikwijls goede informatie krijgen van politiezijde en deze doorspelen aan Steenbergen.

Ook van de affaires rond het onderzoek van het Sinus-team naar de activiteiten van Piet Schneider en consorten zouden Dorica en Steenbergen daardoor goed op de hoogte zijn. Wil is een belangrijke spil in het geheel.

Naast Henk de Zeeuw zou volgens Copa-coördinator Van Winsen ook de Rotterdammer Cock Steenbergen zakelijke contacten onderhouden met de kringen van Wilfried Tjon a Loi.

Nachtclubportier Cock Steenbergen begint samen met partner Barney Sanders in de jaren zeventig hasj te smokkelen. Daar verdienen ze een boel geld mee.

Dat Rotterdammers niet graag opvallen, gaat er bij deze heren niet in. Ver voor de Amsterdamse penoze verkeersopstoppingen veroorzaakten door hun four wheel drives midden op de PC Hooft te parkeren om boodschappen te gaan doen, parkeerde Barney zijn auto in het voetgangersgebied van het Stadhuisplein om een biertje op het terras te gaan drinken. Of hij nam zijn paard mee de kroeg in, de trappen op van de Pipo Bar op de eerste verdieping aan de Eendrachtsweg.

Cock werd pas echt groot toen hij alleen doorging. Barney was in de gevangenis beland en overleed daar aan een hartaanval. Cock komt pas veel later aan de beurt. In 2002 wordt hij voor tien jaar opgesloten, na een jarenlange vergeefse jacht van justitie. In 1995 moesten ze Cock bijvoorbeeld laten lopen na het 'Bever-onderzoek', de Rotterdamse tak van het IRT. Door justitie werd hij gezien als 'de president-directeur aan de top van een drugsimperium'. Volgens justitie deed hij ook zaken met de Surinaamse ex-legerleider en drugsbaron Desi Bouterse.

Van Winsen noteerde het volgende:

'Cornelis Steenbergen, roepnaam Cock, een bekende Rotterdamse cri-

mineel, wordt op 13 december 1944 geboren in Apeldoorn. Steenbergen is diverse malen betrokken bij de invoer van hard- c.q. softdrugs naar Nederland. Via via heeft Cock contacten met de groep rond Bruinsma *en Urka via John Michael Bergen, bijnaam Boenki, en met de groep Henk Orlando Rommy, El Guebli en Lorsé. Cock is eigenaar en directeur van de bedrijven Expover BV en Eurofruit Centre te Rotterdam. Hij zou voor vijftig procent zitten in Casino Hotel Concorde op Aruba en onderhoudt contact met Hans Silooi, de manager van het hotel. Cock heeft in het casino van het Hilton Hotel in Rotterdam diverse medewerkers van dit bedrijf aan zich gebonden. Belangrijk contact: Frans Schipper, die later uit het casino stapte en voor Westkust ging werken en volgens de laatste gegevens zelfs eigenaar zou worden van een filiaal van Westkust. Via vriendin en croupier Yvonne Groeneweg, Hardo Kloppert en Frans Schipper zouden drugstransporten zijn verzorgd naar Frankrijk. Verder is er sprake van twee nieuwe manieren van transport van drugs vanuit Suriname naar Nederland: de drugs worden verstopt in grote pompoenen, die vervolgens verscheept worden, of de cocaïne wordt in Colombia opgelost in alcoholische drank, die vervolgens in kratten of dozen naar Nederland vervoerd worden. Voor wat betreft de cocaïne zou Steenbergen het een en ander regelen via Tjon a Loi, die ook betrokken zou zijn bij het witwassen van geld. Richard van Aalst zou voor de verdere distributie van de drugs zorgen in Engeland. Van Aalst is een hele grote jongen in de verdovende middelen, die zich behalve met cocaïne ook met de distributie van hasj, heroïne en amfetamine bezighoudt. Met betrekking tot deze cocaïnehandel zou Steenbergen ook contacten onderhouden met de reeds eerder vermelde Surinamer met de bijnaam Boenki, die weer contacten zou onderhouden met de groep van Etienne Urka.*

Andere min of meer vaststaande contacten van Steenbergen zijn onder anderen Ed Vervoort, een bekende Rotterdammer voor wat betreft hasj; de broers Jan en Wout Ultee en Gerard de Koning. Voor de cocaïne werkt hij samen met Fred Seitzinger en natuurlijk ook met Ab Kiers.'

De vermelde Franciscus Henry Schipper, roepnaam Frans, wordt op 27 maart 1961 geboren. Hij was croupier in het casino van het Hilton te Rotterdam en later koerier voor Steenbergen. Schipper zou in dienst zijn getreden van het bedrijf Expover van Steenbergen en vaak als chauffeur dienstdoen bij hasjtransporten voor het bedrijf Westkust Transport. Volgens insiders heeft Schipper dit bedrijf in de maag gesplitst gekregen, omdat het zeer noodlijdend zou zijn. Het bedrijf krijgt nog veel geld van Ab Kiers, die dat geld niet heeft en daardoor weer sterk afhankelijk van Steenbergen is. Tijdens een proefrit, het uittesten van een route, wordt Schipper op 25 maart 1992, op de terugreis vanuit Spanje, met zijn vrachtwagencombinatie aangehouden nabij Kortrijk op de grens van België en Frankrijk. Er worden echter geen drugs aangetroffen.

Tot nu toe missen we een grote Rotterdamse crimineel, die ten tijde van het Copa-onderzoek ook al geen kinderachtige reputatie had: de figuur van Jacobus Lorsé, roepnaam Kobus, geboren 7 maart 1945.

Copa-coördinator Van Winsen schreef het volgende over hem:

'(...) de reeds eerder genoemde Kenneth Tjon a Loi, een broer van Fred Tjon a Loi die een direct contact had met Desi Bouterse en Tjan Gobardhan, een minister in Suriname. Zo ook met Shirley Sitaldien zou er contact zijn tussen Fred Tjon a Loi en Lorsé. Zelfs gaan de geruchten dat Lorsé zich met behulp van Fred Tjon a Loi zakelijk heeft kunnen vestigen op Aruba. De Zeeuw en Seitzinger zijn tevens vaste contacten van Lorsé, die wordt gezien als eventuele leider van een eigen criminele organisatie. Een rechterhand en duidelijk ondergeschikte van Lorsé is de bekende John van Dijk. Lorsé zou eigenaar of mede-eigenaar zijn van de bedrijven Diepwel BV en Peltzer Trading. De laatste heeft zowel een vestiging in Nederland als in Suriname, waar het vertegenwoordigd wordt door ene Savelkous. Diepwel BV zou gebruikt worden om grote partijen hasj per schip te vervoeren in containers naar Delfzijl/Eemshaven.'

Kortom, Copa had op dat moment Kobus Lorsé nog niet duidelijk in het vizier. Van Winsen geeft verder aan dat Johannes Albertus Kiers, roepnaam Ab, geboren 31 mei 1941, een goed contact is van Cock Steenbergen, zeker met betrekking tot de cocaïnehandel vanuit het Surinaamse. Kiers is verder een zeer goede bekende van Marcel Reginald Zeeuw, een voormalig Surinaams militair die opgeleid is in Nederland. Hij is een van de zestien plegers van de 'Sergeantencoup' in Suriname op 25 februari 1980. Zeeuw werd door justitie, zowel in Suriname als Nederland, meermaals in verband gebracht met de handel in cocaïne in samenwerking met Desi Bouterse. Zijn opsporingsbericht vermeldde: 'De verdachte voornoemd wordt ervan verdacht zich schuldig te hebben gemaakt aan diefstal met geweldpleging, afpersing, oplichting, bedreiging en overtreding van de Opiumwet.'

Verdere vaststaande c.q. veronderstelde contacten van Kiers zijn Kuldip Singh, Frans Schipper, Wil Weerheym-Baggerman, de gebroeders Ultee, Jos en Willem Berk, Fred van Deutekom, Fred Seitzinger en natuurlijk Henk de Zeeuw en Wilfried Tjon a Loi voor de cocaïne.

De enorme opmars van drugs in de hele wereld is tot op de dag van vandaag nog niet gestuit. Het Copa-onderzoek heeft duidelijk blootgelegd hoe sommige Rotterdamse penozejongens een groot internationaal crimineel netwerk hebben gevormd met drugs als winstgevend middelpunt. Laten we hopen dat de overheid aan deze toenemende criminele activiteiten een eind weet te maken.

4

Omgeving Westersingel

Seriemoordenaar op de Westersingel

Het was weer gezellig in Proeflokaal De Ridder en lichtelijk aangeschoten stap ik naar buiten. Daar, voor me uit, aan de andere kant van het water, liggen de huizen aan de Westersingel stil in de duisternis. Slechts hier en daar is een venster geel verlicht. Of het nu door de Famous komt of door de sombere duisternis buiten het proeflokaal, ik heb nog geen zin om mijn bed op te zoeken. Ik trek mijn kraag nog eens flink op en loop verder. Onwillekeurig vraag ik mij af of het misschien de somberheid van een avond als deze was die maakte dat John Sweeney hier ooit tot zijn gruwelijke moord is gekomen.

Begin jaren tachtig laadt de Londenaar John Sweeney zijn gereedschapskist en schilderspullen in zijn auto en neemt afscheid van zijn vrienden in de pub. 'Wat ga je doen?' vragen ze de artistiek uitziende John.

'*Travelling through Europe*,' luidt het antwoord. John wil als klusjesman en schilder proberen aan de kost te komen. Zijn pubvrienden wensen hem '*Good luck*' en zo verdwijnt hij uit hun leven.

Naast zijn vakmanschap als timmerman kan John aardig tekenen, schilderen en ook schrijft hij gedichten. Voor veel vrouwen is hij een aantrekkelijke man met zijn artistieke flair en charme. Vrij gemakkelijk wint hij het vertrouwen van mensen en als een charmante gipsy heeft hij overal in West-Europa vriendinnen. In het voorjaar van 1990 arriveert hij in Rotterdam.

Enkele weken later, het is donderdag 3 mei 1990, overleggen twee blonde jongens, Henk en Robbie, wat ze die dag zullen gaan doen. 'Kralingse Bos?' stelt de een voor. De ander haalt zijn schouders op. 'We kènne ook gaan visse, tis lèkker weer èn volgus mun moeder blijf ut de hele dag zonnog.'

De ander knikt en even later lopen ze over de Kruiskade naar de Westersingel om daar hun hengels uit werpen. Terwijl ze naar hun dobbers turen ziet een van de jongens een paar meter bij hen vandaan een plunjezak tegen de kant drijven.

'Mot je is kijke, Hènk, un plunje zak, tis zeker van un soldaat.'

'Of un schat, late we is kijke,' zegt de ander en met hun sterke jongensknuisten slepen ze de zak de kant op.

'Goddomme, wat istie zwaar!'

'Da komp door ut water,' zegt Robbie, die enthousiast het koord waarmee de zak is dichtgebonden los begint te knopen. Dat gaat moeilijk, omdat die drijfnat is.

Eindelijk is de knoop los en ze vouwen de zak open.

'Gètverdèrrie, un dood varke,' griezelt Robbie, die verschrikt achteruitdeinst. Henk, die wat moediger is, voelt met zijn hand, springt achteruit, kokhalst en geeft over in het gras.

'Robbie, tis un mèns.'

Hij staart zijn vriendje lijkbleek aan. 'We motte de pliesie waarschouwe.'

De Rotterdamse straatschoffies worden door een politieagente meegenomen naar het bureau, terwijl haar collega's van de recherche aan het werk gaan. De recherche vindt in de plunjezak enkel de romp van een jonge vrouw. Haar hoofd en handen ontbreken, zo ook haar identiteit.

Elf jaar later, op 19 februari 2001, ontdekken spelende kinderen in het water van een zijarm van de rivier de Theems in Engeland eveneens de romp van een vrouw. Ook hier ontbreken het hoofd en de ledematen en heeft de politie geen idee wie de dader is.

Achttien jaar na de vondst in Rotterdam kan aan de hand van DNA worden vastgesteld dat de romp die in de Westersingel gevonden is, toebehoort aan het Amerikaanse fotomodel Melissa Halstead. ⑧ Een maand voor de vondst van haar romp is ze verdwenen uit haar woning aan de Kromme Waal in Amsterdam. Daar woonde John Sweeney met Melissa. Getuige de vele tekeningen die hij van haar maakte, hadden ze een tumultueuze relatie.

Op dezelfde manier als bij Melissa komt men achter de identiteit van de vrouw die is opgevist uit de Theems. Het gaat om de 31-jarige Engelse prostituee Paula Fields. De recherche komt tot de ontdekking dat ook zij een relatie heeft gehad met Sweeney, die een bekende is van de politie. Sweeney zit inmiddels namelijk al een levenslange gevangenisstraf uit voor poging tot moord op een andere ex-vriendin, verpleegster Delia Barmer.

Delia weet met veel moeite te ontkomen wanneer Sweeney haar

in 1994 met een bijl te lijf gaat. Volgens de vrouw schreeuwt hij tijdens de aanval dat ze dood moet, net zoals het bij Melissa in Amsterdam moet zijn gegaan. Niettemin weet Sweeney te ontkomen. Nadat het lichaam van Paula Fields is aangespoeld, komt de politie hem opnieuw op het spoor, in 2001. In de flat van Sweeney worden honderden tekeningen van moorden op vrouwen gevonden, waarbij de Brit zichzelf heeft afgebeeld als duivel.

Op één tekening is een graftombe te zien met de tekst 'R.I.P. Melissa Halstead', verborgen onder een laagje Tipp-Ex. In een gedicht schrijft Sweeney: 'Arme, oude Melissa. Hakte haar in stukken. Voedsel voor de vissen. Amsterdam is de hel.'

Voor de Britse aanklager is het overduidelijk: Sweeney heeft zijn slachtoffers in stukken gehakt. Begin 2011 is het proces tegen de dan 54-jarige John Sweeney in gerechtsgebouw The Old Bailey. Hij wordt door de aanklager getypeerd als een zeer agressieve man met een extreme vrouwenhaat. Het betoog van de aanklager wordt meerdere keren onderbroken door de verdachte, die schreeuwt dat het allemaal leugens zijn. Op andere momenten zit hij tot verbijstering van de toehoorders spottend in de handen te klappen.

Op 5 april 2011 wordt hij door de Engelse rechter tot tweemaal levenslang veroordeeld, zonder de mogelijkheid ooit nog op vrije voeten te komen. In Rotterdam zien we hem dus nooit meer rondwandelen.

Schoffie in het Westerpaviljoen

Aan een tafeltje in het Westerpaviljoen ⑨ zit een klein oud vrouwtje met een bleek gezicht dat wordt omgeven door grijze gepermanente krullen. Het dametje is niet alleen. Aan haar voeten ligt een Beagle.

'M**ooie hond,' zeg ik, terwijl ik me op de** stoel aan het tafeltje naast haar laat zakken. De hond kwispelt met zijn staart om me te begroeten.

'Ook goedemiddag,' wijst de oude dame me terecht.

'Goedemiddag, mevrouw,' reageer ik daarop wat ongemakkelijk.

'Sjaan,' zegt ze. 'Zeg maar Sjaan.'

Nadat ik bij het meisje een cappuccino heb besteld, vraag ik hoe de Beagle heet.

'Schoffie!' Gelijk heft het dier zijn kop op en kijkt zijn vrouwtje vragend aan.

'Eigenlijk is het niet zo'n goede naam,' gaat Sjaan verder. 'Toen ik hem die naam gaf dacht ik aan de schoffies die je vroeger had. Die stalen appels bij een boer, broekzakken vol en zoveel als ze dragen konden. Daarna konden ze zich de buikkrampen eten. Boefjes die streken uithaalden en die daarvoor hoogstens van hun vader een paar klappen voor hun kont kregen.'

'Stelen ze vandaag de dag geen appels meer?'

'Houd toch op met je appels. Tegenwoordig hebben de schoffies zich ontwikkeld tot straatrovers. Zetten je een mes op de keel en bedreigen je zo agressief dat je direct je bankpas en pincode afgeeft. Die rotzakken houden je vast tot ze je bankrekening hebben geplunderd.'

Ze vertelt over haar oude buurjongen uit de Jozefstraat. Ze zag hem gisteren nog. Hij had zijn capuchon strak over zijn hoofd getrokken en een blowtje hing aan zijn lippen. Zijn knokkels waren kapot door een vechtpartij en een van zijn ogen had alle kleuren van de regenboog. 'Ondanks dat hij er zo uitzag glimlachte hij toen hij me zag. "Hi buur!" Ik ken dat gastje al sinds hij een klein schoffie was. Ik heb hem op zien groeien tot een kleine crimineel. Drie maanden geleden werd hij achttien, maar zijn verjaardag heeft hij niet thuis kunnen vieren. Toen zat Mehmet een oude straf uit. Hij had samen met een vriendje een belkantoor overvallen.'

‘Hoe komt zo’n jongen nou tot zoiets?’ vraag ik.

‘Ach, hij heeft natuurlijk wel het een en ander meegemaakt. Toen hij eens aan het computeren was hoorde hij een knal. Hij vloog de trap af en vond zijn broer in de plee, die had zichzelf door zijn kop geschoten. Waarom hij dat heeft gedaan weet niemand. Maar nou vraag ik je: moet je je daarvoor wreken op oudere mensen? Van mijn vriendin heb ik gehoord dat Mehmet erbij was toen ze werd overvallen en zichzelf uit moest kleden. Daar stond Anna dan in haar blootje. Ze schaamde zich rot, ze was beroofd van haar geld en haar trots. Ik zei tegen haar, waarom ben je er niet tegen ingegaan? Die schaamte vergeef je jezelf nooit. Toen begon ze te grienen.’

Het zijn bijna altijd jongens en meisjes uit achterstandswijken, vertelt Sjaan. ‘Meestal Marokkanen of jongeren uit de Cariben. Dan kunnen ze wel kletsen over de andere achtergrond die ze hebben, dat ze in armoe verkeren en dat ze er niets aan kunnen doen, dat ze geen toekomst hebben en al dat zielig aandoende geklets meer; maar die gastjes hebben geen respect voor ons. Ze noemen ons “arrogante blanken” of “christenen”. Dat schorem vindt dat we er zelf om vragen omdat we door hun gebied lopen. Die schoffies van vroeger zijn nu gewapende dealers die ’s avonds ronddwalen op de Nieuwe-Binnenweg en er geen enkel probleem in zien om passanten te bedreigen. Mijn vriendin is de laatste maand, voordat ze zich uit moest kleden, liefs vier keer door verschillende dealers lastiggevallen en twee keer is ze met een wapen bedreigd. Het zijn gastjes die stijf van de drugs staan en voor niemand bang zijn. Eén verkeerde blik en je kan een mes tussen je ribben krijgen. Of ze bieden je drugs aan en als je dan weigert, heb je de poppen aan het dansen. Mijn vriendin heeft niet eens overwogen aangifte te doen. Want dit alles gebeurt gewoon onder de ogen van de politie. Aangifte doen, laat me niet lachen. Die gastjes staan binnen de kortste keren weer buiten. Het zijn geen schoffies, ik vind het een belediging voor mijn hond om dat gajes zo te noemen. Het is tuig van de richel.’

En met die laatste zin staat ze op, legt wat geld op tafel en trekt haar Schoffie mee naar de uitgang.

Nees Pors verslaat Europees kampioen

Op een dinsdagavond loop ik over de Westblaak. Mijn gedachten gaan als vanzelf naar danssalon De Wiek ⑪, waar ik als een uit de kluiten gewassen snotneus vaak ging dansen. Nees Pors stond daar in die jaren aan de deur. Dat was een mannetjesputter van wie mijn vrienden beweerden dat zijn overgrootvader de laatste beul van Nederland is geweest. Navraag leert me dat dit Dirk Jansen was en of die nu gerelateerd is aan de familie Pors, ik vraag het me af.

Over Nees hoor ik die avond enkele verhalen van Christine, die meezingt in de meidengroep De Krijsende Krengen. Christine, ik noem haar Crisje, is zoals ze zelf zegt een echte straatmeid uit Spangen. Ze zit aan de bar in Proeflokaal De Ridder op de Mauritsweg, dat 'het kleinste café van Rotterdam' wordt genoemd. Door uitbater Martin Jonkers laat ik een Drambuie voor haar inschenken en zelf neem ik een Famous.

Nadat we wat over galerie van Teo van Vlaanderen hebben gekletst komt het gesprek op De Wiek en daarna als vanzelf op Nees. Ik had van een van de krengen gehoord dat Crisje wat zou hebben gehad met Nees en werp een visje uit.

'Kende je de uitsmijter van De Wiek ook?' vraag ik.

Crisje knikt. 'Je bedoelt Nees? Ja, die ken ik goed. Een aardige gozer, maar je moet geen mot met hem krijgen.'

'Hoe goed ken je hem dan?' In mijn gedachten zie ik mooie Crisje al met Nees rollebollen.

Ze kijkt me van opzij aan. 'Dat gaat je geen ene mallemoer aan, linkmiegel.'

'Oké, maar wat is het dan voor een man? Ik heb zijn naam al zo vaak horen vallen.'

'Het is een knappe gozer, gespierd en alle gasten die in De Wiek kwamen hadden veel respect voor hem. Alle mannen wisten dat hij zo'n beetje de sterkste man van Rotterdam was.'

'Ik ken hem ook uit De Wiek, maar ben hem uit het oog verloren. Wat is hij gaan doen?'

'Ach, het aan de deur staan begon Nees op de duur te vervelen. Samen met Cor Sweris is hij als ober gaan werken in nachtclub De Cascade op de 's Gravendijkwal. Daar kan ik je nog een mooi verhaal over vertellen.'

Crisje gaat verzitten. Ze draait zich een kwartslag om, zodat ze me kan aankijken.

'Op een dag beginnen een stelletje Noorse zeeschuimers, die net hun gage hebben ontvangen en vertier zoeken aan de wal, wat al te luidruchtig te zijn in de Cascade. Als Nees zegt dat ze zich wat sjaakies moeten houden, is de dansvloer algauw een boksring zonder touwen. Nees en Cor, die ook een mannetjesputter is, slaan de bonkige Vikingen stuk voor stuk het snot voor de ogen, tot ze tollend en volledig van de wereld tegen de vloer dreunen.'

Crisje kijkt me aan, kijkt vervolgens naar haar glas dat leeg is, knipoogt en lacht.

'Je moet een meisje nooit zo lang op haar spraakwater laten wachten.'

Pas nadat Martin het glas heeft gevuld gaat ze verder.

'Of die keer met zijn vriend René de Milde. Nees' vrouw Sonja heeft nog in de Scott 14 van René aan de Rosestraat gewerkt. Nou, die René wordt in de PB-Club op de Nieuwe Binnenweg aangevallen door acht van die rockabilly-types uit The Flaming Star. Nees schiet te hulp en ramt drie van die gasten voor dood tegen de grond, zodat Petrus ze zelf bijna uit kan tellen. Wanneer Nees opkijkt om de rest aan te pakken zijn die verdwenen.'

Ik schiet in de lach door haar plastische beschrijving. Zonder te stoppen gaat ze verder.

'Dat Nees een sterke gozer is heeft ook Aad Veerman in de gaten, die zichzelf de titel "bokspromotor" aan heeft gemeten. Hij zegt tegen Nees dat hij profbokser moet worden en zich moet melden bij de boksschool van ome Theo. Dat had hij beter kunnen laten, want Nees is een veel te vrije jongen. Die kan de discipline niet opbrengen om prof te worden.

Na enkele jaren komt bij Nees het besef dat de centen die hij voor een ander verdient, ook in zijn eigen zak terecht kunnen laten komen. Samen met John Drok begint hij 'Club 66' in de Mauritsstraat. Daar komen veel bekende voetballers over de vloer, zoals Pim Doesburg, Kootje Prins en Theo Laseroms. Het stinkt daar overigens altijd van de sterke verhalen, en hun liefdesleven wordt aan de bar breed uitgemeten. Na een tijdje begint Nees een café-elftal en met al die voetbalprofs winnen ze natuurlijk van iedere tegenstander. Zonder dat de besturen van de voetbalclubs het weten, spelen al die vedetten en semiprofs van Sparta, Feyenoord, en Excelsior op de zomeravonden met mekaar. Het bestuur weet van niets omdat de partijtjes meestal ver buiten Rotterdam worden gespeeld. Nees houdt er bij de spelers de wind goed onder en leidt de club als een professional. Kootje Prins, een speler van Ajax, komt eens een paar minuten te laat en kan zonder pardon op de reservebank plaatsnemen. Pas geleden hoorde ik van Gerard Cox dat Nees ook eens bij hun artiestenelftal heeft meegespeelde tegen een club uit de Hoeksewaard. De bal ging uit en kwam in een veld met rodekolen terecht. In plaats van de bal pakt Nees zo'n rodekool, werpt die in en een verdediger van de tegenpartij wil de bal doorkoppen. Wanneer hij die kool op zijn hersens krijgt, gaat hij helemaal plat.'

We schieten in de lach en even later vervolgt ze, net zo droog: 'Nees is nooit meer gevraagd om met de artiesten mee te spelen. '

Martin, die geleund op de bar geniet van Crisjes verhaal, onderbreekt haar.

'Christine. Vertel hem van het gevecht op die zomerdag in '82.'

'Even wachten, er schiet me nog een ander geintje van Nees te binnen. Jullie kennen kleine Jantje toch wel, die lilliputter die bij café De Kabouter aan de deur stond? Nou, Nees krijgt op een avond woorden met Jantje, die zo eigenwijs is als hij klein is. Nees wordt zo kwaad dat hij de lilliputter oppakt en met zijn riem vasthaakt aan de kapstok. Daar hing Jantje te schreeuwen als een mager varken.'

Ik zwijg, kan er niet om lachen, wat me een verbaasde blik van Crisje oplevert.

'Nou dat gevecht,' dringt Martin aan.

Crisje kijkt hem olijk aan en zegt: 'Dat doe ik als je me van het huis nog zo'n Drammetje geeft.'

'Natuurlijk, schat.'

Martin schenkt haar glas goed vol en Crisje gaat verder.

'Kijk, Nees is een verdomd aardige gozer, maar hij is eigenlijk nooit volwassen geworden. Hij is altijd wat jongensachtig gebleven. Hij heeft allemaal van die rotgeintjes waar je wel tegen moet kunnen. Ik zal je een voorbeeld geven. Op een zonnige dag in juli maakt Nees met Nicky Hidalgo een toertje in de omgeving. Je kent Nicky toch?'

Ik knik en Cris neemt een slok.

'Nou, op een dijk zien ze Rudy Koopman lopen. Je kent dat wel, al lopende schijnbewegingen, luchtboksen en huppelpasjes maken. Achter Rudy fietst Bert Mudde, dat is zo'n beetje Rudy's conditietrainer. Koopmans heeft zijn blik op oneindig staan en is tot in zijn tenen geconcentreerd bezig met zijn komende gevecht tegen Alex Blanchard. Die bokswedstrijd gaat namelijk om het Europees kampioenschap en dat is niet niks. Goed, de wagen van Nees komt rustig aanrijden en wat doet Nees?'

Crisje zwijgt even en kijkt me afwachtend aan om de spanning wat op te voeren. Ze grijnst.

'Hij pleurt een donderslag, die Nees van Nieuwjaar heeft overgehouden, achter Rudy op het wegdek. Van de enorme knal die volgt schrikt Rudy zo, dat hij zonder na te denken van de dijk duikt en enkele keren omrolt alsof hij meespeelt in een cowboyfilm. Ook Mudde laat zich wit van schrik van de fiets vallen. Die reactie van Rudy is niet zo gek, want die is al eerder beschoten en hij handelde puur in een schrikreflex.'

Ik zie het voor me en schiet in de lach.

'Je hoeft niet te lachen hoor, het is al erg genoeg. Na enkele seconden begint Rudy de dijk weer op te klauteren en dan kijkt hij in de grijnzende en spottende gezichten van Nicky en Nees. Rudy wordt zo godsallemachtig kwaad dat hij de ene vloek na het andere kankerwoord over de dijk laat rollen. Het lijkt wel of hij daarin les van Bep van Klaveren heeft gehad.

"Ik sla jullie helemaal de tyfus!" schreeuwt hij woedend en gelijk wil hij een stoot aan de lachende tronie van Nees uitdelen. Dat blijft bij een poging, want Nees heeft het zien aankomen. Hij blokt de stoot en geeft in een reactie Rudy zo'n hengst voor zijn hersens, dat die tollend op zijn benen tot honderd staat te tellen. Was het daar nu maar bij gebleven, maar onze kampioen denkt Nees wel te kunnen hebben en gaat in de aanval. Nou, daar is hij bekaaid van afgekomen. Als die Nees je een klap voor je hersens geeft, dan sta je te rammelen op je benen en geef je licht. Onze bokser Rudy was zo aangeslagen dat hij zich in het Zuiderziekenhuis aan zijn verwondingen moest laten behandelen.'

'Jezus, wat een verhaal,' reageer ik. 'Is dat echt gebeurd?'

'Ja man, ik lieg niet. De wedstrijd tegen Blanchard hebben ze gewoon een tijdje uit moeten stellen wegens een blessure van Koopman, opgelopen tijdens de training. Tenminste, dat stond in de krant. Je kunt het natuurlijk wel een blessure noemen en dat moest ook wel, want dat hij door Nees in elkaar was geslagen, was natuurlijk niet zo goed voor de naam van Rudy in de bokswereld.'

Crisje staat op om naar achteren te gaan. Ze wankelt en grijpt me bij de arm.

'O gottegot. Ik heb zo veel gedronken dat ik van de kist raak.'

Ik geef Martin een seintje. 'Bel even een taxi, wil je?'

Daarna betaal ik de rekening, druk een zoen op Christines wang en help haar even later in de taxi.

Roddels over de penoze

Enkele dagen later hoor ik opnieuw iets over Nees Pors. Dat gebeurt als ik aan de bar in café de Consul op de Westersingel naast een blonde vrouw op een kruk ga zitten. Ik herken haar en ben verbaasd te zien wat Vadertje Tijd kan doen met een mens. Onbegrijpelijk dat hij haar ook zo te pakken heeft gehad. Vroeger was ze een van de mooiste vrouwen van Rotterdam.

Wanneer ik haar met een grijns van herkenning een drankje aanbied, bestudeert ze mijn gezicht kort van opzij.

'Gerhardt?' klinkt het weifelend.

'Ja, helemaal.'

Dan pas accepteert ze mijn aanbod met een knikje.

'Witte wijn graag, Gé. Jezus, ik had je bijna niet herkend.'

'Ik jou wel,' lieg ik complimenteus. 'Zoveel ben je nu ook niet weer veranderd.'

Ze accepteert mijn leugentje met een weifelende maar tevreden glimlach.

'Zit je nog steeds in de horeca?' vraag ik.

'Nu wel!' Ze lacht luid om haar eigen gevatheid en vervolgt: 'Beroepsmatig niet meer, hoezo?'

'Ik ben bezig met research voor een boek over de Rotterdamse penoze. Jij weet vanachter de bar vast wel het een en ander?'

Ze grinnikt zachtjes.

'Ach, ik weet zoveel van de mannen hier in Rotterdam en als je het over de penoze hebt, daar weet ik nog veel meer van.'

'Vertel op.'

'Wat heb je al?'

'Aardig wat over de jaren zestig, over Nees Pors en wat verhaaltjes over kleine en grote criminelen.'

'Weet je dan ook dat zijn broer Cockie ook een echte vechter is?'

'Nee, dat niet.'

'Die geeft samen met Teun Brommer les aan de bekende kickbokser Bappie Tetteroo.'

Ze glimlacht tegen het meisje dat het glas wijn voor haar neerzet.

'Cockie Pors was, samen met zijn vrouw, die hij Moeke noemde, uitbater van café Thalia in de Hoogstraat. Daar heb ik nog een blauwe maandag gewerkt, maar een echt goede sfeer hing daar niet.'

'Hoe bedoel je?'

'Cockie en Moeke woonden boven het café. Ter controle van het personeel hadden ze een gat in de vloer geboord, precies boven de plek waar de fooienpot stond. Dit om controle te hebben op de binnenkomende tips. Moeke deelde namelijk mee in die pot.'

'Je liegt het toch zeker?'

'Nee, echt. Ik stond daar achter de bar. Maar had het algauw gezien. Op een gegeven moment wil een vent aan de bar, een dronken Roemeen, per se met me dansen. Ik weigerde dat, vond die vent niks, en die Cock en Moeke maar aandringen dat ik dat moest doen in het belang van de zaak.

Ik zei: "Ik ben een bardame en geen animeermeisje." Daarna heb ik m'n jas aangetrokken en de kuierlatten genomen.'

'Heb je Nees zelf ook goed gekend?'

'Ach, kennen, wat is kennen? Ik was er wel bij toen hij de zaak Tuffy wilde overnemen van Bob Hofman en door een Kaapverdiaan met een mes in zijn rug werd gestoken.'

'Heb ik nooit iets van gehoord.'

'Het was een wraakactie, hoorde ik later van John van der Spek. Nees had die Cabo eens een klap voor zijn muil gegeven.'

Terwijl ze dat zegt, gaat de deur open en klinkt de barse bariton van Jim achter ons.

'Goeienavond mensen,' en hij laat gelijk een rondje voor ons neerzetten.

Jim heft zijn glas bier en blijkbaar heeft hij haar laatste woorden gehoord. 'Op Nees,' bromt hij. 'Het was een goeie knul, maar hij was ook een penozejongen. Nees had zomaar in de boeken van Willem van Iependaal kunnen figureren. Weet je wel dat hij zijn lichaamskracht ook nog heeft ingezet voor een incassobureau dat hij in het leven had geroepen'? Binnen Zonder Kloppen had hij het genoemd en het werd vooral voor allerlei louche zaakjes gebruikt.'

Mijn gesprekspartner valt hem bij: 'Je kon beter Sinterklaas op bezoek krijgen dan Nees. De eerste komt op zijn minst wat brengen.

Nees kwam altijd wat halen, goedschiks of kwaadschiks.'

'Hij is wel verdomde slecht aan zijn eind gekomen.'

'Ja, dat is wel sneu. Hij raakte zwaar aan de drugs, werd een junk. Al zijn centen raakte hij aan die rotzooi kwijt en zo arm als een luis is hij naar boven gegaan.'

Jim knikt. 'Nees heeft wel een goeie begrafenis gehad. Het was hartstikke druk en er werd niet op geld gekeken. De uitvaart is door enkele rijke Rotterdamse jongens betaald en Wim Koopmans heeft bij zijn begrafenis nog gezongen.'

'Even heel wat anders,' zegt ze. 'Hoor jij nog weleens iets van Johnny Aarden? Ik heb de laatste jaren niets meer van hem gehoord.'

'Ik wel, maar dat is ook alweer lang geleden', zegt Jim. 'Ik herinner me nog goed dat Johnny Aarden me in april 1988 eens heeft bezocht op de redactie van *Het Vrije Volk*. Hij had een heel verhaal over tekeningen en schilderijen die hij uit Florida had meegebracht en die door Adolf Hitler waren gemaakt. De Führer zou die begin jaren twintig van de vorige eeuw hebben gemaakt. Ik ben ermee naar de prentenconservator Bram Meij van Boijmans-van Beuningen geweest. Die had over de echtheid van de werken niet de minste twijfel. Ik herinner me dat ik daar nog een uitgebreid artikel over heb geschreven.'

Jim grinnikt wat in zichzelf. 'Volgens mij waren die tekeningen net zo vals als Hitler zelf. Vraag me niet waar Johnny is gebleven. Ik heb geen idee. Een tijdje terug heb ik in De Schouw gehoord dat hij in Spanje is gestorven, maar dat kan natuurlijk ook maar een gerucht zijn.'

Ik breng het gesprek terug op Nees. 'Onbegrijpelijk dat de sterkste man van Rotterdam zo'n arme sloeber is geworden.'

'Ja, sterk was Nees,' beaamt ze. 'Maar vlak Huib Noorlander ook niet uit, dat is de beeldhouwer van onder andere Ketelbinkie.'

'Ja, dat weet ik. Was dat ook zo'n vechtersbaas?'

'We hebben het toch over sterk en dat was Huib. Ik ken de familie goed, het is nog aangetrouwde familie van me. Huib had een vrolijke vader, Jan. Een man met ondeugende ogen die niet in een borrel spuwde. In 1927 is die met Metje van Doorn getrouwd en een jaar later werd Huib geboren. Jan was timmerman, woonde eerst in Delfshaven en verhuisde later naar de Margrietstraat, dat is bij de Kleiweg.'

Ze neemt een flinke teug van haar wijn.

'Ondanks zijn edele ambacht van schoenmaker was Jan een echte penozejongen. In de oorlog schafte hij een apparaat aan om clandestien jenever te stoken. Huib hielp zijn vader daarbij meestal. Met behulp van melkbussen vervaardigden ze in de kelder een flinke hoeveelheid sterkedrank, die Jan tegen sterk opgeschroefde prijzen liet verkopen. Jan had drie kinderen, en schoenen werden er in de oorlog niet zoveel gelapt, dus moest hij wat bijverdienen. Bij een inval door de politie werd de hele boel in beslag genomen en werd proces-verbaal opgemaakt wegens het clandestien verkopen van jenever. Door de inspecteur voor de prijsbeheersing, die had je in die tijd, werd Jan veroordeeld tot tweeduizend gulden boete. Dat was in die jaren een hoop geld. Huib was toen vijftien jaar en stond aan het begin van zijn kunstenaarsbestaan.'

Jim knipoogt naar me. Zijn bruine ogen fonkelen van plezier nu ze zo op haar praatstoel zit. De wijn zal daar wel debet aan zijn.

'Huib was ook ontzettend sterk, dat komt denk ik doordat hij als beeldhouwer de hele dag steen bewerkte. Wie zijn eerste vrouw was en wat daarmee gebeurd is, is me een raadsel. Hij trouwde met haar toen hij 22 was, in december 1950. Later is hij opnieuw getrouwd. Met z'n nieuwe liefde kwam hij op een gegeven moment bij de befaamde schoenenzaak Dungelman in de Korte Hoogstraat. Daar had hij twee weken eerder voor zijn lief een paar schoenen gekocht. Tijdens de vakantie waren die om de een of andere reden kapotgegaan en toen Dungelman weigerde het geld terug te geven, verbouwde de driftige Huib de hele zaak. Hij had het wel kort voor de kont.'

'Ik denk dat we het over twee verschillende Huibs hebben,' zegt Jim. 'Jij hebt het over Huib Noorlander de kunstenaar. Maar als ik aan een sterke Huib denk, dan denk ik aan de Huib Noorlander die op de hoek van de Beukelsdijk en de Henegouwelaan woonde en die bevriend was met Johnny Aarden. Die Huib was bijna net zo sterk als Nees Pors, beweerde iedereen.'

'Dat geloof ik niet,' zegt ze eigenwijs. 'Ik heb gezien dat de Huib die jij bedoelt door een kleine stevige man voor Tavares zo'n knal voor zijn muil kreeg dat hij gelijk plat ging.'

Vragend kijk ik haar aan. 'Tavares, dat ken ik niet. Waar is dat?'

'Dat was een danstent onder bioscoop Cinerama op de Westblaak.'

'Heb je dat zelf gezien?' vraagt Jim ongelovig.

'Zowaar als ik hier zit. 's Avonds gingen we altijd nog even naar Tavares en, als we het echt laat wilden maken, ook nog even naar discotheek Penelope op de Witte de With. Die zaak sloot om drie uur en ging om vier uur weer open tot ongeveer elf uur in de morgen.'

'Dat zal dan wel een of andere vage gemeenteverordening zijn geweest,' opper ik.

'In elk geval heb ik toen een keer gezien hoe die Huib tegen de grond werd gebeukt.'

Het is even stil.

'Zeker dronken,' zegt Jim droog, in het midden latend wie hij daarmee bedoelt.

5

Witte de Withkwartier

Het Zondige Dorp

Op weg naar Henk Smol loop ik langs eetcafé Opa in de Witte de With. Hier ergens was vroeger café De Rode Papegaai van Nees Pors. Dat was in de tijd van burgemeester Bram Peper. Hij gaf op 19 maart 1996 opdracht om het café binnen te vallen.

Verschillende bezoekers hadden aangifte gedaan bij de politie dat ze werden afgeperst omdat er openstaande drankrekeningen waren. De politie vond tijdens de huiszoeking drie vuurwapens, twee schietpennen, een zwaard, patronen en chloroform. Ook werden er enkele paspoorten gevonden die door de uitbater waren ingenomen, als onderpand, zodat die klagende klanten hun betalingsverplichting zouden nakomen. Peper ging tot sluiting over omdat hij vond dat het café een aantasting vormde voor de openbare orde en het leefklimaat in de buurt. Daarbij bleek Nees niet in het bezit van een geldige drank- en horecavergunning en overtrad hij de geldende sluitingstijden.

In gedachten loop ik verder en bij café Mondriaan ⑫ aangekomen hoor ik van Kick, de zoon van Henk, dat zijn vader in zijn huis in Willemstad is. Om m'n teleurstelling te verwerken drink ik een biertje op het terras. Het is zonnig en warm, heerlijk om zo de voorbijgangers een beetje te observeren.

Uit café De Schouw ⑬ komt een man. Ik herken hem, het is iemand die ik een tijdje geleden in de bibliotheek heb gesproken. Hij ziet me en steekt de straat over.

'Is deze plek vrij? Kan ik hier komen zitten?'

'Ja, hoor, kom er gezellig bij.'

Hij kijkt me vanonder zijn borstelige wenkbrauwen aan. 'Ken je me niet meer?'

'Jawel. Jij bent de man die alles weet van Kobus Lorsé.'

'Alles is te veel en dat moet een mens ook niet willen.'

'Wil je wat drinken?'

'Met deze benauwdheid ga ik een kouwe klets niet uit de weg.'

Nadat ik het biertje heb besteld, steekt hij zijn hand uit, eeltig en ruw.

'Ik ben Jan Suiker. Zo word ik genoemd omdat ik in de jaren vijftig in Nederland met de Suikerspin ben begonnen.

Verrast kijk ik de man aan. 'Heb jij op de reis gezeten?'

'Ja, jij ook?'

Op zijn gezicht is dezelfde verrassing te zien als ik dat beaam.

'Ik werkte daar bij een sensatiebaan.'

'Sensatiebaan?'

'Ach, dat was niets meer of minder dan een ordinair spookhuis. Het heette Peyton Place, het Zondige Dorp. Die naam stond ook in verlichte koeienletters boven op de attractie.'

Ik neem een slok van mijn bier en steek mijn hand op naar de ouwe Nico Benschop, die langsfietst. 'Krasse knar, die loopt ook al tegen de tachtig.'

We kijken de kunstschilder na, die de Eendrachtsweg op gaat.

Jan draait zich weer naar me toe. 'Wat deed je dan bij zo'n spookhuis?'

'Alles! Opbouwen, afbreken en optreden.'

'Ook als skelet, die opdook uit een kist?' vraagt hij spottend.

'Nee, ik was artiest. Was het warm weer, dan trad ik op als de bloeddorstige graaf Dracula, en was het koud, dan kroop ik in een berenvel.'

Jan schiet in de lach. 'Optreden als beer, dat had ik weleens willen zien.'

'Dat zou nu geen gezicht zijn, maar toen was het een enorm succes. Voor mijn rol als Dracula hadden ze me door een tandtechnicus een gebitje aan laten meten. Het waren twee lange hoektanden die zo over mijn bovengebit geschoven konden worden. Met lippenstift werden er wat kronkelende bloederige strepen van mijn mondhoeken naar beneden getrokken en als apotheose werd er een zwarte langharige pruik op mijn hoofd gezet. Als ik dan mijn mond opende in een lach schrok je je de tering.'

Zelf moet ik ook lachen bij de herinnering. Ik was toen een jaar of twintig, gespierd, lenig en vooral sterk. Dat kwam doordat ik tijdens de reis op al die plaatsen de sensatiebaan moest helpen opbouwen. Dat was hard en zwaar werk. Hoogtevrees heb ik niet en ik was zo brutaal als de beul. Stond de attractie op haar plaats, dan trad ik op.

'Echt, zonder te overdrijven, ik was het succes van de kermis in die tijd en ik herinner me nog wel wat voorvallen hier op de Kruiskade en het Afrikaanderplein.'

'Ja, dat was wel spannender dan suikerspinnen draaien,' zegt mijn nieuwe kennis.

Knikkend bevestig ik dat.

'Ik heb hier nog drie dagen in de bak gezeten,' vertel ik hem. 'Dat kwam zo. Er liepen wagentjes op rails door het spookhuis en voor de passagiers die in zo'n wagentje zaten, doemde er een skelet op, of kriebelden er draden over hun haar, klonk er plotseling ijselijk gegil en ga zo maar door. Op het eind van die griezeltocht kwamen er een stuk of zes klapdeuren die de mensen het idee gaven dat ze zich te pletter reden, waardoor ze dan met veel lawaai naar buiten schoten. Mijn eigen bedachte griezel was dat ik, als er een paar lekkere mokkels in zo'n wagentje zaten, achter op het wagentje ging staan en die vrouwen kietelde en bang maakte door te schreeuwen. Groot succes. Ik heb meegemaakt dat ze in angst hun bloesje aan flarden scheurden en ze in hun beha naar buiten kwamen. Al dat geschreeuw werd door luidsprekers naar buiten gebracht, dus begrijp je dat het ontzettend veel volk aantrok.'

We nemen beiden een slok van het bier en Jan vraagt: 'Moest je daarvoor de bak in?'

Ik begin te lachen. 'Nee joh, ik had de pech dat er ook een politieman in burger met een blonde stoot naast zich in zo'n wagentje zat.' Verlegen bij de herinnering begin ik te lachen. 'Ik denk echt dat ze van angst in haar broek heeft gepiest. Maar wat doet die gozer naast haar, die grijpt me stevig vast en het wagentje is dan al vlak bij de klapdeuren. Wat moest ik doen? Ik gaf hem een klap voor zijn hersens dat het duizelde en ik was los.'

'Wat kon je anders?' bevestigt Jan meelevend.

'Nou, die blonde stoot kwam met een hoogrode kleur naar buiten gestoven, gillend van blijdschap dat ze het spookhol uit was, en haar koene ridder hield zijn hand op het bloedende oor. Dat was natuurlijk foute boel. Een uur of twee later, het Afrikaanderplein was leeg, de muziek was opgehouden en het kermispubliek was naar huis, komen twee smerissen me ophalen uit de bokstent. Met een paar sportjongens was ik plezier aan het maken met wat scharreltjes die ons gezelschap hielden. Het was "Meekomen jij" en ik moest met die smeerlappen mee, die me drie dagen hebben vastgehouden.'

'Dat was nog niet alles,' ga ik verder. 'In Amersfoort maakte ik mee dat iemand beweerde dat hij zijn portemonnee kwijt was geraakt in het Zondige Dorp. Terwijl de hele kermis in volle gang was, werden binnen alle lichten aangestoken. Met zijn allen zoeken en ik werd zelfs gefouilleerd, maar nergens werd een portemonnee gevonden. Weer mee naar het politiebureau en toen mocht ik een nachtje doorbrengen in zo'n stinkende cel, terwijl ik van niets wist. In die tijd deden ze maar raak. Een jong mens van de kermis was uitschot. Dit geval had ook nog nare gevolgen. Met Dirks was eigenlijk afgesproken dat ik op het eind van de reis drie koppies zou krijgen.'

Jan onderbreekt me. 'Wat zijn koppies?'

Verbaasd kijk ik hem aan. 'Hetzelfde als rooie ruggen, in dit geval drieduizend gulden.'

Ik schud mijn hoofd over zoveel onbegrip, hij heeft toch op de reis gezeten, en ik vervolg: 'Toen ik me weer meldde van weg geweest, zei Dirks: "Gerhardt, waar rook is, is vuur. De politie vertrouwt je niet, je kunt vertrekken!"

"En mijn drieduizend gulden dan?" vroeg ik.

"Die krijg je niet. Je hebt mij en mijn zaak in diskrediet gebracht."

Ik was des duivels, ging naar boniseur Evert van Essen en zei poeslief: "Zeg Evert, doe mij een plezier en zet je wagen wat verder van het Dorp."

Die keek me aan. "Waarom?"

"Omdat ik het Dorp vanavond in de hens steek."

Een halfuur later had ik mijn centen.'

Jan Suiker staat op, geeft me een hand en zegt: 'Je weet toch dat er nu kermis is op het Afrikaanderplein? Die is er nog tot zondag.'

Even later reken ik af.

Terwijl ik langs broodjeszaak Spooky loop, bedenk ik dat die naam me bekend voorkomt. Al wandelend duik ik in mijn geheugen en plots flitst de herinnering naar boven.

In de jaren zestig zwierf er altijd een haveloze man door Rotterdam, die Spooky werd genoemd en woonde in de Jacob Catsstraat. Op zekere dag vond men zwerver Spooky dood op straat liggen. Door de Roteb werd zijn huis toen ontruimd. Het was daar een enorme rotzooi, want Spooky leed aan verzamelwoede. Naast een ton papier werd er ook zo'n honderdduizend gulden contant gevonden. Dat was een hoop geld in die tijd – en dat bij een zwerver.

Ik glimlach om de parallel met mijn verhaal van zonet. Spookachtige Spooky en spookhuisjongen Gerhardt, vrije jongens in dezelfde stad, ronddolend, elk op hun eigen manier.

Journalistencafé De Schouw

Er waait een snijdende wind door de Witte de With. De lage, loodgrijze hemel belooft sneeuw, en rillend van de kou duw ik de deur van het café open. Een ogenblik blijf ik in de deuropening staan. Gelijk hoor ik een zware stem die ik uit duizenden herken. 'Verdomme, doe die deur dicht!'

Mijn goede vriend Jim Postma zit al aan het tafeltje voor het raam. Beiden drinken we hier in De Schouw ⑬ graag een bourbon. Omdat we vaak in gezelschap van anderen zijn, heb ik vandaag pas de gelegenheid om eens wat dieper in te gaan op zijn opmerking over John Bestebreurtje, die Jim maanden geleden maakte op het terras bij Melief Bender.

Aan Tineke Speksnijder, de blonde achter de bar, vraag ik twee Four Roses, zonder ijs. Ik ga tegenover Jim zitten, nadat ik mijn jas heb uitgetrokken.

'Man, wat is het koud, ik moet echt een paar hartversterkertjes hebben om warm te worden.'

Jim grijnst. 'Dat excuus heb je hartje zomer ook.'

Nadat we hebben gepraat over de dood van ons beider vriend Willem Kruk, die enkele dagen daarvoor is begraven, vraag ik Jim hoe en waarom hij journalist is geworden.

'Ach, mijn vader wilde mij de handel in laten gaan. Om veel geld te verdienen. Maar ja, eigenwijs als ik was begon ik in 1965 als leerling-journalist bij de toenmalige Kwartetbladen, waaronder *De Rotterdammer.* Drie jaar pionieren, mijn weg proberen te vinden op de redactie en stukjes schrijven, meestal stadsnieuws, dat waren mijn eerste jaren.'

'Standaard dus. Zo beginnen de meeste journalisten toch?'

'Jawel. Omdat ik in militaire dienst moest ben ik in 1968 "gedeserteerd" naar Afrika. Als een soort Kuifje werd ik freelancecorrespondent voor Radio 1, het dagblad *Trouw* en wat magazineachtige bladen. Zes jaar hield ik het vol, daarna kwam ik berooid, maar wel veel wijzer, terug. Ik had spannende, gevaarlijke inheemse avonturen meegemaakt en was blij dat ik het er levend van af had gebracht.

Kortstondig werkte ik bij *Shell Venster* en als gemeentevoorlichter in Hilversum.'

'*Shell Venster*, wat is dat?'

'Een informatieblad van de Shell, ik deed daar de redactie.'

Tineke zet de glazen voor ons neer, en Jim gaat verder.

'In 1978 was ik terug op het oude honk bij *Het Vrije Volk*, waar ik in 1965 ooit was begonnen bij *De Rotterdammer*. Onder mentor-hoofdredacteur Herman Wigbold maakte ik de dagelijkse rubriek 'Stukgoed', naast binnenland- en stadsredactie.'

'Niet achter de vrouwtjes aan?'

Hij lacht en gaat met zijn zware bariton verder: 'Zoals mijn goede collega Huib Goudriaan van *Trouw*, inmiddels overleden, eens zei: "Je bent getrouwd met de krant, voor 24 uur, *for better or worse*." Dus weinig vrouwtjes, maar als algemeen verslaggever constant op pad tot diep in de nacht. Proberen uit te vissen wat er leefde in de onderwereld.'

'Net zoiets als Peter R. de Vries?'

'Lang voor Peter R., en niet alleen de misdaadwereld verslaan, maar langs de zijlijn ook zaken oplossen. Zoals de huurmoord op bingokoning Bestebreurtje voor eetcafé De Gouden Snor in Schiebroek.'

'Ja, daar had je het bij Melief Bender ook over, vertel eens.'

'Die John Bestebreurtje was een sportieve Rotterdamse jongen. Hij was helemaal gek van motorracen en het was dan ook niet verwonderlijk dat hij die sport ging beoefenen. John hoorde niet bij de absolute top in Nederland, maar hij had een internationale licentie en was een van de weinigen die in 1970 de beschikking had over een 500 cc Linto Twin en daarnaast racete hij op een 250 cc Yamaha.'

Ik knik. 'Ik heb gehoord dat hij ook aan autoraces meedeed met een Servall Porsche.'

'Dat klopt. Nou goed, die sportieve John wordt een bingokoning. Hij opent bingolokalen waar vooral bejaarden hun pensioentje uitgeven voor prijzen als stereo's, video's, fruitpersen en andere cadeau-artikelen. Hij vergeet de motorsport niet en is sponsor van de motorcoureurs Bert Smit, Wilco Zeelenberg en Bertus Grinwis, en van een Rotterdamse vechtsportclub.

Als John een bingohal wil beginnen in Den Haag, krijgt hij problemen met Willem Scheffer. Dat is een telg uit een beruchte woonwagenfamilie die de Haagse gokwereld beheert.

Op zondag 22 februari 1987 treffen de partijen elkaar volgens afspraak bij station Holland Spoor in Den Haag. Bestebreurtje neemt twee gewapende bodyguards mee.

Ook de 32-jarige Willem Scheffer en zijn 25-jarige broer Cory komen niet onbeslagen ten ijs: Willem heeft zijn pistool bij de hand.' Jim pauzeert even en neemt een flinke slok Roses. Ik hang aan zijn lippen.

Hij gaat verder: 'Het gesprek begint ermee dat Bestebreurtje de Scheffers duidelijk maakt dat hij zich niet laat bedreigen en dat, als hem wat mocht overkomen, hij de Scheffers laat omleggen. Cory, een echte driftkikker, slaat op tilt, haalt uit en slaat het gebit van Bestebreurtje doormidden. De wildwesttaferelen die dan volgen zouden niet misstaan in een cowboyfilm.

Willem wordt van dichtbij twee keer door zijn hoofd geschoten door een van de bodyguards van Bestebreurtje.

Cory pakt het pistool van broer Willem en wil terugschieten, maar dan vuurt bodyguard nummer twee. Die raakt per ongeluk zijn eigen baas John, maar niet dodelijk. Vervolgens blaast iedereen, al dan niet gewond, de aftocht. Behalve Willem Scheffer, die ligt morsdood op de tegels.'

Jim neemt nog een slok en ik volg zijn voorbeeld. 'Je begrijpt natuurlijk wel dat daar een vendetta van kwam. Enkele maanden later wordt de auto van Bestebreurtje in brand gestoken en niet veel later wordt zijn geparkeerde auto een paar maal doorzeefd door een kalasjnikov. Pure bangmakerij, zou je denken. Maar dat was het niet.

Op 15 augustus 1988 staat Bestebreurtje met zijn vrouw in een Mercedes Cartier voor een stoplicht op de Uitweg. Pal voor de deur van café de Gouden Snor van Joop Zijlaard.

Een motor, bestuurd door Cory, stopt naast de auto. Hij heeft de Belg Rik Uit de Boogaart als duopassagier. Die opent het vuur op

Bestebreurtje, waarna de moordenaars er op de motor snel vandoor gaan.

Bestebreurtje is dood en wordt ten grave gedragen door de leden van de door hem gesponsorde Rotterdamse vechtsportclub.

Huurmoordenaar Cory en zijn handlanger worden beiden tot vijftien jaar cel veroordeeld. Scheffer krijgt in 1997 gratie omdat hij aan kanker lijdt.'

'Op zichzelf natuurlijk wel een drama,' zeg ik gevoelig.

'Voor mij had het ook nog een staartje,' zegt Jim. 'Door bedreigingen uit de Haagse onderwereld werd ik voor de rechtbank gedaagd om mijn bronnen prijs te geven. Natuurlijk weigerde ik dat. Ik werd door justitie toen nog niet gegijzeld, zoals Koen Voskuil in de rechtszaak tegen Mink Kok. Koen weigerde ook zijn anonieme bronnen te noemen.'

'Als misdaadjournalist moet je het zeker wel vaak hebben van tips?'

'Ach, jawel. Hier, uit dit journalistencafé, heb ik primeurs weggehaald, zelfs een wereldprimeur. Toen ik in 1986, drie dagen voor het plaatsvond, berichtte over de dodelijke aanslagen die op El Al bij de vliegvelden van Rome en Wenen plaats zouden vinden, had *Het Vrije Volk* wel de wereldprimeur. De dagen daarna kwam het als groot nieuws over de hele wereld.'

We nemen er nog een en proosten op het mooie vak van de misdaadjournalistiek.

Inn & Out

19 november 2005. Het is een koude avond: de temperatuur is al gedaald tot rond het vriespunt. Op de Schiedamsesingel verbreken vrolijke stemmen de stilte. Dit gebeurt elke keer wanneer de deur van het café Inn & Out ⑭ opengaat om gasten binnen te laten.

De 34-jarige Alberto Jose Frances, bijnaam Appie, staat vrolijk lachend achter de toog. Hij praat met de gasten terwijl bardame Ikram Tighadouini geroutineerd de glazen spoelt en die handig weer vult.

Het is een drukte van belang, en regelmatig wordt het glas geheven en wordt er getoost op Appie, die vandaag zijn 34e verjaardag viert.

Kick Smol zit gezellig te praten met zijn mooie vriendin Naomi Verheul. Remy Groenewoud is in gesprek met Appies vriend Jan van Zon uit Diemen. Ze lachen luid omdat een van de tientallen gasten, een dikke man die zich vooroverbuigt, Appie op beide wangen kust en daarna met een slank meisje de zaak verlaat. Ikram belt haar vriendin met de mededeling dat ze al aan het schoonmaken is. Het is dan over tweeën; veel feestgangers nemen na deze gezellige avond afscheid en vertrekken luidruchtig en vrolijk.

Plotseling zwaait de deur van het café open en vier tot de tanden gewapende mannen dringen naar binnen. Het zijn de onder invloed van drugs en alcohol verkerende Kaapverdianen Fernando Pires, José Barbosa, Elmer Pinto en Carlos Borges.

Fernando Pires richt zijn wapen op de jarige.

'We willen 500.000 euro van je,' zegt hij tegen Appie.

'Dat heb ik niet,' antwoordt de cafébaas.

'Niemand verlaat de zaak levend als we geen geld krijgen.'

'Jullie krijgen geen cent,' zegt Appie. 'Oprotten jullie.'

Om zijn eis kracht bij te zetten schiet een van de Cabo's in de vloer. Weliswaar schrikt iedereen en een van de dames slaakt een gil, maar Appie weigert geld te geven.

Terwijl twee mannen hun wapens op de aanwezigen gericht houden, nemen de twee anderen hun al hun bezittingen af, slepen hen naar de toiletruimte en binden hen met tie-wraps en tape vast op de stoelen.

Een toevallig passerende asielzoeker drukt zijn neus tegen de ruit van het café en hij wordt door een van de Cabo's hardhandig naar binnen gesleept. Ook hij wordt gekneveld en bij de anderen in de nauwe ruimte voor het toilet gedrongen.

Het is duidelijk dat bendeleider Pires een vete heeft met Appie, die moet betalen voor verplichtingen die hij volgens de bendeleider niet is nagekomen.

Die vete is ontstaan doordat Appie zijn vroegere kompaan Pires niet genoeg zou hebben geholpen na een vorige schietpartij, op 1 augustus 2003 in het café Inn & Out. Pires is daarvoor veroordeeld tot 3,5 jaar cel. Ook nemen de vier Cabo's het hem kwalijk dat Appie zou hebben geprofiteerd van de moord op ene Herminio, in Kaapverdië. Dit zou gaan om het geld van een drugsdeal.

Bareigenaar Appie blijft onverstoorbaar en de sfeer wordt steeds grimmiger naarmate het er meer op lijkt dat er geen geld komt. Onderling praten de Cabo's luchthartig, ze lachen veel en ze lijken te genieten van de situatie. Tegen hun gijzelaars gedragen ze zich agressief en bruut. Lachend schenken ze drankjes in en bieden de gijzelaars sigaretten aan.

'Het zal jullie laatste zijn!' zeggen ze er grijnzend bij.

Als de jarige Appie Fernando een minachtende opmerking in het Portugees maakt wordt de gekneveld Jan van Zon naar de keuken gesleept en daar moet hij zich tot op zijn onderbroek uitkleden. Dan klinkt er een harde knal.

'Godverdomme,' vloekt een van de mannen en de anderen huiveren.

Is Jan dood? vraagt Remy zich in stilte af. Hij kan het vanaf zijn plaats niet zien, maar vermoedt het ergste.

'Kijk. Dit is de eerste. Jullie gaan er allemaal aan!' schreeuwt Pires. Iedereen gelooft hem. Intussen zijn dan al twee uren voorbijgekropen. De langste uren die de slachtoffers ooit beleefden.

In een wanhopige poging te ontsnappen aan een afschuwelijk lot biedt een van de gegijzelden, die Otje wordt genoemd, de Cabo's aan geld uit zijn kluis te gaan halen. Dat lijkt een meesterzet en de gijzelnemers trappen erin. Otje wordt uit de groep getrokken, losgemaakt en een van de gijzelnemers gaat met hem mee naar een ander deel van de zaak.

Twee van de smeerlappen gaan vervolgens echter in de deurpost staan en schieten hun salvo's af op de geknevelde mensen. De slachtoffers tuimelen over elkaar heen en enkele kreunen, een vrouw huilt. De schutter keert zich om, loopt naar de bar en legt daar zijn geweer op. 'Ze willen niet dood!' roept hij. Een ander lacht en vraagt: 'Mag ik even schieten?' Zonder op antwoord te wachten voegt hij de daad bij het woord, pakt het geweer en vuurt van dichtbij een tweede salvo af op de groep. Het bloedbad is gruwelijk en er valt een dodelijke stilte.

'We steken de boel in brand,' roepen ze, ' geen getuigen!'

Als ze langs de keuken lopen zien ze Jan van Zon zitten. Een van de mannen zet een wapen tegen zijn hoofd. 'Die Hollander waren we vergeten,' zegt hij en hij haalt de trekker over.

Hierna overgieten de Cabo's hun gijzelaars met alcoholhoudende drank en gooien met een nonchalant gebaar een brandende aansteker naar binnen.

Otje, die door de andere gijzelnemer in de gaten wordt gehouden, schiet plotseling overeind en zet het via de achtertuin op een lopen. Dit hadden de Cabo's niet verwacht en twee van hen rennen Otje al schietende achterna in de richting van de William Boothlaan, waar de gevluchte in een taxi springt.

'Rijden,' schreeuwt hij tegen de door de schoten gealarmeerde chauffeur, 'ze willen ons overvallen!' Die scheurt al weg voordat Otje helemaal is uit gesproken en achter hem laait het vuur op in het café. Vanuit de taxi wordt de politie geïnformeerd. In het café kruipt Kick, die zich dood heeft gehouden en ook is geraakt, als eerste overeind.

Remy duwt trillend en bijna krachteloos van emotie Appie

van zich af, die boven op hem is gevallen en boven hem is doodgebloed. Het drama is niet te overzien. Appies vriend Jan en Naomi, de vriendin van Kick, zijn eveneens dood. Ikram kreunt, ze kan zich niet bewegen want ze is zwaargewond. Ze blijkt later een gedeeltelijke dwarslaesie te hebben opgelopen.

De verdachten nemen bij hun vertrek de waardevolle spullen en geldbedragen mee en gebruiken deze buit voor hun gezamenlijke vlucht naar Portugal. Daar worden eind 2005 drie van de vier opgepakt en in 2006 worden ze veroordeeld.

Het gerechtshof in Den Haag legt op 17 juli 2009 in hoger beroep een levenslange gevangenisstraf op aan de drie verdachten. Het hof acht bewezen dat de verdachten zich schuldig hebben gemaakt aan het medeplegen van moord op drie personen en poging tot moord op verschillende andere personen, nadat ze de slachtoffers van hun vrijheid hadden beroofd en enige tijd in gijzeling hebben gehouden. De drie veroordeelden trokken samen met een vierde dader op, die in Kaapverdië tot 25 jaar gevangenisstraf is veroordeeld.

6

Nieuwe en Oude Binnenweg

Over merguez, verkeersmagiërs en Fikkie

Ik ben bij mijn vriend Willem Kruk geweest en loop over de Nieuwe Binnenweg langs slagerij Lakarusch. In een opwelling besluit ik om een streng merguezworstjes te halen. Die heeft mijn vrouw liever dan een bos rozen.

Ik herinner me de eerste keer, dat is alweer jaren geleden, dat ik die worstjes koop. Naast deze dunne lekkernij, gemaakt van rund- en schapenvlees, vraag ik die dag om pens voor mijn honden. De bediende aan wie ik die vraag stel, draait zich om naar een collega bij het hakblok en er ontstaat een razendsnelle, onverstaanbare woordenwisseling tussen die twee. Dat stuit me tegen de borst. Ik ben verdomme in een Rotterdamse zaak en niet in Casablanca, denk ik en ik onderbreek hun geratel.

'Het is erg vervelend als ik niet weet wat jullie tegen elkaar zeggen, slager.'

De man die me helpt reageert met een lachje. 'Ach, zo praten we makkelijker met elkaar, meneer.'

Een oudere vrouw die naast me staat, knikt me toe.

'Tis toch te gèk voor woorde. Ik èrger me eige te pletter en voel me nie meer thuis in mun eige stad assik die Marokkane in hun koeterwaals tege èlkaar hoor lulle.'

'U zou ook Marokkaans kunnen leren, mevrouw,' reageert de bediende, terwijl de ander zo stil als een overledene bij het hakblok staat. De sfeer is vanaf dat moment niet zoals die moet zijn.

Vandaag loop ik na het bezoek aan deze slager met mijn streng worstjes naar huis, nadat ik in perfect Nederlands ben geholpen en er ook onderling voor mij verstaanbaar wordt gesproken. Bij de slager hebben ze het inmiddels begrepen, maar de integratie is nog lang niet zoals die wezen moet. Er zijn nog steeds leerkrachten die zich machteloos voelen als ouders een kind meenemen naar de ouderavond om voor hen het Nederlands te vertalen. En artsen die zich gefrustreerd voelen als ze niet goed kunnen achterhalen wat precies de klachten van een allochtone patiënt zijn.

Er zijn in een land nu eenmaal gemeenschappelijke gedragsregels nodig. Een van die regels is het gebruik van een gezamenlijke taal op straat, in winkels en ook thuis. Hierdoor horen we bij elkaar en begrijpen we elkaar. Het beheersen van die taal is een must voor integratie.

Terwijl ik hierover nadenk loop ik de Oude Binnenweg op. Bij Timmer zie ik bronzen Fikkie staan, met de eeuwigdurende drol op het plaveisel. Die hond heeft al heel wat meegemaakt. De beschonken cafébezoekers die lallend in de richting van Melief Bender laveren, weten waarschijnlijk niet dat de hond in de jaren zestig in het Hermesplantsoen heeft gestaan, en in die jaren tegen wil en dank een beroemdheid wordt.

Fikkie staat centraal in het Hermesplantsoen wanneer de eerste Rotterdamse provodemonstratie zich voordoet, op zaterdagavond 15 mei in 1966. Wat het Lieverdje in Amsterdam is voor Robert Jasper Grootveld, die zijn happenings rond dat beeld organiseert, wordt Fikkie voor de Rotterdammers. De happening die de media haalt, vindt plaats onder leiding van provo en Veilig-Verkeersmagiër Thom Jaspers, die allerlei acties verzint tegen het verkeer. Op een gegeven moment gaat Jaspers voor zaken naar Amsterdam en hij herkent daar onder enkele mensen Grootveld. Zo komt hij met de antirookmagiër in contact.

In Gouda is Thom getuige van een ernstig verkeersongeval tussen een voetganger en een automobilist die op een roekeloze manier de hoek om komt gescheurd. Thom helpt het slachtoffer en legt een doos die hij bij zich heeft onder het hoofd van het bloedende slachtoffer. Hij wacht op de ambulance en wanneer hij thuis het opgedroogde bloed op de doos ziet, denkt hij: dit is het teken voor een actie tegen het vervuilende verkeer.

Op een zonnige lentedag wordt Jaspers uitgenodigd door de studentenvereniging van Rotterdam. Daar organiseert hij een actie waarbij de studenten met zo'n honderd man tegen het verkeer in door de straten gaan lopen. Hiermee houden ze vanzelfsprekend het verkeer op en de auto's worden gedwongen te stoppen.

Honderden jongeren scharen zich 's avonds laat rond het bronzen beeldje van Fikkie dat door het Rotterdamsch Studenten Corps aan de gemeente is geschonken. De manifestatie loopt al na een kwartier volledig uit de hand. Enkele jongeren beginnen leuzen te roepen tegen het Amerikaanse optreden in Vietnam. Ook worden bij de arme Fikkie kranten aangestoken.

De politie geeft het bevel aan de ordeverstoorders zich te verspreiden. Wanneer een deel van de provo's geen gehoor geeft aan die oproep, komt de politiemacht in actie en worden 24 provo's tussen de 18 en 24 jaar opgepakt.

Vanwege het lik-op-stukbeleid worden de volgende dag – zondag – de meerderjarigen tijdens een openbare zitting tot enkele dagen gevangenisstraf veroordeeld. Journalist Kees Haak van *Het Vrije Volk* noemt Thom een 'Veilig-Verkeersmagiër' en zo gaat Thom vanaf dat moment verder door het leven.

In haar naïviteit denkt het befgajes dat deze eenmalige actie afdoende is en dat de happenings nu wel zullen stoppen. Maar een week later moet de politie weer in actie komen en er worden op dezelfde plek nog eens 22 jongens en meisjes gearresteerd.

Op de huishoudbeurs Femina, die in het najaar in Ahoy wordt gehouden, houdt burgemeester Wim Thomassen met een van zijn ambtenaren spreekuur. De provo's eisen daar een eigen clubhuis in de stad. De creatieven onder hen denken dat een atoombunker daar wel een geschikte plek voor is. Hun stelling is: 'Waarom maken we van die dure schuilkelders geen beatkelders? Ze worden toch niet gebruikt.'

Uiteindelijk wordt een oude opslagruimte onder de oprit van de Willemsbrug hun onderkomen en in de zomer van 1967 wordt dat feestelijk geopend. Daarna komt de geruchtenmachine op gang. Er zouden orgieën plaatsvinden, seksuele uitspattingen die hun weerga niet kennen, en de drugs zijn in die losbandige sfeer niet aan te slepen. Na een jaar blijkt volgens een artikel in de media dat de beatkelder, een van de weinige concrete resultaten van de Rotterdamse provobeweging, een rustig clubhuis is geworden. Zo komen de manifestaties ten einde.

Fikkie verhuist in 1975 naar zijn huidige onderkomen, bij café Timmer.

De coffeeshops-boulevard ⑮

Op 21 juli 2004 gaat coffeeshop Sensi Café aan de Nieuwe Binnenweg voor zes maanden dicht: bij een controle werd een minderjarige aangetroffen. Sinds februari 2004 is het Rotterdamse coffeeshopbeleid aangescherpt. Als er een minderjarige persoon aanwezig is, wordt meteen overgegaan tot sluiting. Er wordt dus niet meer eerst gewaarschuwd. Inmiddels zit coffeeshop Nemo daar, op de Nieuwe Binnenweg 181; het veranderde interieur toont meer dan ooit de sfeer van een borrelend aquarium.

Greenhouse aan de Nieuwe Binnenweg 154. Deze shop maakt deel uit van een keten waar ook Reefer en De Poel bij horen. Op last van de burgemeester is op 22 juni 2004 coffeeshop Reefer, aan de Oppert, voor een periode van een jaar gesloten. Dit omdat er op 14 april 2004 bij deze coffeeshop eveneens een minderjarige is aangetroffen, aan wie in de coffeeshop softdrugs zijn verkocht. De eigenaar van de Reefer moest al eerder een van zijn andere coffeeshops sluiten. De Poel aan de Eendrachtsweg in Rotterdam moest voor een halfjaar dicht, ook wegens de verkoop van softdrugs aan minderjarigen. Op 1 juni 2009 moet zowel Greenhouse als De Poel zijn deuren sluiten; de laatste zou zijn overgenomen door de eigenaar van De Lachende Paus. Jammer, vooral de Greenhouse was nou net een van de betere shops in die contreien.

Desire aan de Nieuwe Binnenweg 148 is een van de langst bestaande coffeeshops in deze buurt. Vroeger klonk er altijd luid bonkende housemuziek, het was er ruim, je kon er poolen en tafelvoetballen. Tegenwoordig zijn die ingrediënten nog wel aanwezig, maar het is blijkbaar overgenomen door Oost-Europeanen, die wel willen verkopen maar geen productkennis hebben.

Sky High aan de Nieuwe Binnenweg 59 is een ruime shop met één loket en bar. Je wordt er snel bediend, want de wiet is voorverpakt. In deze shop kun je ook blowen; er is een rookruimte. Er staan drie soorten wiet op de lijst: White Widow, Bubblegum en Amnesia Haze. Enkele jaren geleden kocht ik hier af en toe White Widow, voor zo'n 6 euro per gram, en dat deed de Witte Weduwe eer aan. De geur, smaak, kleur, structuur en kracht: echte White Widow. Geen twijfel mogelijk.

Maar wat je er nu krijgt? De White Widow is gedevalueerd tot een bruinzwarte toverkol die naar alles smaakt, behalve naar de Witte Weduwe.

Coffeeshop Bob Marley aan de Nieuwe Binnenweg 403/A is een shop die goede wiet levert: *value for money* voor wat betreft kwantiteit en kwaliteit. Iedere klant krijgt vloei en tip, maakt niet uit wat je koopt. Zelf haal ik altijd Bubblegum bij Bob.

Coffeeshop Pluto aan de Nieuwe Binnenweg 54 is een gecombineerde head- en coffeeshop. Je kunt er dus, naast wiet of hasj, ook vloei, bongs, zaadjes, rookgereedschap krijgen, evenals zaken voor het opslaan, bereiden en consumeren van onze kruidige vriendjes. Van klassieke waterpijpen tot de bescheiden skin tot high tech vaporizers. Er staan verder verschillende soorten wiet op de lijst. Aanbevelenswaardig zijn Purple Power voor 7,5 euro, Bubblegum voor 8 euro en Amnesia Haze voor 10 euro en enkele buitenwietjes van rond de 5 euro. Je ziet meteen wat je krijgt: de wiet wordt afgewogen waar je bij staat.

Coffeeshop De Lachende Paus, aan de Nieuwe Binnenweg 139a, is eveneens een gecombineerde head- en coffeeshop. Dit is met stip de vreemdste shop van de Nieuwe Binnenweg. Voor de ingang zie je een groot kruis. Voor de shop staat een man, gekleed in een monnikspij, die je vraagt je te legitimeren. De shop heeft een oude, wat geheimzinnige stijl en voor de wiet moet je naar achteren. De wietkeus is daar enorm.

Ik zou zeggen: kom een rondje Rotterdam doen en bekijk het allemaal met eigen ogen!

Legendarische diefstal bij juwelier Siebel

Pardoel is in de jaren zeventig een beroemd en berucht kunstenaars-café, tegenover café Timmer, daar waar nu de Spijkermand zit. De eigenaar, J. Pardoel, een ex-jezuïet, is een intellectueel die over vele zaken mee kan praten.

Kunstschilder Dolf Henkes is in die tijd nooit te beroerd om daar wat te zingen. Bij Pardoel gaat om half vijf 's nachts de deur op slot; dan komen de flessen wijn op tafel en zingt Dolf zijn aria's.

De oude, luidruchtige en drankzuchtige kunstenaarsbende met onder anderen Nico Benschop, Daan den Dikkenboer en Bob Zijlmans is daar op een gegeven moment niet meer te vinden. Dit komt doordat in de laatste jaren, voordat 'Meneer Pardoel' in 1974 zijn zaak voorgoed sluit, de clientèle van het café wordt gevormd door een *scene* van spuiters en slikkers van geestverruimende middelen. Om vier uur 's middags begint hun dag bij Pardoel.

Midden jaren zestig is Robbie de Jong – we noemen hem Pipo – daar de huisdealer. Hoe die aan het spul komt, weet ik niet, maar hij verkoopt daar methamfetamine. Tegenwoordig wordt het 'crystal meth' genoemd en dat is nog steeds een populaire harddrug. Over het algemeen wordt het gebruikt door mensen die onder grote druk toch goed moeten presteren, zoals atleten, studenten of oorlogsvliegers. De gebruikers worden er hyperactief van en het is in die periode dan ook vaak een kippenhok bij Pardoel. Iedereen praat door elkaar.

Door zijn handel is Pipo heel populair in de scene en er hangt ook altijd iets mysterieus rond die jongen. Pipo stottert en het gerucht gaat dat hij in de bajes heeft gezeten. Wat hij precies gedaan heeft, weet ik niet. Ik heb de verhalen over de kraak bij Siebel waaraan hij meedeed, in Proeflokaal De Ridder van Kees Koffie gehoord. Die zei dat het een verdomd goed uitgedachte kraak was, geniaal en eenvoudig.

Voor de ingang van juwelier Siebel ⑯ bij het Beursgebouw staat in die tijd een telefooncel die niet meer in gebruik is. De cel staat dan ook op de nominatie afgebroken te worden door de gemeente. Maar zoals dat zo vaak het geval is met dit soort zaken, gaat daar een behoorlijk tijdje overheen.

Tijdens de Koninginnenacht in 1965 wordt er door twee jongens, Jaap en Ari, vanuit die telefooncel een gat gehakt in de pui van Siebel. Het is een klein gat en de bedoeling is dat een van die twee hakkers zich erdoorheen wurmt.

Er moet nog iemand op de uitkijk worden gezet, want aan de achterkant ligt een garage en daarvan staan op dat moment de deuren open. De hakkers zijn bang dat de automonteurs het hakgeluid kunnen horen en alarm zullen slaan. Pipo wordt daarom weggeplukt uit De Wiek en aan de achterkant geposteerd, zodat ze de klus kunnen afmaken.

Daarna glipt Jaap naar binnen en haalt de vitrines leeg. Hij stopt de gouden ringen, armbanden, colliers en horloges in een kussensloop, die ze van huis hebben meegenomen. De juwelen worden in de kofferbak van een oude Opel opgeborgen.

Als de inbrekers vernemen dat die gozer van De Graaf en Rooie Koos de politie hierover hebben getipt, halen Jaap en Ari op de brommer de buit uit de Opel, om deze vervolgens op te bergen in een van de bagagekluizen van het Centraal Station. De politie zit uiteindelijk met een perfect uitgevoerde kraak opgezadeld.

Door de verklikkers zijn ook namen genoemd en al snel heeft de politie Jaap, Ari en Pipo in het vizier. Na een aantal enorme blunders van de Rotterdamse politiemacht, 'communicatieproblemen' noemt commissaris Jan Blaauw dat later, komt men tot de conclusie dat de buit zich in een van de bagagekluizen van het Centraal Station moet bevinden. Ze kunnen die wel openen en dan hebben ze misschien de buit te pakken, maar niet de daders.

Dus gaat er iemand undercover die, vermomd als dakloze, in de buurt van de kluisjes gaat posten. Die krijgt beet! Op een dag ziet de 'dakloze' dat er een man rond de kluisjes cirkelt als een mug rond een brandende kaars. Uiteindelijk gaat die persoon naar een van de kluisjes en opent het omzichtig. Gelijk wordt de man op de nek gesprongen door vijf politieagenten. Triomfantelijk doet de rus die de leiding heeft over het politielegertje, een greep in de kluis, en wat komt eruit? Wat oude kranten en geen enkel juweeltje, zelfs geen koperen ringetje. Rood van kwaadheid moet de politie de lachende Pipo laten gaan.

In juni 1965 wordt de buit, bestaande uit ringen, waarvan er vele briljanten bevatten en die samen een waarde vertegenwoordigen van honderd- tot honderdvijftigduizend gulden, toch gevonden en nog een halfjaar later wordt Ari in Lissabon gearresteerd. De drie boeven moeten zes, vier en drie jaar de gevangenis in.

Pipo slijt zijn laatste jaren in zijn galerie, met de toepasselijke naam 'De Expositie'. Hij handelt wat in echte of nepkunst en spreekt vrijelijk over zijn verleden. Pipo is een penozejongen die door zijn gevangenschap eveneens in aanraking is gekomen met wat Chinezen uit Hongkong, die in heroïne handelen. Op een gegeven moment wordt hij omgelegd, doodgeschoten in zijn galerie. Het raadsel van zijn dood is nooit opgelost.

7

Rondom het Oude Havenkwartier

De Turkse moorden

Het regent al een tijd en voorlopig lijkt daar ook nog geen einde aan te komen. Vanuit mijn Rotterdamse raam is niets anders te zien dan grauwgrijze lucht, waarvan de eentonigheid slechts onderbroken wordt door een paar schreeuwende, voorbijvliegende meeuwen. Maar ik laat me nergens door weerhouden: ik ga op zoek naar de Sato-Bar ⑰ aan de Glashaven, de plaats delict van enkele moorden in het Turkse wereldje in 1992. De bar blijkt er niet meer te zijn.

De familie Barmak, die in die tijd haar hoofdkwartier in de Sato-Bar heeft en als dependances enkele coffeeshops in Rotterdam, zijn Koerden, afkomstig uit het stadje Lice. De familie wordt op dat moment geregeerd door Behçet Cantürk te Diyarbakir, die onder niet opgehelderde omstandigheden op 14 januari 1994 van het leven is beroofd.

De familie Barmak heeft enkele tientallen Turkse en Koerdische verwanten in dienst en weet het gesloten karakter van de organisatie goed te bewaren. Erg in de gaten lopen ze aanvankelijk dan ook niet; dat bereiken ze deels door de personeelsbezetting af en toe te verversen, zodat de politie geen tijd heeft om haar nieuwe klanten te leren kennen. Er worden ook geen investeringen in Nederland gedaan, zodat deze organisatie in de legale economie ook niet wordt waargenomen. Alle leden ontvangen een uitkering van de Sociale Dienst en gedragen zich in hun dagelijks leven dienovereenkomstig, om niet op te vallen.

De enige familie die de Barmaks naast zich duldt is die van K., een aangetrouwde neef, die ook afkomstig is uit Lice. Barmak heeft gehoord dat Karracagun een partij heroïne voor zichzelf laat komen en dat hij daarvoor de infrastructuur van Barmaks transport en geldcircuit gebruikt.

De schijnwerpers worden op de familie Barmak gericht wanneer in de herfst van 1991 op een parkeerplaats langs de weg tussen Antwerpen en Brussel een Surinaamse dealer wordt vermoord bij een *rip-*

deal door de drie Turkse Koerden Hurriyet Cemal Karracagun, Eric Husseyin Feyzi en Akin Harun, bijnaam Harry. Het motief is niet duidelijk, maar het onderzoek leidt naar Rotterdam.

Dit is het begin van een aantal liquidaties door het drietal Karracagun, Feyzi en Harun, die deel uitmaken van een Turks drugssyndicaat. Op 1 januari wordt de 20-jarige Davut Barmak, een neef van de Turkse baas, geript van 20 kg heroïne. Davus wordt in een woning in de Portugesestraat doodgeschoten en zijn lijk in brand gestoken om herkenning te bemoeilijken. Op 4 januari wordt een 30-jarige Turk die voor de familie een safehouse beheert, dood aangetroffen in de Vierambachtstraat met 4 kogels door zijn hoofd.

De 25-jarige Nederlander G. H. is bij het drietal aanwezig tijdens die laatste moord en wordt zo medeplichtig gemaakt aan moord. Hij kan niet meer terug en wordt later gedwongen mensen met messteken af te maken.

Precies een maand later liquideren de drie in de Hudsonstraat, in de Mercatorbuurt in Amsterdam, de 49-jarige Turk Nazim Akyildiz; zijn 19-jarige zoon Nihat en de 22-jarige Gulteken Gunbul, die ze tijdens een *ripdeal* doodsteken.

Op 16 februari wordt een tegenactie ondernomen en wordt in Rotterdam een 20-jarige Turk, in opdracht van de 'boss' Barmak, doodgeschoten.

Op 29 februari slaan de drie weer toe in de Portugesestraat en snijden ze de kelen door van de 51-jarige Davut Eser, de 36-jarige Ali Kalan en de 25-jarige Soner tijdens een *ripdeal*.

De gealarmeerde Barmaks zenden daarop twee zonen uit Turkije naar Rotterdam om uit te zoeken wat hier aan de hand is. Enkele dagen nadat zij naar Turkije teruggekeerd zijn, op 5 maart 1992, treft een veldwachter langs de boorden van het Brielse Meer de drie in stukken gesneden en door brand verkoolde lijken aan van Karracagun, Feyzi en Harun. Het spoor leidt de technische recherche algauw naar bar-restaurant Sato-Bar op de Glashaven in Rotterdam, het hoofdkwartier van de familie Barmak.

De daders die men verantwoordelijk houdt voor de eerdere moorden, blijken hier in de kelder met een salvo pistoolschoten te zijn afgemaakt. Niemand heeft gehoord of gezien hoe de lijken naar Brielle zijn afgevoerd.

Voor de moorden in de Sato-Bar verdenkt de politie volgens zijn advocaat Doedens de in Rotterdam woonachtige Timur Ekinci, bijgenaamd De-Turk-met-de-blauwe-ogen. Ekinci is lid van de bende van Urfi Cetinkaya, die in Turkije bekendstaat als De-man-in-de-rolstoel.

Zoal verwacht wordt geen van de Turken gepakt, maar wel is er een katvanger. Op 15 juni 1993 wordt er bij het gerechtshof in Den Haag vijf jaar cel geëist tegen de 25-jarige G. H. wegens medeplichtigheid aan de moord op drie Turkse mannen in Rotterdam, een jaar eerder. De rechtbank heeft H. in januari veroordeeld tot vijf jaar gevangenisstraf. Volgens de verdachte heeft hij niets te maken met de moorden. 'Ik werd gedwongen erbij te zijn. Ze duwden me een mes in mijn hand en ik moest in de hals van een al dode man snijden,' aldus de Rotterdammer. Daar heeft de rechter geen boodschap aan, en dus verdwijnt de katvanger achter de tralies.

Het Oude Havenkwartier

Ik woon aan de Oude Haven. Eerst in een kubuswoning, die ik kocht van journalist Robert van de Roer en later in een appartement met uitzicht op het Witte Huis en de Maas. Het is ongeveer op de plaats waar in 1770 Speenhoff, makelaar in koffie en thee, zich op de Spaansekade 3 in Rotterdam vestigde. Hij bracht zijn zaak tot grote bloei en werd de stamvader van de Hollandse tak. Koos Speenhoff vertelde graag dat hij in dat huis aan de Spaansekade was geboren. Het wonen aan de Oude Haven is door al die horecabedrijven met hun kleurige terrasjes in de lente en zomer niet alleen gezellig, maar je woont in het centrum, dicht bij de markt en bibliotheek ⑱. Daar ben ik dan ook vaak te vinden.

Bij het afdalen op de roltrap hoor ik een zware basstem: 'De Zigeuner heeft twaalf jaar gekregen.' Het is een man aan de leestafel op de eerste etage die dat zegt. Een verdieping hoger heb ik een paar thrillers uitgezocht en wanneer ik de zin opvang denk ik gelijk aan Koko Petalo. Tegelijkertijd realiseer ik me dat Koko al zo'n kleine tien jaar geleden het huidige voor het eeuwige heeft verwisseld.

'Ik heb hem goed gekend,' vervolgt de brenger van het nieuws, tegen een man die tegenover hem zit en die al doorlezende plichtmatig reageert met een: 'O, ja?'

Ik houd mijn pas in, schuif aan de leestafel aan en kijk tersluiks naar de kop van het artikel. Dat begint met 'Kobus de Zigeuner (49) is door', de rest van de kop valt weg in de vouw van de krant. Het gaat over de rechtszaak tegen Lorsé, en ik ben geïnteresseerd in iedereen die zo'n crimineel van dichtbij kent.

De man aan tafel is een jaar of zestig, een beetje verlopen, bruine rokerstanden, maar met een niet onvriendelijk gezicht.

'Kent u Kobus Lorsé?' vraag ik.

De man kijkt me verrast aan, niet gewend door een type als ik aangesproken te worden.

'Ben je van de pers?' vraagt hij achterdochtig. Om zijn vraag gelijk retorisch te maken door op te merken. 'Ach nee, daar ben je te oud voor.'

Wanneer ik blijf zwijgen reageert hij.

'Ik ken Kobus Lorsé goed. Een van zijn zonen heeft vroeger iets gehad met een nichtje van me. Ik zag hem weleens op het kamp met een verjaardag.'

De man legt de krant opzij, leunt met zijn ellebogen op tafel en kijkt me doordringend aan.

'Ik zeg het niet als verdediging, maar Kobus heeft niet veel mee als hij in een woonwagen wordt verwekt. In die jaren is er een schreeuwende hongersnood en hij ligt net twee maanden ingekapseld in de buik van zijn moeder, wanneer hij telkens uit zijn groeistuipjes wordt opgeschrikt door de moffen, die de brug in Arnhem plat gooien.'

'Hij is dan nog niet geboren, daar merkt hij toch niets van?'

'Dat moet je niet zeggen. Ook al woont hij in Apeldoorn, hij ligt daar niet rustig te zijn. De bommen laten de grond dreunen en zo'n stukje verdriet voelt de angst van zijn moeder, die bang is hem te verliezen door die klote-oorlog. Ik begrijp dat wel meneer. U niet?'

Om hem niet van z'n praatstoel af te laten komen, knik ik instemmend.

'Ja, dat vind ik ook,' geef ik toe.

'Dat wou ik ook zeggen. Kobus is een analfabeet en een kamper die van een penozejongen tot een grote, zo niet de grootste, crimineel van ons land is geworden. Dat hij als snotneus een beetje de weg kwijt is, blijkt wel als hij al een ring aan zijn vinger heeft gedragen en dan met een piepkuiken trouwt die liefst zestien jaar jonger is. Nu zal hij zich ook wel afvragen of hij niet te veel achter zijn lul heeft aangelopen. Hij heeft dan al vier opvreters bij zijn eerste vrouw en krijgt er van dat piepkuiken Everdina nog drie bij. Ik denk dat het komt omdat hij al zijn zaken vanuit de keuken regelt. Heeft hij even tijd, dan zal hij wel met Everdientje hebben liggen rotzooien en dan neemt zijn zoon Bertus de zaken waar.' Hij haalt even adem.

'In de jaren tachtig verhuist hij naar kamp De Kievit in de Beverwaard,' gaat hij verder. 'Hier is Kobus de baas over een zaak die handelt in allerlei rotzooi waaraan je verslaafd kan raken. In die tijd leer ik hem kennen. Schatten verdient hij aan die troep en hij heeft overal zaken die als dekmantel dienen voor wat hij werkelijk doet. Kobus heeft ook het bedrijf Diepwel en die heeft zowel een kantoor in Nederland als in Suriname. Diepwel wordt gebruikt om grote partijen hasjiesj per schip naar Nederland te vervoeren.

Met een paar Pakistani, die bokkiewokkie Henk Rommy, die Klaas Bruinsma uit Jeruzalem en De Stotteraar, Johan Verhoek, gaat Kobus grote partijen heroïne, cocaïne en ecstasy via Suriname in ons land invoeren. Kobus heeft daarvoor valse paspoorten en rijbewijzen. Soms reist hij ook onder een valse naam. Begin jaren negentig wordt Kobus vorstelijk ontvangen door Desi Bouterse en hij lult drie dagen lang met Iwan Graanoogst over het afnemen van cocaïne. Kobus heeft in die tijd ook een lijfwacht, Helio Stewart, maar met die katoenplukker gaat het fout. In mei 1991 wordt in een schip dat in de haven ligt een partij van 357 kilo cocaïne ontdekt. Dat hebben ze verstopt tussen bundels hout. Die katoenplukker wordt opgepakt tijdens een onderzoek naar de invoer van 860 kilo hennep uit Nigeria. Helio krijgt de diarree, niet uit zijn kont maar uit zijn mond, en hij verlinkt Kobus op een geweldige manier. Dat is hem overigens slecht bekomen, want op 6 december 1993 wordt de katoenplukker van dichtbij neergeschoten vanuit een auto. Boontje komt om zijn loontje zeg ik dan altijd.' De man kucht.

'In de zomer van 1994 wordt Kobus aangehouden, en een jaar later wordt hij door het befgajes veroordeeld tot twaalf jaar gevangenisstraf en hij moet een miljoen boete betalen.'

'Wat was de tenlastelegging?'

'Wat zeg je?'

'Waarvoor werd hij dan precies veroordeeld?'

'Hij had coke, ecstasy en hasj ingevoerd in grote partijen. Ook hadden ze wapens gevonden. Je kent het wel, de hele bikwammes. Na zijn veroordeling wordt Kobus in de bajes van Vught geplaatst, maar daar heeft hij geen leven. Hij maakt daar flink heibel met de Staat omdat hij zo slecht werd behandeld en dat ze in zijn zaak criminelen als kroongetuigen hebben gebruikt. Maar dat heeft hij natuurlijk verloren. Een mopshond kan nu eenmaal niet winnen van een hazewind. Wel dan? Niet toch!'

Terwijl ik naar huis loop, besluit ik toch nog een blonde jongen te pakken bij Kade 4 op de Spaansekade. Ik mijmer wat over het gesprek dat ik had met de kennis van Kobus de Zigeuner en mijn gedachten gaan terug naar de vreemde ontmoeting die ik een paar weken eerder had met een man die me bedreigde wanneer ik zijn naam zou noemen.

'Ik ken Cockie nog van vroeger,' zo begint hij ons gesprek die dag in De Schouw. 'Op zich is het best een goede gozer die altijd in is voor een geintje. Met het ouder worden is hij wel wat erg uit de band gesprongen. Je kunt hem nu echt geen penozejongen meer noemen. Cock is gewoon op het slechte pad geraakt.'

De man lacht daarbij alsof hij het grappig vond dat zijn vriend een keiharde crimineel is geworden. 'Hij heeft niet voor niets de bijnaam Teddybeer gekregen.'

Hij kijkt me met zijn blauwe ogen aan.

'Die krijg je toch niet als je een echte ploert bent? Toen hij een echte grote jongen was ritselde hij zich een vals paspoort en door dat boekje ging hij af en toe een tijdje als John Robert McCracken door het leven.'

De man lacht opnieuw en laat een boer.

'Hoe krijgt hij het verzonnen, een boekje waarin staat dat hij notabene twaalf jaar jonger is. Ik weet nog goed dat hij in het begin van de jaren zeventig aan de deur stond van een nachtclub. Daar was hij goed op zijn plaats. Met zijn klauwen als kolenschoppen kon hij je met één goede klap van de wereld slaan.' De man schudt zijn hoofd.

'Was hij nou maar gewoon aan die deur vastgeroest. Maar nee hoor, in die jaren begon Cock hasj te smokkelen voor die vent uit Jeruzalem. Je weet wel, die aflegger die nog met een van de prinsessen heeft lopen te rotzooien. Via Boenki, de bijnaam van John Michael Bergen, en Henk Orlando Rommy, bijnaam de Cobra, kwam hij op het slechte pad en dan krijgt hij op een dag kennis aan Etiënne Urka. Daarnaast doet hij zaken met Miloud El Guebli en Kobus Lorsé.'

Tineke Speksnijder uit De Schouw zet een glas voor hem neer en knipoogt naar me.

'La mar lulle!' zegt ze met haar blik. Ze weet niet dat ik erg geïnteresseerd ben in zijn verhaal.

'En toen?'

'Samen met zijn partner-in-crime Barney Sanders gaat Cockie al snel voor eigen portemonnee werken.'

'Wie is Barney Sanders?'

Grinnikend zegt de man: 'Je kent hem beter Branie Sanders noemen. Die man was zo gek als het paard van Jezus en dat was een ezel. Branie had schijt aan de hele wereld en al helemaal aan de politie. Als hij een biertje ging drinken op een terrasje op het Stadhuisplein, dan parkeerde hij zijn wagen gewoon op het plein, waar alleen gelopen mocht worden. Of hij dacht grappig te zijn en nam zijn paard mee de kroeg in, de trappen op van de Pipo Bar op de Eendrachtsweg, en stalde het dier op de eerste verdieping. Branie kwam wel rot aan zijn eind. Na een deal kwam hij in de bajes terecht en daar overleed hij aan een hartattack.'

'En Steenbergen?'

'Die had meer succes. Hij wordt de suikeroom van een voetbalclub die FC Hasj wordt genoemd. De zaken gaan geweldig en jarenlang maakt de politie vergeefs jacht op Cock en zijn omvangrijke bende. Maar mijn vriend doet het niet verkeerd. Hij is eigenaar en directeur van de bedrijven Expover BV en Eurofruit Centre te Rotterdam, dit zijn im- en exportbedrijven in zuidvruchten. Hij zit voor vijftig procent in het Casino Hotel Concorde op Aruba. Cock heeft, zoals hij me vertelde, in het casino van het Hilton Hotel in Rotterdam diverse medewerkers van dit bedrijf aan zich gebonden. Via vriendin en croupier Yvonne Groeneweg, Hardo Kloppert en Frans Schipper laat hij drugstransporten naar Frankrijk verzorgen.'

Hij vervolgt: 'In de zomer van 1992 wordt in Rotterdam het Beveronderzoek gestart. Drie jaar later moet dit onderzoek naar Steenbergen worden gestaakt, omdat de politie via een burgerinfiltrant twintigduizend kilo hasjiesj heeft doorgelaten. In het kader van een nieuw onderzoek worden telefoongesprekken tussen de bendeleden afgeluisterd en twaalf undercoveragenten als infiltrant ingezet, onder wie Duitse en Engelse collega's. Dit alles zonder resultaat. Cockie waant zich onaantastbaar. In de zomer van 2000 verkondigt hij luidkeels op het terras van een strandtent dat er weer een container hasjiesj zit aan te komen. In het bedrijfsrestaurant van Mercedesdealer John van Dijk bespreekt hij bijna dagelijks de voortgang van zijn drugstransporten. De hasjiesj komt onder meer uit Pakistan, Hongkong en Marokko, waar ook zijn veel jongere vrouw vandaan komt. Haar broer verleent in Marokko hand- en spandiensten aan Cockie, die daarnaast ook zaken doet met de Surinaamse ex-legerleider en drugsbaron Desi Bouterse. Wat betreft de cocaïne, die regelt Steenbergen via Wilfried Tjon a Loi, die ook betrokken is bij het witwassen van geld. Een andere kompaan in de misdaad, Richard van Aalst, zorgt voor de distributie in Engeland. Dit is een hele grote jongen in de verdovende middelen, die zich behalve met cocaïne ook met de distributie van hasjiesj, heroïne en amfetamine bezighoudt. Een ander met wie Cockie contact onderhoudt, is de Surinamer John Michael Bergen. Andere min of meer vaststaande contacten zijn de Rotterdammer Ed Vervoort en de broers Jan en Wout Ultee voor de hasjiesj, Fred Seitzinger en Gerard de Koning voor de cocaïne en natuurlijk Ab Kiers. Op dat moment heeft Cockie de andere kamper, Kobus Lorsé, nog niet duidelijk in het vizier. Een luitenant uit de organisatie is Eric de Haas. Jarenlang maakt de politie jacht op Cockie en zijn omvangrijke bende. In 1995 moet het befgajes het Beveronderzoek naar hem staken. Dat was omdat de kit via een luis twintigduizend kilo hasj had doorgelaten. Cock is dan een grote vijftiger met een dikke sigaar in zijn muil.'

'Een echte heer dus?'

De man begint hard te lachen en geleidelijk begin ik te beseffen dat een man die zo vaak lacht, weleens psychopathische trekjes kan hebben.

De man vertelt verder. 'Nu Cockie wat ouder is geworden heeft hij wel een wat boers gezicht gekregen en blond krullend haar. Zijn wijf is een lekkere blonde waar je opstijgers van krijgt. Maar onze Teddybeer is ook vaak in gezelschap van een donkerharig mokkel. Dan barst op een dag de bekende IRT-affaire los en de commissie-Van Traa wordt in het leven geroepen om de problemen te onderzoeken. Cockie vindt het allemaal prachtig. In die jaren ruilt hij zijn blonde in voor de donkerharige, een veel jonger wijf uit Marokko. Het is een plaatje om te zien en Cockie showt haar overal. Hij voelt zich de Godfather van Scheveningen, strooit met geld als pepernoten en speelt in het casino alsof hij Faroek zelf is. Als hij in het Casino is, zet hij zijn gezelschap op een opvallende plek en de champagne vloeit als het water in de Trevi-fontein. Maar is Cockie gelukkig? Nee! Dat heeft hij me zelf verteld. Na een paar jaar trekt zijn liefde voor Rotterdam aan de kamper. Wanneer op het Weena een nieuw speelhuis wordt geopend, zie je Cockie niet meer in Scheveningen.'

De man neemt een slok. 'Op 5 december 2000 wordt de stevige deur van de woning van Cockie in Schiedam door justitie met explosieven opengeblazen. Hij wordt gearresteerd en de officier van justitie, Mos, eist tien jaar celstraf en een boete van 450.000 euro. Volgens justitie is Cockie de president-directeur van een drugsimperium. Het bedrijfsrestaurant van John van Dijk is in de ogen van justitie het hoofdkwartier van criminele organisaties. Het vonnis tegen Cock luidt tien jaar en een boete van 225.000 euro. Hij is dan 57 jaar oud. Sinds het najaar van 2006 heeft hij proefverlof. Aan het begin van februari 2007 verschijnt zijn naam in de media in verband met een toegangsverbod voor Holland Casino. Naar eigen zeggen is Cock nu handelaar in kleding, auto's, fruit en olijfolie.'

Hij staat op, nadat ik heb gezegd dat de drankjes voor mijn rekening zijn. Voordat hij de deur achter zich dichtdoet, draait hij zich om. 'Je houdt je muil, je hebt die informatie niet van mij, anders loopt het verkeerd met je af.'

Hij lacht er niet bij.

Pikkepoerehandel

's Morgensvroeg, als half Rotterdam nog op één oor ligt, zijn de marktlieden die groente en fruit verkopen al bij de groothandel in de Spaanse Polder. Daar wordt onderhandeld over sinaasappelen, tomaten, bananen en wat de marktkoopman allemaal nog meer in zijn kraam wenst.

Door de vele concurrentie in deze sector is de inkoop erg belangrijk. Naast goede waar kopen sommige kooplieden een partij in die als lokkertje kan dienen voor hun kraam. Dat kan bijvoorbeeld een pallet met pruimen zijn die uit de groothandel weg moeten omdat het rottingsproces al een aanvang heeft genomen. Voor heel weinig wordt zo'n partij dan ingekocht. Door de marktkooplieden ⑲ wordt dit 'pikkepoerehandel' genoemd. Bij het opklatsen van de toonbank van de kraam worden de mooiste pruimen uit die partij gezocht en in het zicht aan de klanten gepresenteerd. Goed geprijsd veroorzaakt dit een toeloop naar de kraam, en degenen die toehappen kopen en passant ook nog andere waren bij de betreffende marktkoopman. Die is wel zo slim dat hij tegen zijn vaste klanten zegt, wanneer die de pruimen aan willen schaffen: 'Die moet je niet nemen.'

De toehapper gaat met een tas vol weg en bij thuiskomst blijkt dat van de hele tas alles bruikbaar is, behalve de pruimen, die tijdens de reis van de markt naar huis ineens ongesteld zijn geworden.

Is dit oplichting? Nee, je kunt pas over oplichting spreken als je met iemand een geschil hebt over de levering van een product, dat niet aan gerechtvaardigde verwachtingen zou voldoen. Daar is meer voor nodig dan alleen je teleurgestelde emoties. Je dient de verkoper, in dit geval de marktkoopman, eerst in de gelegenheid te stellen zijn tekortkoming te herstellen.

Oplichting is overigens een strafrechtelijk begrip en daar moet je voor naar de politie om aangifte te doen. Doet men dat voor een zak overrijpe pruimen? Van dergelijke voorvallen leer je wel dat je nooit iets moet kopen op de markt als je het zelf niet uit mag zoeken.

En dan de vindingrijkheid en humor op de markt.

Ik sta op de dinsdagmarkt met Wil en Ellie te praten wanneer er een vrouw wat ronddrentelt bij de kraam. Al enkele keren is ze teruggelopen naar de fauteuil die er staat. De derde keer gaat ze erin zitten, leunt wat achterover en betast met haar vingers de brede leuning.

'Ach, 't is skai,' zegt ze, en de teleurstelling druipt van haar stem.

'Wat skai?' zegt Wil verontwaardigd, die haar gemompel heeft gehoord. 'Mevrouw, dat is geen skai, dat is kippenleer. Het fijnste leer dat er bestaat.'

De vrouw veert op uit de fauteuil en kijkt Wil met toegeknepen oogjes aan.

'Wazeggu, kippeleer? Daar hèk nog nooit van gehoord.'

Een spottende trek glijdt over het gezicht van de marktkoopman.

'Zij heeft nog nooit van kippeleer gehoord,' zegt hij tegen Ellie.

De vrouw streelt met de toppen van haar vingers over de armleuning.

'Ut is zo glad as un glissie.'

'Ja, daaraan kun je ook zien dat het kippenleer is.'

Zijn neef Frans, die een kraam naast Wil heeft en het gesprek heeft gehoord, komt erbij staan. 'Volgens mij is dat geen kippenleer, Wil. Ik heb het vanmorgens nog eens goed bekeken, maar volgens mij is het kalkoen.'

'Nee, Frans, volgens mij is het kip, kalkoen is zeker een half millimetertje dikker.'

'Kan zijn, kan zijn, het is wel goede kwaliteit,' bromt Frans.

'Assut kip of kalkoen is, waarom kejje dan nie zien dat het an elkaar is genaaid?' vraagt de vrouw, die zich weer in de fauteuil heeft laten zakken.

Wil schudt zijn hoofd bij zoveel onbegrip.

'Ja, als u geen verstand van kippenleer hebt, dan weet u ook niet hoe dat in elkaar wordt gezet. Na het looien worden de huidjes gespannen, en onzichtbaar, onderhands en van binnenuit aan elkaar genaaid. U hebt toch weleens van onzichtbaar stoppen gehoord? Nou, met datzelfde procedé worden de huidjes machinaal aan elkaar gezet.'

Hij wijst op een donkere vlek waar de vorige bezitter van de stoel met zijn hoofd tegenaan heeft gezeten, en de armleuningen, die ook donkerder van kleur zijn.

'U ziet toch ook wel de kleurverschillen tussen de huidjes, het een is wat donkerder dan het ander.'

Eindelijk heeft de vrouw in de gaten dat ze voor de gek wordt gehouden.

'Jullie neme me in de zeik, tis gewoon skai.'

Wil grijnst van oor tot oor en de anderen brullen van het lachen.

'Ach, u mag het ook die naam geven. Skai of kippenleer, het is allemaal hetzelfde.'

De vrouw heeft gevoel voor humor, lacht met hen mee en vraagt: 'Koopman, wat mot u hebbe voor die stoel van kippenleer?'

'U lachte,' zegt Wil. 'Geef maar drie tientjes.'

'Komp u um daarvoor ook brenge?'

'Nee, mevrouwtje. Als u wat kippenvoer achter u strooit loopt hij vanzelf met u mee.'

Ze geeft Wil een stomp tegen zijn arm. 'Ik schok nou wèl, mun man komp um straks wèl ophale.'

Naast dit soort geintjes die ze zelf uithalen, worden de marktkooplieden ook wel bedrogen en bestolen. Een paar jaar na de invoer van de euro wordt er regelmatig vals geld gevonden op de Rotterdamse Centrummarkt, die gehouden wordt op de Binnenrotte, het grootste plein van Nederland.

Alleen al in het eerste halfjaar van 2013 zijn er bijna twintigduizend valse biljetten in Nederland onderschept. Dit valse geld wordt gedrukt in Italië, blijkt uit een onderzoek van de politiedienst voor internationale samenwerking. Maar ook in Oost-Europese landen als Bulgarije neemt valsemunterij toe. Biljetten van vijftig euro worden het meest vervalst en die worden voor ongeveer 7,5 euro per stuk doorverkocht.

Dan heb je op de markt de 'gratis consumenten'. Op een zaterdag zie ik op diezelfde Centrummarkt twee Marokkaanse vrouwtjes voor een bak pruimen staan kletsen. Het gaat over het Suikerfeest, over hun kinderen en wie bij hen tijdens het feest op bezoek kwamen.

Ondertussen eten ze van de pruimen die daar liggen, en dat onder de ogen van de marktvrouw. Later blijkt dat zij de dames al wat langer in de gaten hield. Zodra ze een half pondje hebben geconsumeerd vindt ze het genoeg en loopt boos naar de vrouwen toe. 'Nu is het genoeg,' zegt ze. 'Als je pruimen wilt eten moet je ze maar kopen.' Een van die Marokkaanse vrouwen, blijkbaar onkundig van de normen en waarden in Nederland, begint in gebroken Nederlands te schreeuwen tegen die marktvrouw dat ze zelf moet weggaan. 'Oprotten, kaaskop!' En daar is geen woord Marokkaans bij.

Dan heb je ook van die bijgoochems die de plastic tasjes vullen met groente of fruit en zonder te betalen verdwijnen in de drukte. Heeft zo'n marktkoopman dat in de gaten, dan wordt er alarm geslagen en hij en zijn collega's krijgen na een spurt de man of vrouw soms te pakken. Is het een vrouw, dan halen ze haar tas leeg en wordt ze de markt afgegooid. Is het een man, dan pakken ze de tassen met het gestolen goed af en daarbij struikelt hij altijd tijdens zijn vlucht. Tenminste, dat wordt door verschillende getuigen tegen de politie gezegd wanneer de man met een bloedneus en een blauw oog bij hen zijn beklag heeft gedaan.

Zakkenrollers behoren tot de grootste ergernissen op de markt. Meestal opereren ze in groepjes. Vingervlug stelen ze een portemonnee uit een geopende tas of slaan, gebruikmakend van afleiding en gedrang bij de marktkraam, anderszins vliegensvlug hun slag. Terwijl de een het slachtoffer aan de praat houdt, rolt de tweede de portemonnee, terwijl de derde die handeling afdekt door ervoor te gaan staan, zodat omstanders niet kunnen zien wat er gebeurt. Wanneer het slachtoffer af wil rekenen, blijkt de portemonnee er niet meer te zijn. Direct actie ondernemen is dan geboden, anders ben je niet alleen je contact geld en pasjes kwijt, maar mogelijk meer: je moet snel allerlei zaken regelen, zoals je bankpas laten blokkeren en controleren of je je sleutels nog hebt. In de praktijk blijkt dat vooral vrouwen het doelwit zijn van zakkenrollers.

Hopelijk is de gezellige Centrummarkt niet ten dode opgeschreven. De gemeente heeft namelijk besloten tot de bouw van een Markthal, grenzend aan de Centrummarkt. Het is een project dat zo'n tweehonderd miljoen euro gaat kosten. Tot die bouw werd besloten omdat Europese wetgeving de handel van versproducten als vlees, vis en kaas in de openlucht aan banden legt.

Ik vrees dat dit prestigeobject de gezelligheid van de normale buitenmarkt wegneemt. Een markt moet niet aangestuurd worden door de gemeente, maar door de marktkooplui zelf. Zij zijn beter in staat om de markt in de toekomst aantrekkelijk te houden en te voorkomen dat de aansluiting met klanten verdwijnt. Het zou doodzonde zijn als de charme van de buitenmarkten, waar je de gekste dingen kunt vinden, verloren gaat. Of het nu dat oosterse wondermiddeltje is, een broodje hete kip, een roti of die leuke, gezellige standwerker met aparte handelswaar waar je heerlijk kunt grasduinen. Betaal je met vijftig euro aan de marktkoopman, dan klinkt zijn vraag aan zijn buurman. 'Kejje soms effe un toet wissele, dan doenk ut straks ook voor jou. Disse klant wil het omgerole hebbe en ze hep ut nie kleiner.'

Aan de Binnenrotte, waar de Centrummarkt plaatsvindt, staat ook de Hofdame, een prachtig appartementencomplex. Timur Ekinci, die in het milieu De-Turk-met-de-blauwe-ogen wordt genoemd, is een knappe, donkerharige maar keiharde crimineel. De womanizer loopt over het grote verlaten plein waar dinsdags en zaterdags de markt wordt gehouden. Een hongerig hondje is het enige wezen op het plein. Dat tilt zijn achterpoot op tegen een stam uit de lange dubbele rij bomen. Het geluid van een scheepshoorn in de verte op de Maas doorbreekt de stilte van de nacht. Timur, gevolgd door zijn vage schaduw van de vollemaan, brengt, samen met de scheepshoorn, met zijn voetstappen het eenzame straatje tussen de Laurenskerk en het appartementencomplex tot leven.

Na een korte groet gaat hij met een thuiskomer de hoofdingang in en loopt door naar de binnenplaats. Hij heeft haar gebeld, maar zijn grote liefde wil hem niet binnen laten. Stil staat hij daar op de binnenplaats en kijkt naar boven. Zijn ogen zoeken de weg langs de balkons die hij moet klimmen om bij haar te komen. Timur tilt zijn rechterbeen enkele keren op en vervolgens zijn linker. Hij is in 1995 gewond geraakt hij bij een schietpartij in Zwolle door de crimineel Alper K. en gedeeltelijk invalide geraakt. Sindsdien kan hij vanwege darmletsel niet meer goed bukken en tillen.

Dan begint hij aan zijn weg naar boven, trekt zich op aan het eerste balkon en klautert naar de tweede. De pijn schiet door zijn lichaam, maar wilskracht en het verlangen naar de vrouw die hij liefheeft laten hem doorklimmen. Dan opnieuw een pijnlijke scheut door zijn lichaam, zijn hand glijdt van de ronde stang en hij stort naar beneden. Hij is op slag dood.

Zo eenvoudig en weinig heldhaftig is de dood van een man die in verband gebracht wordt met talloze afrekeningen in het criminele milieu, zoals de drievoudige moord in bar-restaurant Sato-Bar in 1992 en de viervoudige moord in Hilvarenbeek, in 1998, waarbij Rinus de Boer, Nico van Golde en de broers Taminiau om het leven werden gebracht.

Papa Blanca op het Groenendaal

De 'echte' penoze is een wereld van katvangers, putzoekers, inleners en koppelbazen. Een koppelbaas is iemand die zijn beroep maakt van het ter beschikking stellen van arbeidskrachten aan bedrijven. De beroemdste Rotterdamse koppelbaas is Frans de Wit, in de volksmond Papa Blanca ⑳.

Papa Blanca gaat af en toe ook als Frans Dekkers door het leven. Het is een jongen van goede komaf. Frans is een neef van de even oude officier van justitie Leo de Wit. Sinds 1969 is die werkzaam binnen de justitiële organisatie en hij heeft onder andere in Rotterdam gewerkt.

Grotere tegenpolen tussen twee neefjes, die nog samen met elkaar hebben geknikkerd, zijn bijna ondenkbaar. Is Leo hoofdofficier van justitie, blijkt Frans in de jaren zeventig een van de grootste koppelbazen van Rotterdam en eigenaar van verschillende gokhuizen en sexclubs te zijn. Om het voor justitie wat ingewikkelder te maken heeft hij al deze activiteiten ondergebracht in tientallen bv's.

Frans is een poenig heerschap en heeft flair, waarmee hij mensen weet te imponeren. Hij draagt een met diamanten afgezet horloge van zestigduizend gulden en thuis heeft hij een met goud ingelegd pistool. Frans ziet zichzelf graag als de Al Capone of Lucky Luciano van Rotterdam. Hij is echter helemaal niet gewelddadig, maar staat aan de basis van een heel zwendelsyndicaat van sekshuizen, illegale gokhuizen, handel in drugs en vervalsing van waardepapieren. Hij heeft drie belangrijke medewerkers, die opereren onder de namen Skila, Opa en Vendex.

Als een *capo di tutti capi* staat hij aan het hoofd van een georganiseerde groep koppelbazen. Naar schatting pleegt deze groep fraude voor zo'n 155 miljoen gulden in de Rijnmond. De administratie uit het hoofdkantoor van De Wit ⑳, gevestigd op het Groenendaal 23/b in Rotterdam, wordt door een speciaal politieteam leeggehaald en dit team doet anderhalf jaar onderzoek naar de vele ondernemingen van De Wit.

Op 4 juni 1980 dient de rechtszaak tegen hem. Door een collega van zijn neef Leo, officier van justitie Hans de Doelder, wordt Frans beschuldigd van valsheid in geschrifte, valsemunterij, vuurwapenbezit, heling en frauduleuze invoer en hij hoort tien jaar tegen zich eisen.

Frans wordt twee weken later veroordeeld tot zeven jaar celstraf. De rechtbank acht hem schuldig aan bedrieglijke bankbreuk, in casu het onttrekken van vele miljoenen guldens aan diverse besloten vennootschappen door geen belastinggelden en sociale premies af te dragen en nog veel meer.

Justitie vangt een maand later het gerucht op – en vindt aanwijzingen – dat Frans met hulp van buitenaf wil ontsnappen en hij wordt met spoed vanuit de gevangenis in Haarlem overgebracht naar de beter beveiligde strafinrichting in Maastricht.

Aan het eind van 2006 wordt De Wit gearresteerd op verdenking van betrokkenheid bij cocaïnesmokkel. Hij woont op dat moment in Hellevoetsluis. In oktober 2007 komt hij weer op vrije voeten, want hij mag zijn berechting thuis afwachten.

Op 23 maart 2008 eist de officier van justitie voor de rechtbank in Rotterdam een celstraf van 3 jaar tegen De Wit. Hij zou betrokken zijn geweest bij de invoer van tientallen kilo's cocaïne uit Zuid-Amerika, het exploiteren van een softdrugslijn naar Engeland, het witwassen van 1,5 miljoen euro en het voorbereiden van drugstransporten. In april 2008 wordt De Wit op 64-jarige leeftijd door de rechtbank in Rotterdam conform de eis veroordeeld tot 3 jaar celstraf. Volgens de rechtbank is bewezen dat De Wit deel uitmaakt van een organisatie die zich in wisselende samenstelling onder meer bezighoudt met cocaïnehandel en -smokkel en het witwassen van 1,5 miljoen euro.

Dat het van kwaad tot erger kan gaan en je van de penoze via het opleidingsinstituut van de bajes zomaar in de harde criminaliteit terecht kunt komen, blijkt wel!

De gevaren van het illegale gokken

Graag wandel ik over de Goudsesingel. Daar heb ik vroeger, samen met mijn compagnon Hans Smaal, zo'n 25 jaar lang enkele zaken gehad. Een reclame-uitgeverij, een solarium annex saunacentrum, en 'Diner voor 2, betalen voor 1'. Dat laatste was een promotiebureau voor de horeca. Elke dag lunchte ik in De Boomerang en daar ontmoette ik mijn zakenvrienden. De Boomerang Saloon van Ab van der Zijden is er niet meer en ik betrap mezelf er regelmatig op dat ik met weemoed terugdenk aan die jaren dat ik daar bij Rens en Dick aan de bar zat.

Eind jaren zeventig zijn er in Rotterdam, in het Noorden, het Westen en zeker in de Witte de With, behoorlijk wat louche cafés en illegale gokhuizen.

Links naast de Boomerang Saloon van Ab op de Goudsesingel zit in die jaren ook zo'n illegaal gokhuis ㉑. Zelf ben ik niet zo'n gokker, maar ik heb in die tijd een Poolse vriendin, Iwona Sadovski, die daar als croupier werkzaam is en daardoor ben ik regelmatig bijzit in het gokhuis.

Die geheimschrijvers in Den Haag, vooral die van het CDA, hebben het idee dat het spel door de duivel is bedacht en dat wij, proletariërs, tegen die duivelse verleiding in bescherming moeten worden genomen. Als ze echter tot de ontdekking komen dat het een lucratieve business is, zetten ze prompt de Holland Casino's in de markt. Over duivelse streken gesproken.

De sfeer in het pand waar mijn vriendin aan de roulettetafel werkt, bevalt me wel. Er hangt altijd iets van spanning in de lucht, al is die eerder prikkelend dan wetteloos. Het geeft me het gevoel dat ik met een mooie vrouw in bed lig en dat ik haar niet aan mag raken. De rokerige mist van de joints en sigaretten hullen de speelzaal in een walm waardoor je de tafels als door melkglas ziet. Je weet maar nooit wanneer de politie een inval doet, al zit een bewaker in een wagen aan de andere kant van de straat, om op die manier de zaken rondom het speelhuis in de gaten te houden en bij onraad via de walkietalkie alarm te geven. Ook Iwona, die ik gemakshalve Anna noem, is zo getraind dat ze binnen een minuut de tafel met het geld en de fiches in het niets kan laten verdwijnen. Pure klasse op illusionistisch gebied.

Ik heb zo'n inval drie keer meegemaakt en elke keer sta ik onschuldig kijkend, transpirerend van de spanning, met een platvink in mijn hand een hartversterking te drinken. Door vier agenten wordt de tent doorzocht, maar nooit wordt er iets strafbaars gevonden of iemand aangehouden. Na afloop van de interventie gaat alles weer zijn gangetje. Die spannende sfeer heeft wel wat. Het is Rotterdam met een zwoel tintje, zeg maar, en het heeft iets vertrouwds. Er wordt gewonnen en geronnen, gerookt en gedronken. Zoals het hoort. Anders kun je net zo goed naar de bejaardenbingo van Bestebreurtje gaan.

Dat winnen bij het gokspel veel makkelijker kan, blijkt op 6 december 1993 bij het Holland Casino op het Weena. Een man meent dat Sinterklaas hem heeft overgeslagen. Net als de goedheiligman gaat hij graag in het holst van de nacht te werk. Omstreeks half drie 's nachts komt hij het Casino binnenstormen. Het is net de film *Casino*, met Robert De Niro. Mannen en vrouwen zitten geconcentreerd rond de tafels te kijken hoe het balletje rolt. Een blonde vrouw zit te flirten met een lange heer met een dun zwart snorretje, dat hem op een Italiaanse gangster doet lijken. Onverwachts komt een magere man de speelzaal binnen rennen. Die grijpt de flirtende blondine bij haar arm en drukt een pistool in haar zij. Ik laat me gelijk vallen en duik onder de speeltafel, terwijl het naast me fiches regent van de spelers die opspringen en ook wegvluchten. Vanuit mijn schuilplaats zie ik een paar Chinezen met zwarte koffertjes wegrennen in de richting van de keuken. De overvaller sleept onderwijl de blondine mee naar de kassa. Hij houdt het pistool nu tegen haar slaap en werpt de tas die hij bij zich heeft naar de caissière.

'Vol gooien!' schreeuwt hij. De angstig kijkende caissière propt de tas vol en even snel als de man is gekomen verdwijnt hij. Hij is in drie minuten zestigduizend gulden rijker geworden.

In 1985 laat een politieagent het leven bij zo'n overval op een gokhuis. Die wordt zonder enig mededogen omgelegd. Het is de nog jonge hoofdagent Willem Schepen. Samen met Ton Kouwenberg, die de auto bestuurt, zit hij in een surveillancewagen. De mannen rijden kletsend maar waakzaam tegen half vier 's nachts door het Noorden als ze van de centrale de oproep krijgen uit te zien naar een wagen waarvan de drie inzittenden een illegaal gokhuis in de Spanjaardstraat in Delfshaven hebben overvallen. Op de Bergweg krijgen ze de vluchtauto in het vizier en fullspeed gaan ze achter de verdachte wagen aan. Die zigzagt door Rotterdam-Noord in de richting van het Noordplein. Op de hoek van de Jacob Catsstraat en de Jensiusstraat stopt de vluchtauto plotseling. Met getrokken wapens springen de agenten uit de wagen en gelijk klinkt het geratel van een machinepistool. Ondanks dat ze onder schot liggen, weet Willem Schepen een van die gasten om te leggen. Maar wat kunnen ze beginnen tegen een machinepistool? Beide politiemannen hebben geen enkele kans. De 25-jarige hoofdagent Willem Schepen wordt letterlijk neergemaaid, en de 48-jarige Ton Kouwenberg stort zwaargewond neer. Een van de Turkse criminelen heeft 29 kogels op hen afgevuurd.

Het biedt geen enkele troost dat de drie Turken die de overval pleegden, nog diezelfde nacht worden opgepakt. De dood van de jonge Schepen treft alle Nederlandse politiefunctionarissen als een mokerslag. Het blijkt dat de partner van Schepen die fatale nacht dienst heeft op de meldkamer en het drama live op de mobilofoon heeft gehoord.

Zo'n vijf dagen later bewijst zij met de familie en zo'n tweeduizend collega's Willem Schepers de laatste eer bij het crematorium Hofwijk.

8

Kralingen

Moord in de IJsclubstraat

Het is avond, een bewolkte, naargeestige avond, die me nog somberder maakt dan ik al ben. Feyenoord heeft vanmiddag verloren en de weinige mensen die over de Honingerdijk lopen en die ik begroet, kijken me stuk voor stuk koel, bijna achterdochtig, aan.

Ter hoogte van de Sint-Lambertuskerk sta ik even stil. Ergens hier in de buurt moet Opoe Herfst hebben gewoond. 'Opoe Herfst' staat voor Nellie Braams, een Amsterdamse joffer die in lang verleden dagen verliefd is op de Rotterdamse paardentrambestuurder Pieter Herfst. Een stel dat in bed niet stil heeft gelegen en liefst zestien kinderen op de wereld heeft gezet.

Wanneer ze 95 jaar oud is, trekt Opoe Herfst, die dan al jaren weduwe is, in bij haar dochter op de Libanonweg. Na de bevrijding wordt ze 104 jaar en krijgt ze van het Amerikaanse Rode Kruis een slof sigaretten, waarvan ze er gelijk één opsteekt.

Ik moet heimelijk lachen wanneer ik haar in gedachten zie zitten, oud, verschrompeld, met een saffie in haar mond. Natuurlijk komt ook voor Opoe het einde en ze volgt haar man wanneer ze op vier maanden na 107 jaar oud is.

Ik wandel verder de Oostzeedijk af en ga dwars door Kralingen. Ik ben op weg naar mijn afspraak in café De Wandelaar op de Libanonweg. Op de Oudedijk passeer ik de IJsclubstraat. Was daar niet die afschuwelijke moord op de onderwijzers? Terwijl ik verder loop schiet het hele verhaal me weer te binnen.

's Morgensvroeg, op 23 juli 1964, openen een melkboer, die geen gehoor krijgt als hij aanbelt, en een vrouw die over reservesleutels van het pand beschikt, om kwart over acht de voordeur van het huis van Elly Segov ㉒. Daar doen ze een gruwelijke ontdekking. De 26-jarige vrouw ligt in gescheurde nachtkleding op haar bed en alles is met bloed bedekt. Elly Segov, een pas van haar man gescheiden 26-jarige vrouw, woonde nog maar een paar weken in dit huis aan de IJsclubstraat. De politie maakt bekend dat het slachtoffer geen prostituee is maar een onderwijzeres. De moord beheerst wekenlang de gesprekken in Rotterdam.

Wat is er die fatale nacht gebeurd? Tijdens de donkere nacht in deze stille straat komt de dader eenvoudig het pand binnen door naast de voordeur een glas-in-loodruitje kapot te drukken. Hij maakt van binnenuit de deur, die niet op het nachtslot zit, open. De toegangsdeur naar de kamer van de jonge vrouw heeft ze niet afgesloten. Het oude slot daarvan gaat verschrikkelijk moeilijk open en dicht. Het is volgens de politie alleen door een man op slot te draaien. De rechercheurs, die na het onderzoek de kamer moeten afsluiten, hebben er zelfs de grootste moeite mee. Volgens de politie moet de moord omstreeks drie uur 's nachts zijn gepleegd. Uit het buurtonderzoek komt naar voren dat sommige buren rond die tijd wel gestommel hebben gehoord, maar er geen aandacht aan hebben geschonken.

De dader probeert Elly aan te randen, maar de angstige vrouw verzet zich hevig. Vechtend rollen ze over het bed. Dan krijgt hij het broodmes te pakken, grijpt haar bij de haren en snijdt met één stevige haal haar hals door.

Dit alles kan de politie opmaken uit de gapende wond die de rechterkant van haar hals vertoont, en uit het rode, met bloed bedekte, wanordelijke bed. Elly is met haar eigen broodmes vermoord; het mes waarmee ze diezelfde avond nog brood heeft gesneden. In de slaapkamer worden als stille getuigen een broodplank met een paar sneetjes brood gevonden.

Drie jaar later beweert seriemoordenaar Hans van Zon tegen rechercheurs van de politie in Utrecht, die hem de hele dag verhoren, dat hij een verhouding met Elly heeft gehad. Het is hem gebleken dat zij zich op een hinderlijke manier met zijn nieuwe verhouding bemoeide. 'Ik heb haar afgemaakt omdat zij te veel van mij wist', beweert Van Zon.

Op aangeven van de rechercheurs beweert Van Zon dat hij in zijn hoofd beelden krijgt waarop hij zichzelf de daad ziet plegen. Hij zegt dat hij Elly ooit heeft ontmoet op het station in Utrecht. Hij herkent het mes waarmee de moord is gepleegd en beweert dat een bij het lijk gevonden manchetknoop best van hem kan zijn.

De rechercheurs vinden tijdens een huiszoeking bij Van Zon een kaart waarop een route is uitgestippeld naar Krimpen aan den IJssel, waar Elly jarenlang heeft gewoond. De president van de rechtbank prikt door de verklaringen van Van Zon heen. Ik geloof dat het gewoon inbeelding was, geeft Van Zon zelf ook toe. De rechter veroordeelt hem wel tot levenslang wegens drie andere moorden.

Ik keer op mijn schreden terug en loop de IJsclubstraat in om te kijken of het huis er nog staat waar de moord is gepleegd. Het staat er nog, maar de aanblik ervan maakt mijn toch al niet geweldige humeur er niet beter op. Ik denk dat ik maar eens een flinke neut moet nemen in De Wandelaar om deze dag en de herinnering aan het lot van deze vrouw weg te spoelen.

Het beest van de Bethlehemstraat

Donderdagavond 18 februari 1993. Het is een kille, grauwe dag geweest, met een gevoelstemperatuur die aanmerkelijk lager ligt dan de zes graden die de thermometer aangeeft. Een Rotterdamse vrouw is die avond niet zo laat naar bed gegaan en ligt heerlijk warm in haar bed, in haar huis in de Bethlehemstraat ㉓, een zijstraat van de Oudedijk in Kralingen.

Plotseling schrikt ze op uit haar slaap, omdat ze het gevoel heeft niet goed meer te kunnen ademen. Tot haar afgrijzen ziet ze een man aan haar bed staan, die haar in haar slaap aan het wurgen is. Hij doet dit met weinig kracht, zodat ze met veel moeite iets lucht binnenkrijgt. De vrouw duwt zijn hand weg en ze krijgt direct daarop een dreun van zijn vuist op haar oog. Ze voelt het bloed uit haar neus komen.

Dan haalt hij een mes tevoorschijn, en onder dreiging daarvan laat hij haar seksuele handelingen verrichten en verkracht hij haar meerdere keren. Vervolgens moet ze op haar buik gaan liggen, waarna de man haar armen met een witte veter op haar rug vastbindt. Ze moet van hem als een hond haar tong een aantal keren uit haar mond laten hangen. 'Zeg "stinkhoer",' beveelt hij en ze moet dat een paar keer herhalen.

Tijdens de aanranding is de man onherkenbaar. Hij draagt een oranje Ruud Gullit-petje met rastavlechtjes en daaronder ziet ze de lichtblauwe ogen van een blanke man. Verder weet ze zich niet meer te herinneren hoe de man eruitzag. Daarna steekt hij haar met het mes in haar hals en gaat weg. De angstige vrouw durft niet meer door de voordeur naar beneden om hulp te halen, maar uit de wond uit haar hals blijft bloed stromen.

Ze strompelt naar het balkon van haar huis en laat zich met behulp van het reddingstouw op het balkon een verdieping lager zakken, aan de ene arm die ze na de aanranding nog kan gebruiken. Een huisgenoot van de studente die beneden haar woont, ziet de vrouw en helpt haar bij hen naar binnen. De studente in de woning valt flauw bij het zien van haar gewonde bovenbuurvrouw. Die heeft een blauw oog en een slagaderlijke bloeding in haar hals. De jongen drukt met een doek op de wond terwijl de studente 112 belt. De jonge vrouw overleeft de aanval ternauwernood en wanneer ze weer in staat is met de politie te praten, doet ze verrassend nuchter haar relaas. Over de aanrander tast de politie in het duister.

Precies twee weken later, op 4 april 1993, houdt de politie in Rotterdam-Zuid een inbreker aan, die het huis van hun collega, een politieagente, probeert binnen te dringen. Door enkele witte veters die worden gevonden en een bijl die de inbreker bij zich heeft, net als zijn uitspraak 'iedereen loopt met zijn tong uit zijn mond', dringt het bij de politie langzaam door dat het hier weleens om de verkrachter uit de Bethlehemstraat kan gaan.

Dankzij de oplettendheid van de politie kunnen ze de man oppakken en ze hebben ook nog een meevaller, want in het allereerste verhoor geeft de man toe de dader te zijn van de gewelddadige verkrachting in de Bethlehemstraat. Hij geeft ook direct toe dat hij de vrouw met een mes heeft gestoken met de bedoeling haar te doden. Al voordat hij was opgespoord, wezen gedragskundigen erop dat het bij de verkrachting in de Bethlehemstraat wel moest gaan om het werk van een seksuele sadist.

De politie duikt in het verleden van deze Richard P. en dan blijkt dat hij al vaker betrokken is geweest bij verkrachtingen en moord. Maar in verhoren daarover zweeg hij altijd tegenover de politie. Dankzij goed recherchewerk slaat de man door voordat zijn zaak voorkomt.

Hij bekent de verkrachting en moord op een vrouw in het Mastbos bij Breda. 'Ik vind het normaal om vrouwen te vermoorden, nadat ik hen heb verkracht. Misschien is het wel goed dat ik word opgesloten,' zegt Richard P., nadat de politie hem in 1994 heeft gearresteerd voor verkrachting en zware mishandeling. Samen met de politie probeert Richard in het bos in Brabant de plek te vinden waar dat precies is gebeurd. Maar hij kan zich niet meer goed herinneren op welke plek hij de vrouw heeft aangerand en gedood.

De politie vermoedt in deze periode dat P. ook weleens iets te maken zou kunnen hebben met een aantal onopgeloste prostitutiemoorden in Rotterdam. Ook die aanwijzingen kunnen echter niet hard worden gemaakt.

Tegen de tijd dat hij voor de rechter moet verschijnen, gaan bij Richard P. de kaken stijf op elkaar. 'Jullie zijn allemaal klootzakken,' zegt hij op de dag van zijn voorgeleiding spottend tegen de recherche. De rechtbank veroordeelt P. tot tien jaar cel en tbs.

Dertien jaar later staat 'Het beest van de Bethlehemstraat' weer voor de Rotterdamse rechtbank. Die moet een beslissing nemen over de voortzetting van zijn straf. Ondanks de status die hij als seksuele sadist heeft, mag P. na tien jaar een aantal keren onder begeleiding boodschappen doen. Hoewel P. in staat wordt geacht om buiten de gevangenis cola en chips te halen bij de plaatselijke supermarkt, blijkt hij in maart 2004 en in 2005 helemaal niet zo goed in zijn vel te zitten. Hij raakt meerdere keren in een psychose, en moet voor langere tijd de isolatiecel in. Voor de rechter zegt hij: 'Ik doe geen vlieg meer kwaad.' Maar wil dat zeggen dat hij binnenkort alweer op proefverlof mag?

De rechter bestudeert zijn dossier en constateert dat P. een teruggetrokken bestaan leidt in de gevangenis. Hij is bang om door andere gedetineerden te worden aangevallen. De deskundige van het psychiatrisch instituut is van oordeel dat P. een chronisch psychiatrisch patiënt is. P. slikt onder meer pillen die hem beschermen tegen psychoses. 'Ik voel me net een menselijke computer die alles registreert', erkent P. een paar keer. 'Naar muziek luisteren kan ik niet, omdat dit aanvoelt als gif dat in mijn lichaam komt.' Tijdens de zitting blijkt ook dat P. al een tijd niet meer in behandeling is. Hij is overgeplaatst naar een longstay-afdeling, voor hopeloze gevallen.

Na alles wat de rechter te vertellen heeft te hebben aangehoord, vraagt deze aan P. of hij nog wat heeft op te merken. Die geeft er blijk van dat hij zijn eigen geestesgesteldheid duidelijk onderkent en vraagt om verlenging van zijn eigen tbs-straf. Zijn advocaat heeft daaraan niet veel toe te voegen. De rechter besluit zijn tbs-behandeling met twee jaar te verlengen.

De reusachtige gestalte in het gele shirt staat op en draait zich om. Met een flauwe glimlach geeft hij zijn advocaat een hand, maar daarna ook de dame van het Willem Pompe Instituut.

Plotseling zegt hij iets. 'Au, je ring prikt.' De vrouw verstaat hem niet en hij herhaalt zijn woorden. 'Je ring prikt.' De blauwe ogen van Richard P. lichten even op. Dan meldt hij zich bij de parketwacht en loopt met grote, langzame passen de zaal uit. Om zo het busje weer in te stappen naar de tbs-kliniek.

9

Crooswijk en het Noorden

Crooswijkers, een bijzonder volk

Ik ben naar de boksschool in de Pootstraat geweest om te trainen. Ik vind overigens dat de naam van de straat geen eer doet aan de typische sport voor harde mannen en hoop dat ik met die mening niet, zoals René van der Gijp, heel Nederland over me heen krijg. Leunend tegen de muur naast de ingang sta ik te wachten op de taxi die mijn vermoeide lichaam naar mijn huis aan de Oude Haven moet brengen. Wanneer ik zo om me heen kijk, krijg ik opnieuw de smoor in over de rigoureuze ontmanteling en renovatie van ons aller Crooswijk.

Crooswijk is een van de écht oorspronkelijke, authentieke volksbuurten van onze stad. Dit in tegenstelling tot veel andere wijken, die van oorsprong zelfstandige dorpen waren. Crooswijk wordt dan ook sterk geassocieerd met de 'echte' Rotterdammer en zijn of haar dialect. De buurt is voor Rotterdam wat de Jordaan is voor Amsterdam. Crooswijk ligt ingeklemd tussen de wijk Kralingen, de Boezem, het Oude Noorden en het Centrum. De vooroorlogse arbeiderswijk wordt van oudsher gekenmerkt door een sterke sociale verbondenheid. Dat wil zeggen dat er bij problemen een heel ruime, intensieve vorm van burenhulp is.

Vroeger stond aan het Oostplein de kazerne van het Korps Mariniers, en veel straatnamen getuigen nog van het militaire verleden, zoals het Schuttersveld en de Tamboer-, Pijper-, Exercitie- en Vaandrigstraat. In die jaren was hier de industrie gevestigd, zoals Jamin ㉔, de Heinekenbrouwerij en talloze abattoirs. Deze bedrijven hebben in de loop der jaren plaatsgemaakt voor sociale woningbouw. Aan de Crooswijksesingel staat alleen het monumentale kantoorgebouw van Heineken nog overeind.

De bewoners zoeken hun ontspanning in het nabijgelegen Kralingse Bos met de Kralingse Plas. Crooswijkers zijn een artistiek, sportief en vrijgevochten volk. Exponenten daarvan zijn de profvoetballers Tinus Bosselaar, Rob Jacobs en Ton Pattinama en musici als The Three Jacksons: Piet van Gorp, Piet Koopman en Harry van der Velde. Daarnaast heb je de zangeres-comédienne Corry van Gorp, jazzzangeres Rita Reys en niet te vergeten actrice Bea Meulman.

Door de bombardementen in de oorlog raken de woningen in Crooswijk overvol. Daardoor wordt de jeugd de straat op gejaagd – en daar regeert het recht van de sterkste. De jeugd moet knokken om overeind te blijven en al snel is het vechten geblazen: de ene straat tegen de andere. De agressie moet gestructureerd worden en dat kan in de vorm van boksen. Dankzij bokstrainer Theo Huizenaar krijgt de bokssport in die jaren een flinke impuls.

Huizenaar geeft de jongens bokshandschoenen en met een paar gympies van de Bata en een lange onderbroek was zo'n aspirant-bokser klaar. Algauw was Crooswijk bekend om zijn boksers, de vrije jongens, zoals Jan de Bruin, Herman van 't Hof, Louis van Sinderen, Leen Jansen, Nol Steenhorst, Cor Eversteijn, Bertus 'Nikkelen' Kuijper en natuurlijk Wim van Klaveren en zijn broer Bep.

De laatste twee zijn zonen van Mien de visvrouw, die in die tijd rondrijdt met haar viskar in Crooswijk. Het is niet zo'n plezierig mens, erg opdringerig en rad van tong. Je kunt bij Mien poffen als je vis koopt, maar ze berekent wel een woekerrente van heel wat procenten en je moet dan wel bij haar blijven kopen.

Nu ik het toch over de wat excentriekere types heb in die periode: voor, tijdens en vlak na de oorlogsjaren zwerft er elke dag in Crooswijk en het Oude Noorden een vrouwtje rond, bedelend om een cent. Het vrouwtje is geestelijk, zeg maar, anders dan anders, en heeft als bijnaam Ave Maria.

'Ik kan huilen voor een cent,' pleegt zij tegen iedereen te zeggen. Als men haar dan een cent geeft, barst het vrouwtje echt in huilen uit. De tranen lopen haar daarbij over de rimpelige wangen. Anderen beweren dat als je haar een centje geeft, ze voor je op haar hoofd gaat staan.

Een ander opvallend type is Rinus Bakker, meestal Gekke Rinus genoemd. Hij is een spuwer. Tijdens de Ronde van Crooswijk is hij de oorzaak van een valpartij. Zodra hij in de gaten krijgt dat er een wielerronde is, verlaat hij zijn favoriete stekkie voor het pishuisje, tegenover het huidige Hoppesteyn. Dit was zijn favoriete plaats, wellicht met het oog op de toekomst, vanuit de gedachte dat hij daar in het bejaardentehuis over enkele jaren ook wel zou belanden.

Het gerucht gaat dat zijn houten poot poreus is doordat het door houtwormen is aangevreten. Op die wielerdag komt Gekke Rinus vanaf de Spiegelnisserkade aanhinken en hij gaat naast me staan. Rinus is misschien niet de slimste van het huis, maar je moet geen rotgeintjes met hem uithalen. Hij spuugt je dan van wel vijf meter afstand recht in je gezicht.

Hij heeft net goed en wel de plaats naast mij ingenomen als we het geruis horen van de fietsbandjes op het wegdek, met renner Mart van de Toorn aan de kop van het peloton.

'Hé, manke Nelis!' roept een man die langsloopt wanneer hij Rinus ziet.

Deze belediging, zo vindt Rinus, mag niet onbestraft blijven.

En 'Splets!' – daar vliegt de flodder, gelanceerd met dodelijke precisie.

De man die hem beledigde, bukt zich in een reflex en de groene rochel zeilt over hem heen en landt midden in het gezicht van de renner met rugnummer dertien. Die raakt daardoor het zicht kwijt, gaat onderuit en vier renners tuimelen over hem heen. Ik kijk opzij in het grijnzende gezicht van Rinus.

'Moet dat nou?' vraag ik verontwaardigd, terwijl de renners geschaafd en bebloed opkrabbelen.

'Wat?' zegt Rinus, 'die gozer kruip op un fiets èn kènnie rijje.'

Nu ik het toch over bijzondere types heb: iedere Crooswijker herinnert zich Willem Rouwenhorst nog wel, of IJzeren Willem, zoals hij werd genoemd. Die had een aapje, Peukie, genaamd. Een kleine dondersteen met een rood halsbandje die op zijn schouders zat. Willem had Peukie zo gedresseerd dat die op zijn bevel uit stelen ging. In 1981 stal zijn aapje een portemonnee uit een damestasje en als verantwoordelijke werd Willem opgepakt en Peukie werd hem afgenomen.

Willem spande een kort geding aan in januari 1982 en de rechter bepaalde toen dat de aap aan IJzeren Willem moest worden geretourneerd, omdat die hem onrechtmatig was afgenomen.

Maar een jaar later werd Willem samen met Peukie opnieuw voor de rechter gedaagd omdat het aapje op het Centraal Station mensen had lastiggevallen en enkele kleinoden had weggenomen. Willem kreeg tijdens de rechtszaak alle lachers op zijn hand toen hij tegen de rechter zei: 'Edelachtbare, mijn cliënt Peukie wil ook nog even het woord voeren.'

Ik heb het al over de bokser Piet van der Veer van het Pijnackerplein ② gehad. Maar ook wil ik een gevecht tussen de boksers Jan de Bruin en Jo Vincenzi in herinnering roepen. Dat was in de Rivièrahal op 5 oktober 1950. Na een afwezigheid van bijna vijf maanden staat Jan de Bruin, bijnaam Jimmy, weer eens in de ring. Naast me hoor ik een zoon aan zijn vader vragen:

'Wie is die Vincenzi eigeluk, pa?'

'Tis un spaghettivreter van huis uit èn hij komp nou voor Frankrijk uit. In ut VrijeVolk hèbbik geleze dattie de Tarzan van de Apennijne wod genoemd.'

'Zallie wèl lange arme hèbbe, pa. Assie mar nie gaat schreeuwe'.

Ik grinnik om de jongen, die bewonderend naar zijn vader opkijkt. Vincenzi is geen wereldtop, maar hij heeft al heel wat knock-outs op zijn naam staan. Dertig partijen heeft hij al als prof gebokst.

Op het dak van de Rivièrahal zitten al heel wat jongens. Die zijn over het hek geklommen en na enkele halsbrekende toeren op het dak beland. Boven ons hebben ze vrij zicht op de ring. Onder luid gebrulde aanmoedigingen komt Jimmy de ring in. Hij krijgt nog wat aanwijzingen van Theo Huizenaar mee en beide boksers beginnen voorzichtig, wat verkennend. De timing van Jimmy is in het begin niet zo best, maar Vincenzi weet er zijn voordeel niet mee te doen.

In de vierde ronde plaatst Jimmy een paar uppercuts. De zweetdruppels vliegen in het rond, maar Vincenzi heeft een kin van beton. De volgende ronde bouwt Jimmy met technisch boksen aan zijn puntenaantal. Pas in de tiende ronde begint de pseudo-Fransman aan een wanhoopsoffensief, want dat zijn tegenstander op punten voorstaat, is hem in de hoek wel duidelijk gemaakt. Met zwaaislagen probeert hij Jan de Bruin nog te raken en het wordt me duidelijk hoe hij aan zijn bijnaam Tarzan komt. Na de laatste ronde trekt de arbiter de hand van Jimmy omhoog; hij heeft duidelijk gewonnen.

Tevreden loop ik naar buiten, de kraag omhoog en weggedoken in mijn zuidwester. Het zeikt van de regen en dat werkt stimulerend, want ik schaar me naast de mannen die tegen de zijkant van de Hal staan te pissen. Ik voel mijn mond tot een brede grijns vertrekken bij de herinnering.

De dodenakker op de Kerkhoflaan

Als het mooi weer is, bezoek ik op zondagmiddagen steevast begraafplaats Crooswijk. Misschien omdat ik me onwillekeurig wil voorbereiden op de dood die eens zal komen. Of omdat niemand je hier tegenspreekt. Maar het is er vooral zo mooi, en zo prettig toeven. De natuur, de stilte en af en toe een tsjilpende vogel. Dan bekruipt me een gevoel van rust en absolute vrijheid, met af en toe een brok in mijn keel – als ik lees dat ergens een kind of een jong mens ligt.

Zo ligt hier de 24-jarige dode Atilla van Franeker ㉖ uit Crooswijk. De jongen had een onbekende Turkse vader, en dat was meteen ook het enige wat Turks aan hem was. De buurtbewoners zagen hem niet als een buitenlandse jongen: hij had een Hollandse achternaam en zo zagen ze hem ook. Goed, het was een straatschoffie, maar zijn Rotterdamse leeftijdsgenoten vonden hem bovenal een vriendelijke, altijd behulpzame jongen met wie je kon lachen en die de zaak soms behoorlijk op stelten kon zetten.

Een vriendin van hem vertelt me: 'Atil had een hart van goud en hij stond altijd voor zijn vrienden klaar. Als een vriend in moeilijkheden kwam, dan kleunde Atil er gelijk op los. Ik herinner me de dag dat er een verkeerde jongen naar me keek, terwijl we zaten te eten bij de Chinees Hungkee in de Witte de With. Atil gaf die jongen zo'n stoot dat die gelijk knock-out ging, terwijl de bakken nasi ons om de oren vlogen.'

Hoe anders denken de grootouders van Gusta Waldschmidt, allen woonachtig in Den Haag, in die tijd over Atilla. Niet dat ze zelf zulke lieverdjes zijn. De familie Waldschmidt heeft een bepaalde reputatie in het Haagse Bezuidenhout, van onvriendelijk tot ronduit asociaal.

Ook over Atilla zijn niet alle Haagse buurtbewoners even positief. De jongen heeft volgens hen wel erg losse handjes en verdient zijn geld met schimmige zaakjes.

Duidelijk is in elk geval dat opa Henk Waldschmidt een gloeiende hekel heeft aan Atilla, enkel en alleen omdat hij 'een Turk is die met zijn kleindochter Gusta omgaat'. Hij stelt haar zelfs voor de keuze: haar familie of 'die Turk'. Ze kiest voor de liefde en gaat met Atilla samenwonen. Ze moet daardoor wel haar peperdure BMW aan opa teruggeven. Atilla koopt daarop voor haar een gloednieuwe Audi A4.

Zo ontstaat een uiterst explosieve situatie tussen de oude Hagenees en de Crooswijkse jongeman.

Opa Waldschmidt is schathemeltjerijk. Volgens een buurtbewoner heeft de oude garagehouder, die in het Haagse een garage exploiteert op de Loudonstraat, liefst veertien panden in de wijk in het bezit, onder andere zes op het Stuyvesantplein. Een man van middelbare leeftijd vertelt me: 'Ik ken hem als een huisjesmelker. Hij heeft een huurder van hem, een oude man, ooit zo ernstig bedreigd dat die uiteindelijk gevlucht is. Hij heeft die man zelfs met een hakbijl achterna gezeten.'

Op 25 april 2011 komt er een explosie van haat. Het is tweede paasdag en terwijl de hele wijk nog in diepe rust gedompeld is, komen tegen twee uur 's nachts Gusta en Atilla bij het huis van haar ouders. Daar zouden ze samen slapen na een avondje stappen, maar ze mogen er ineens niet in. De oma van Gusta komt in de vroege morgen aanzetten en bedreigt Atilla met een mes. Daarna komt opa Henk aan de deur en na minutenlang wederzijds schelden en tieren wordt Atilla pardoes door opa neergeschoten. De jongen doet nog enkele wankele stappen, zakt dan in elkaar en probeert wat tegen Gusta te zeggen.

Oma klampt even later, enkele straten verderop, surveillerende agenten aan met de mededeling: 'Er is daar iets aan de hand op het plein.'

Daar treffen de dienders de zwaargewonde Atilla aan. De agenten en later de ambulancebroeders proberen de jongen nog te reanimeren, maar dat mag niet meer baten.

De 65-jarige opa Waldschmidt, zijn enkele jaren jongere vrouw en de 45-jarige Karel, de vader van Gusta, worden direct na de moord door de politie aangehouden. De rechter-commissaris stelt opa 3 dagen later voor 14 dagen met alle beperkingen in bewaring. Hij mag alleen contact hebben met zijn advocaat en is verder afgezonderd van de buitenwereld. Het Openbaar Ministerie is daarom terughoudend met het verstrekken van informatie. Sectie op het lichaam van Atilla van Franeker wijst uit dat hij met twee schoten om het leven is gebracht. Oma en de vader van Gusta worden door de rechter-commissaris in vrijheid gesteld.

Op 23 maart 2012 wordt Henk Waldschmidt door de rechtbank in Den Haag veroordeeld tot veertien jaar cel voor het doodschieten van de vriend van zijn kleindochter. Dan ligt Atilla hier al bijna een jaar onder de aarde.

Ik schraap mijn keel en loop verder, richting uitgang. Tot een volgende mooie zondag, begraafplaats Crooswijk.

Glaasje met Glaasie in het Kralingse Bos

Glaasie is een goede kennis van me. Hij draagt deze bijnaam omdat hij een oog mist. Om het gat op te vullen heeft hij een glazen replica in de oogholte laten zetten. Ik kom hem tegen in het Kralingse Bos. Zijn hond, een vervaarlijke pitbull, laat hem uit. Het dominante dier sleept Glaasie voort in de richting die het monster zelf verkiest.

'Zit!' brult Glaasie wanneer hij me ziet. O wonder, het beest gaat op zijn hurken zitten en geeft zijn baasje gelegenheid om op adem te komen. We schudden elkaar de hand.

'Hoe gaat het met je?' vraag ik belangstellend.

'Ik moet eerst even op adem komen,' hijgt Glaasie. Even later, nadat we de normale beleefdheden hebben uitgewisseld, stel ik voor een versterkertje te nemen op het terras van Minang Kabau.

'Goed idee. Ik heb liever een glaasje Schiedams water, dan het heilige oliesel.'

Manus, zoals de pitbull wordt genoemd, vlijt zich aan zijn voeten wanneer we op het terras achter een glas bier zitten en ons vergapen aan twee meisjes die met een surfplank aan het worstelen zijn.

Plots vraagt Glaasie, zomaar vanuit het niets: 'Ken je Fons Burger?'

'Ik heb niet de eer.'

'Een eer is het niet en het is ook niet zo'n heer.'

Het klinkt vrij agressief uit zijn mond en mijn nieuwsgierigheid is gewekt.

'Wat is er dan met die Fons Burger?'

Het goede oog van Glaasie begint onheilspellend te schitteren.

'Je hebt van die gozers die denken dat de centen van de gemeenschap het best kunnen worden opgestreken door henzelf.'

Hij kijkt me met z'n ene oog aan, terwijl de ander star voor zich uit staart.

'Die mensen heb je', geef ik toe. 'Moet ik hieruit begrijpen dat Fons ook zo'n man is?'

'Dat is hij. Fons begint een paar jaar geleden muziekcafé Rotown. Binnen de kortst mogelijke tijd is het een goedlopende zaak met allerlei optredens.'

'Daar is toch niets mis mee?'

'Nee, laat me nou even uitpraten. Een jaartje later opent hij nog zo'n muziekzaak en dat noemt hij Nighttown. Dat is meer bedoeld voor de Rotterdamse house-scene. Die Fons is een handige opsodemieter, noemt zich ontwikkelaar, slijmt zich binnen bij de gemeente en die laat hem verschillende andere projecten in de culturele sector opzetten.'

'Dat is handig en verstandig,' bevestig ik.

'Nee, het is een oplichter, die Fons. Hij heeft het gemeentebestuur in zijn binnenzak zitten. En wat doet die slijmjurk? Fons zoekt een oud pand, huurt dat, zorgt voor een tapvergunning en een biertap. Dan een beetje een donker interieur met van die blauwe lampen en dan pleurt hij er een stelletje dansende Surinamers en Antillianen op de dansvloer. Daarna gaat hij zijn handje ophouden bij zijn socialistische vriendjes van de gemeente. Zo heeft hij miljoenen losgepeuterd. Allemaal van onze goede belastingcenten.'

'Nou ja, iedereen rommelt toch weleens wat met de belasting?'

'Ja, maar dat is heel wat anders, want wat doet die uitnemer? Hij verkoopt Nighttown en Rotown voor een hoop geld, steekt dat in zijn eigen zak, terwijl wij allemaal die hele handel hebben betaald. Je kent het handig noemen, maar ik vind het pure oplichting.'

Zo, Glaasie heeft gezegd. Hij zet zijn glas bier aan zijn mond en even zou ik zweren dat zelfs zijn glazen oog boos kijkt.

Echte liefde bestaat... niet (deel 1)

Voor iedereen in Rotterdam, en zeker in Crooswijk, is het in de jaren na de oorlog een kwestie van overleven. De wederopbouw van het door bommen geruïneerde centrum komt langzaam op gang. Het opstarten van de werkgelegenheid heeft heel wat tijd nodig en het is armoede ten top in De Havenstad. De jeugd, zowel de meiden als de jongens, gaan zo gauw zij veertien jaar zijn, vanuit de vijfde klas aan de slag. Meisjes gaan bij Jamin werken of naar wafelfabriek De Maasstad en de jongens belanden veelal als loopjongen bij een slager of drogist. Het loon is laag: tussen de veertien en achttien gulden per week, voor minimaal 48 uur werken.

Nelleke van Straten uit de Rubroekstraat ㉗ meldt zich in de meidagen van 1950 aan bij Jamin en ze kan meteen beginnen. 's Ochtends moet ze het loodje met haar nummer pakken, zodat de loonadministratie weet dat ze aanwezig is, en als ze weggaat, hangt ze het loodje terug.

Nelleke begint in de bakkerij, waar ze de platen uit de oven haalt. De mannen daar spreken gewoon de hele dag met haar en soms dolt Jaap Jansen met haar, een zwartharige knul met stekeltjes en mooie bruine ogen. Hij praat netjes en ze vindt hem leuk en lief. Blozend reageert ze op zijn vrijmoedige flirt.

De chef heeft algauw in de gaten dat Nelleke van toeten noch blazen weet. Op een dag zegt hij, wanneer Jaap weer met haar dolt en avances maakt: 'Nelleke, ga jij maar op de chocoladekamer werken.'

De chocolade wordt ergens anders gemaakt en wordt via een lange buis naar de gietmachine gevoerd, waar Nelleke aan een tafel wordt gezet. Daar moet ze de chocolade in vormen gieten. De chef die over de afdeling gaat, keurt de chocolade om te kijken of die goed is. Bijvoorbeeld voor de chocoladeletters voor sinterklaas, waar ze al in september mee beginnen.

In februari is Nelleke jarig en als cadeau mag ze op dansles, bij goede vrienden van haar ouders. Die zijn de eigenaars van dansschool Spes

Bona op het Breeplein op Zuid. Daar leert ze de wals, de Engelse wals, de Duitse polka, de mazurka en de valeta. Het blonde meisje houdt van dansen en zingen, ze is levenslustig en gaat al huppelend door het leven.

Nelleke is ook een zoetekauw en op een dag wordt ze aan de kersenbonbons gezet. Door het snoepen is ze de eerste dagen tegen vijf uur lekker teut. Dan gaat haar herinnering vaak naar jolige Jaap, zoals ze hem in gedachten noemt. Met de meisjes van Jamin kan ze goed opschieten. De meisjes uit Crooswijk komen kent ze bijna allemaal, maar ook van die uit Overmaas kent ze wel enkele.

Op zaterdagen gaan ze gezamenlijk en gearmd naar de stad, waar ze een Hoogstraatje pikken. Daarna dansen of wat drinken bij Boneski, Habanera of de Cascade. Soms loopt het uit de hand en krijgen twee meiden onderling fors ruzie, meestal door jaloezie over jongens.

Nelleke geniet van het leven en heeft het leuk bij Jamin, waar ze inmiddels vijf jaar werkt: het ontbreekt haar aan vrijwel niets. Maar tijdens de pauzes hoort ze opwindende verhalen van andere meisjes; over een meisje dat verliefd is op Wim uit de Rubroekstraat ㉗, en een ander heeft een oogje op Koos uit de Pleretstraat. Nelleke is ook verliefd, op Jaap, maar dan in stilte. Sinds de dagen dat hij met haar dolde heeft ze hem niet meer gezien. Wanneer ze op een dag bij de poort een man van de bakkerij ziet en vraagt waar Jaap is gebleven, zegt hij: 'Jaap werkt nu in de haven, waarom?'

'O, niks bijzonders, zomaar,' antwoordt Nelleke, die daarop snel doorloopt.

Tot op die zondagmiddag in juli, wanneer ze naar de ijskar van Venetia bij het bos gaat om een ijsje te kopen. De ijscoman staat niet bij zijn kar, ze ziet hem in zijn korte witte jasje bij een boom staan plassen. Zijn gulp dichtdoende haast hij zich naar zijn wagen terug.

'Goedemiddag, juffrouw,' zegt hij en in één adem door. 'Wat mag het zijn?'

Ze vestigt haar blauwe ogen op zijn handen. 'Moet jij je handen niet wassen?'

Voordat hij antwoord kan geven hoort ze zacht in haar oor: 'Dag Nelleke.'

Ze voelt een hand op haar arm en wanneer ze zich omdraait kijkt ze in het lachende gezicht van Jaap. Haar hart slaat over van de zenuwen.

'Wat voor ijs mag ik je aanbieden, Nelleke, room, karamel of chocolade?' vraagt hij in plaats van de ijscoman.

'Niks, Jaap. Die viezerik heeft staan pissen, heeft zijn handen niet gewassen, dus van hem wil ik geen ijsje.'

De ijscoman veegt zijn handen af aan zijn jasje, staart haar woedend aan en opent zijn mond om wat te zeggen, wanneer Jaap haar meetrekt.

'Dan lopen we samen gezellig naar ijssalon Capri, in de Karel Door. Die heeft heerlijk ijs en ook kranen om hun handen te wassen.'

Haar arm trilt en ze voelt een kriebel in haar buik bij zijn aanraking.

Stil loopt ze naast hem over de Boezemsingel en zo'n kwebbel als ze normaal is, zo zwijgzaam is ze nu.

'Ga je op zondagmiddag altijd naar het bos?' vraagt Jaap.

'Ja, als het mooi weer is wel, meestal samen met Mimi, mijn zusje. Nu wilde ik alleen maar een ijsje eten.'

Hij knikt. 'Meestal ga ik 's zondagsmiddags ook naar het bos. Ik heb je daar nooit gezien.'

Even is het stil, dan vraagt hij: 'Vind je het nog leuk bij Jamin?'

'Jawel, met de meisjes kan ik goed opschieten, we lachen daar wat af.'

Jaap grijnst. 'Ik vond het ook leuk op de bakkerij. Alleen jou miste ik wel.'

'Dat zal wel,' ze kijkt omhoog om te zien of hij het meent. 'Wat doe jij nu dan?'

'Ik ben stuwer in de haven.'

'Leuk werk?'

'Het is zwaar, maar het betaalt goed.'

Zo begint hun verkering en elke zondagmiddag zien Jaap en Nelleke elkaar in het bos.

Het meisje is dolverliefd op haar sterke minnaar. Daar geven ze elkaar voor het eerst een zoen, daar vrijen ze samen in de struiken achter het pannenkoekenhuis, en daar geven ze zich helemaal over aan de liefde.

Het is november en Nelleke zit achter de machine, ze voelt zich misselijk. Ik ben vast zwanger denkt ze, en bij die gedachte trekt er een vreemde rilling door haar lichaam. Ze weet niet of ze moet lachen of huilen. Die zondagmiddag vertelt ze Jaap dat ze zich zo misselijk voelt en dat de rode vlag niet heeft gewapperd.

Geschrokken kijkt hij haar aan.

'Nelleke, er is toch niets aan het snotje?'

'Ik weet het niet, Jaap.' Ze kijkt hem aan. 'Zou je het erg vinden dan?'

Maar Jaap blijft aandringen; hij wil weten wanneer ze voor het laatst ongesteld was. Wie ze heeft gezegd dat ze een relatie hebben en dat ze 'godverdomme beter uit had moeten kijken. Je weet toch dat ik getrouwd ben?'

Het is alsof Nelleke een klap in haar gezicht krijgt.

'Ben je getrouwd?' stottert ze. 'Heb je al een vrouw?'

'Ja, natuurlijk heb ik een vrouw, en twee kinderen ook. Nou, het is afgelopen tussen ons. Ik zou maar een engeltjesmaker zoeken. Misschien kan die het voor je oplossen.'

Haar prins blijkt een schooier en dat vervult Nelleke met verdriet. Ze wordt ontslagen bij Jamin, haar ouders zetten haar op straat en Nelleke krijgt een mooie dochter, die haar door de kinderbescherming wordt afgenomen. Hoe dit verdrietige verhaal verdergaat lees je op blz. 244.

Crooswijkse oplichters

De avond valt en donkergrijze wolken jagen langs de hemel. Het is wel wat regenachtig geweest, maar deze novembermaand is over het algemeen koud en droog. De wind uit het noorden slaat zijn grote, ijzige vleugels uit over Rotterdam.

Ruud, een kennis van me uit de Rubroekstraat ㉗, zie ik door het raam van café Postiljon het Noordplein oversteken, weggedoken in de kraag van zijn leren jack. Hij heeft de deur van café nog niet achter zich gesloten of hij zegt tegen de man achter de bar: 'Geef me is een opkikkertje, Lody.'

Pas na de eerste nip uit het glas jonge klare kijkt hij rond en ziet me zitten.

Ruud schuift naast me aan de tap.

'Man wat is het koud,' griept hij zijn handen wrijvend.

'In de winter is het koud,' reageer ik met een afgezaagde grap.

Even is het stil en dan vraagt hij zomaar vanuit het niets: 'Gerhardt, heb jij je wijf weleens geslagen?'

'Nee, natuurlijk niet,' antwoord ik, toch wel wat verontwaardigd.

'Ach, je moet ook geen vrouwen slaan en zeker niet als je de trots van Rotterdam bent. Toch doet Bep dat, die is in 1935 getrouwd met een bloedmooie meid, die een gat in haar hand heeft waar een olifant in past. Ze woont hem helemaal uit en koopt alles wat ze maar mooi vindt. Soms schaft ze zich in één keer meer dan tien paar schoenen aan en daar kan Bep niet tegen opboksen. Op een dag hebben ze weer stennis over haar koopzucht en ze maakt hem zo nijdig dat hij dat mens zo'n oplawaai verkoopt dat ze neergaat. Geen kunst natuurlijk, en onze windmill verdwijnt ook gelijk drie maanden in de bajes. Wanneer Bep door een journalist daarover wordt ondervraagd, zegt hij: "Ach, ik bèn in de Steets verkeerde wijve tege gekomme. Je mot nie vergete da zon dotje haar tusse vrouwebene harder trèk dan twintig paarde. After all kèjje de rame er nie eens mee lappe".'

Ik schiet in de lach. 'O, je hebt het over Bep van Klaveren?'

'Ja, natuurlijk, wat dacht jij dan. Ik heb het niet over mijn opa.'

Ruud schudt zijn hoofd bij zoveel naïviteit en wat meewarig vervolgt hij: 'Die Bep kwam total loss terug uit de States. Hij was nog niet goed voor een dropveter van een stuiver en had nog precies twee knaken in zijn zak.'

Ruud tikt tegen het glas bier dat door een meisje voor hem neer wordt gezet.

'Proost, Gerhardt.' De man uit Crooswijk blijkt op zijn praatstoel te zitten. 'Je vroeg me eerder een keer naar de penoze, en nou ik het over Bep heb schieten me ook Spriet en Bulldozer in gedachte.'

Hij gaat er echt voor zitten, draait de barkruk een kwartslag zodat hij me aan kan kijken en steekt van wal.

'In Crooswijk, in de Pleretstraat, niet ver van het huis waar Bep van Klaveren woont ㉕, huizen de gebroeders Sjaak en Koos. Ze hebben de bijnamen Spriet en Bulldozer, of Bull, zo de laatste ook wel wordt genoemd. Die twee drijven daar hun handel in onfrisse zaakjes. Tot dan toe hebben ze met weinig succes een incassobureau gerund, dat helemaal afhankelijk was van de stevige vuisten van Koos. Deze methode van innen deed hem ook drie maanden op de Noordsingel belanden. Op het moment dat Koos weer een vrije jongen is en de broers naar een nieuwe zakelijke uitdaging zoeken, komt Sjakie, die zelf meent het brein van het duo te zijn, het kantoor binnen.

"Goedemorgen Bull."

De grote man, die juist een flesje Heineken aan zijn mond heeft gezet, steekt als groet zijn hand op.

Nadat Sjakie zijn jas aan de kapstok heeft gehangen, gaat hij tegenover zijn grote broer zitten.

"Ik denk dat ik een rijkmakertje heb gevonden, Bull. Een zaakje waar we finaal op binnenlopen."

Koos weet als geen ander dat Sjakie stinkt van de sterke verhalen en fantastische ideeën.

"Nou, vertel het is goochemerd, wat heb je nou weer bedacht?"

"De Hef," zegt Sjakie laconiek.

"Ja, de Hef, en wat is daarmee?"

"Dat is allemaal oud ijzer."

"Nou en? Denk je soms dat ik dacht dat hij van karton is gemaakt?"

"Nee, broertje, maar die ga ik verkopen."

"Aan wie?"

"Aan de sloop, aan de firma Rechtebocht."

"Die ziet je aankomen. De Hef is toch niet van jou?"

Sjakie neemt Koos zijn flesje van tafel, neemt er een slok uit en zet het flesje weer terug.

"Dat is maar hoe je het bekijkt, Bull. De Hef is van de gemeente. Wij zijn burgers van de gemeente dus de Hef is ook een beetje van ons."

Koos lacht en gooit het lege bierflesje met een meesterworp in de kartonnen doos die bij de deur staat. Hij amuseert zich kostelijk met zijn broertje.

"Hoe wou je dat dan in het vat gieten, Spriet?"

"Ik ben even naar de bieb geweest en heb me ingelezen. Ik kan zeggen dat ik nu wel het een en ander weet van de Hef. Kijk, ik heb het zo uitgedacht. Ik ga naar de sloop Rechtebocht, doe me voor als ambtenaar van de gemeente en probeer clandestien zaken met hem te doen. Ik zeg dat ik onder één hoedje speel met de wethouder en dat we hem de aanbesteding van de sloop van de Hefbrug gunnen. Daarbij druk ik hem op het hart dat de partijen wel hun mondje dicht moeten houden, anders komt er stront aan de knikker en dat willen we geen van beiden."

Koos heeft tijdens de uitleg zijn ogen gesloten gehouden en wanneer hij die opent blinkt er toch wat bewondering in.

"Jezus man, dat heb je goed bedacht. Die Rechtebocht kan niet gaan informeren of alles koosjer is, anders verraadt hij de illegale aanbesteding."

"Dat zeg ik toch, het is een briljant rijkmakertje, al zeg ik het zelf.'

"Het is fantastisch. Hoe kom je op het idee?"

"Om eerlijk te wezen, het is niet van mezelf. Een of andere goochemerd heeft de Eiffeltoren ook is met een truck aan Al Capone willen verkopen en dat bracht me op het idee."

"Doodgeschoten zeker, die gozer?"

"Dat weet ik niet. Maar als je er iets voor voelt, dan moet ik wel een nieuwe outfit hebben. Ik kan niet met een spijkerbroek en een manchesterjasje de business in."

Koos, die over het geld gaat, knikt. "We hebben nog zo'n zes mud in de kluis liggen. Je kan wat mij betreft een kostuum kopen."

Koos had Dribbel, de autohandelaar uit de Rusthofstraat, al eens geholpen met het terughalen van een wagen. Dat was met de nodige heisa gebeurd, dus had Dribbel nog een verplichting aan Koos en kan hij niet nee zeggen.

"Je gaat er toch geen kraak mee zetten, Bull?" vraagt Dribbel. Al begrijpt hij best dat Koos geen "ja" zal zeggen als het wel zo is. Koos arresteert een chauffeurspet die aan een kapstok hangt en al is de pet wat klein, het geef toch wat cachet, en wie let er nu op zo'n kleinigheid?

Een paar dagen later rijden ze tegen een uur of tien in de morgen naar de Spaanse Polder.

"Zet de wagen wel zo neer dat Rechtebocht hem kan zien, dat is goed voor het imago," zegt Sjakie.

Als de wagen is gestopt, stapt hij met de nodige zwier uit, klemt een aktetas onder zijn arm en loopt de hol van schroothandel Rechtebocht op.

"Waar is je baas?" vraagt Sjakie aan een oudere man, die bezig is autovelgen te stapelen.

"In het hok," antwoordt de man, die met een duim over zijn schouder wijst en een minachtende blik werpt op het donkerblauwe kostuum.

"Angeklee gaan uit," mompelt hij, terwijl hij een fluim op de grond sprietst en Sjakie nakijkt. Die huppelt de trap op van de op palen staande bouwkeet en verdwijnt door de deur.

"Goedemorgen, u bent hier de chef?" vraagt hij enthousiast bij het binnenkomen.

De dikke man achter het bureau blijft zitten en steekt een kolenschop uit. Drukt daarmee de hand van Sjakie op een manier alsof hij er de laatste levenssappen uit wil persen.

"Rinus Rechtebocht, hoe maakt u het?"

Met een van pijn vertrokken gezicht mompelt Sjakie: "Mijn naam is Van Berg en Henegouwe. Ik kom voor de Hefbrug."

De borstelige wenkbrauwen van Rechtebocht schieten omhoog van verbazing.

"Wat bedoel u met: Ik kom voor de Hefbrug?"

"O!" doet Sjakie verbaasd. 'Heeft de wethouder u niet ingelicht?"

"Waarover?"

"Over de Hefbrug natuurlijk. De gemeente wil die laten slopen. Ik heb opdracht gekregen u te benaderen om te kijken of we met u tot zaken kunnen komen."

Rechtebocht kijkt Sjakie verbluft aan. Presenteert hem daarop van verbouwereerdheid maar een sigaar. Rinus Schroot, zoals hij wordt genoemd, is gewiekst genoeg om op die manier wat meer bedenktijd te krijgen. Omstandig geeft hij Sjakie vuur en onderwijl valt het kwartje en begint hij de bedoeling achter de trefwoorden te begrijpen.

"Wordt er dan niet aanbesteed?" vraagt hij schijnheilig.

Sjakie neemt een trekje van de bolknak en kijkt Rinus sluw door de op kringelende rook aan.

"Natuurlijk. Maar we denken dat de normaal gangbare procedure voor u en voor ons niet de beste is."

"U bedoelt?"

"Kijk, als wij er wat aan kunnen verdienen, verdient u er ook goed aan. Ik zeg maar zo: een goede slopprijs voor de handelaar is een goede loopprijs voor de wandelaar. Niet dan? U geeft het couvert aan de wandelaar en die zorgt ervoor dat de opdracht u wordt gegund."

"Wie is wij?"

"De wethouder in al zijn bescheidenheid en ik ben de wandelaar, begrijpt u?"

"Wat zit er voor jullie aan?" vraagt Rechtebocht, recht voor zijn raap.

"Vijftigduizend gulden. In één keer en vooraf."

Op het gezicht van Rechtebocht tekent zich enige dreiging af, maar plotseling begint hij spottend te lachen.

"U denkt toch niet dat ik van de pot ben gepleurd en dat ik u zo maar vijftig rooie ruggen geef?"

"Nee, natuurlijk niet," bindt Sjakie in. "Die krijgen we op het moment dat u de opdracht hebt."

Het dreigende gezicht klaart op en Sjakie gaat verder: "We hebben op de gemeente de technische papieren al van de bruggenbouwer."

"Van Pieter Joosting?"

Sjakie knijpt zijn billen samen van schrik.

"O, kent u hem?"

"Nee, natuurlijk niet. Joosting is al in het begin van de oorlog overleden. Mijn vader heeft hem wel goed gekend."

"Hoe is het met uw vader?"

"Die is ook allang dood."

"Ach gottegot, dat is ook erg," doet Sjakie meelevend. De spanning rolt van zijn rug en hij haalt ongemerkt diep adem. "In die papieren staat dat de Hefbrug een gewicht heeft van 1240 ton en dat de contragewichten samen 620 ton wegen. Die zijn van beton, dus blijft er 620 ton schoon gewicht aan ijzer over. Is dat interessant of is dat interessant?"

"Ik ga zelf wel bij de brug kijken," zegt Rechtebocht.

"Goed, dan stel ik voor dat ik volgende week woensdag het couvert voor de aanbesteding op kom halen."

Zoals gezegd gaat Sjakie die woensdag daarop terug en weer leent hij van Koos de sedan. De oude velgenstapelaar, die op een heftruck zit, is nu ook een stuk vriendelijker.

Hij knikt, tikt tegen zijn pet en groet: "Dag meneer."

Sjakie wordt door Rinus ontvangen alsof hij prins Bernhard zelf is. Er is een hittepetitje aanwezig om de heren van koffie te voorzien en nog voor Sjakie zit, krijgt hij het couvert in zijn handen gedrukt.

"Nu maar eens kijken hoe het loopt," zegt Sjakie met een knipoog tegen Rechtebocht. "Ik heb vernomen dat komende vrijdag de vergadering van aanbesteding is. In de wandelgangen heb ik ook gehoord dat de wethouder van Gemeentewerken al opdracht heeft gegeven om een plan op te stellen op welke manier ze de weg rond de Hefbrug het best af kunnen sluiten, en eventueel een alternatieve route voor het verkeer over de Koninginnebrug te zoeken, zodat jullie ongestoord kunnen slopen. Het plan van Peper is dat de sloop half februari gaat beginnen. Zou u dat zo in kunnen plannen?"

"Ja, dat moet wel lukken," zegt Rechtebocht met glimmende ogen. Die krijgt zienderogen meer fiducie in het karwei. Wat een reclame is zo'n project niet voor mijn bedrijf, denkt hij stilletjes. Misschien is dit wel de opstap om internationaal te gaan werken.

"Mot je nog een sigaar voor onderweg?" vraagt Rinus. Hij geeft Sjakie daarmee te kennen dat wat hem betreft de bijeenkomst afgelopen is. "Ik krijg dus na het weekend bericht?"

"Eerder," belooft Sjakie. "Zo gauw als de vergadering is afgelopen, bel ik u wel."

Enkele dagen van spanning breken aan.

“Als het maar goed gaat,” zucht Koos, die terwijl het tijdstip van het telefoongesprek nadert al drie keer is wezen pissen. Om precies vier uur pakt Sjakie de telefoon en met trillende vingers draait hij het nummer van de oudijzerhandel.

“Sloperij Rechtebocht, goedemiddag,” klinkt de gebarsten bariton van Rinus.

“Met Sj... Van Berg en Henegouwe,” corrigeert Sjakie zichzelf. In gedachten scheldend omdat hij de zaak bijna om zeep had geholpen.

“En?” klinkt het ongeduldig. “Weet u al wat?”

“Gefeliciteerd, Rinus!” jubelt Sjakie. “Dat mag ik nou toch wel zeggen. Je hebt de aanbesteding binnengehaald. Je kan er dus een flinke borrel op nemen want het is voor zijn roodkopere.”

Er klinkt een zucht van verlichting door de telefoon. Sjakie maakt gebruik van de euforie van de sloper en vervolgt snel: “De zaak moet eerst even op het gemeentehuis rondgemaakt worden. De overeenkomst, begrijp je wel. Zullen we afspreken dat ik woensdagmorgen om elf uur bij je ben, dan kan je eerst nog even naar de bank gaan en daarna kunnen we de overeenkomst tekenen en de zaak verder regelen.”

Ruud houdt even op, drinkt zijn bierglas achter elkaar leeg en smakt met zijn lippen. Voor mij is dit het sein om opnieuw spraakwater bij te laten tappen.

‘Het was absoluut vakwerk wat het duo List & Bedrog had uitgedacht,’ gaat Ruud verder. ‘Ze hadden het briefhoofd van de gemeente gekopieerd en onder supervisie van Sjakie hadden ze met wat knip-en plakwerk een prachtige aanbestedingsopdracht in elkaar geflanst. Het was zoiets als: “Het sloopwerk van de voormalige spoorweghefbrug, die het Noordereiland verbindt met de wijk Feijenoord, is gegund aan de firma Rechtebocht, gevestigd op de Keenstraat in de Spaanse Polder. De technische details van het sloopwerk worden aan de firma Rechtebocht overgelaten.” Daarna allerlei bedingen, en om het helemaal echt te laten lijken had Sjakie er een boetebeding in op laten nemen, dat het werk binnen twaalf maanden na de start van de werkzaamheden klaar moest zijn, op straffe van een boete van tienduizend gulden voor elke maand dat die termijn werd overschreden.’

'Hoe is het afgelopen?' vraag ik Ruud, die onderwijl aan zijn derde glas bier bezig is.

'Goed voor het duo, maar slecht voor Rechtebocht. Nadat Sjakie de overeenkomst, met valse handtekeningen, zogenaamd ondertekend door de wethouder en Bram Peper, bij Rechtebocht had gebracht, die hem vluchtig doorlas en opborg in de grote stalen kluis op zijn kantoor, kreeg Sjakie de vijftigduizend gulden.

"Het is prettig zaken met je doen," zegt Sjakie, die Rinus de hand schudt.

"Dat vind ik ook, meneer Van Berg en Henegouwe," antwoordt de schroothandelaar en hij geeft Sjakie ook nog een Parkerpen in een etuitje als dank voor de soepele wijze waarop het sloopwerk hem was gegund en de zaak was afgehandeld. Drie dagen later zaten Koos en Sjakie op Ibiza, waar ze een discotheek begonnen.'

Een trieste opsomming

Ik kan hem zijn tegengekomen, dat realiseer ik me later. Die druilerige, frisse woensdag, 24 februari 2010, was ik in het appartementengebouw 'De Vooruitgang', het voormalige arrondissementsparket op de Schiekade 14 op bezoek. Ik was daar om een schilderij van Louis Apol te zien, dat op Marktplaats werd aangeboden.

Een kleine, opvallende man, slank en zo rond de dertig jaar, moet op ongeveer hetzelfde tijdstip met stevige pas over de Schiekade hebben gelopen. Hij gaat de hoek om, de Molenwaterweg in. Het is een wat excentriek geklede man: hij draagt een lange zwarte jas tot over de knieën en heeft een zwarte gleufhoed op. Zijn gezicht is opvallend bleek, maar zijn stap energiek.

Bij huisnummer 4a gaat hij massagesalon Melissa Relaxing binnen. Hij heeft een afspraak. Die middag heeft hij meerdere malen telefonisch contact gehad met de 30-jarige Colombiaanse Sandra Martinez Burbano ㉘, bijnaam Isabella. Voor dat contact heeft hij een gsm gebruikt, met een prepaid nummer dat moeilijk is na te trekken, zo blijkt later. Sandra zal hem niet alleen masseren, maar ook op seksueel gebied verwennen.

Wat zich die middag daarbinnen afspeelt, heeft echter niets met seksueel genot te maken, of het moet een lustmoord zijn door iemand die op een bestiale manier aan zijn gerief wil komen.

Wanneer eigenaresse Melissa rond vijf uur de kamer op de eerste verdieping binnenkomt, vindt ze haar collega in een enorme plas bloed. In paniek waarschuwt ze haar buurman. De politie wordt gewaarschuwd. Een getuige wordt op het bureau verhoord en het blijkt dat de man in de lange zwarte jas om ongeveer drie uur naar binnen is gegaan en een halfuur later het pand weer heeft verlaten. Forensisch onderzoek brengt aan het licht dat Isabella door bruut geweld, met messteken, om het leven is gekomen. Er worden veel sporen veiliggesteld. Zo ook een gedeelte van een bloederige schoenafdruk.

Navraag leert dat Isabella, toen ze nog in Den Haag achter de ramen zat, een tijdlang werd gestalkt door een man die aan het signalement voldoet. Met behulp van de schoenafdruk probeert de recherche wereldwijd bij vele fabrikanten van schoenen en verkooppunten te weten te komen van welk soort schoen die gedeeltelijke afdruk is. Op de schoen lijkt Bash of Fash, mogelijk Fashion, te staan en een soort zonnetje. Maar het is bijna zeker dat met dit spoor de moordenaar niet gepakt zal worden.

Zo zijn er door de jaren heen helaas heel wat hoeren in Rotterdam omgebracht, met name in de jaren tachtig en negentig van de vorige eeuw. Veel slachtoffers werkten in de toenmalige tippelzone aan de G.J. de Jonghweg.

Zo wordt op 17 juli 1984 werd de 39-jarige Coby Toet om het leven gebracht. Dit is een maand na de instelling van de eerste tippelzone aan de G.J. de Jonghweg ⑩. Ze wordt onder grote belangstelling van 'de meisjes' begraven op Crooswijk.

Op 15 april 1989 is de 35 jaar oude Beppie Michels aan de beurt. Zij is een verslaafde prostituee maar niettemin vrij kieskeurig bij de keuze van haar klanten. De vrouw met het kastanjekleurige haar had geen vaste woon- of verblijfplaats. Ze ging meestal lopen als ze ergens naartoe moest en ze tippelde op de G.J. de Jonghweg, tussen de Rochussenstraat en de Westzeedijk. Daar was haar territorium en haar afwerkgebied was een bouwterrein in de Lieve Verschuierstraat, de tweede straat aan de overkant van de Rochussenstraat. Beppie had een opvliegend karakter en leed aan depressiviteit. Wegens haar drugsverslaving werd haar kind haar door de kinderbescherming afgenomen. Beppie werd vermoord op haar afwerkplek en de moordenaar had haar lichaam gedeeltelijk begraven.

Beppie is mogelijk het slachtoffer geworden van een ware Rotterdamse Jack the Ripper. De politie denkt inmiddels namelijk dat een seriemoordenaar zeker vijf prostituees in Rotterdam heeft vermoord in de laatste twee decennia van de vorige eeuw. Een coldcaseteam heeft, naar aanleiding van een zaak over een seriemoordenaar in Engeland, waar naar overeenkomsten tussen dergelijke moorden is gekeken, 85 moorden op prostituees in Rotterdam met nieuwe DNA-technieken opnieuw tegen het licht gehouden. Bij 5 bleken soortgelijke seksuele handelingen gepleegd. Ook waren die 5 slachtoffers afgedekt met materiaal dat van de plaats delict afkomstig was, en bij 4 van de 5 was sprake van een doorgesneden keel. Hierdoor denkt men nu aan een seriemoordenaar.

Ook in de nieuwe eeuw is al menig Rotterdamse prostituee om het leven gebracht. In de buurt van de Keileweg, in de Lekstraat, worden in oktober 2004 de 36-jarige Connie en de 44-jarige Jacqueline doodgeschoten. Dankzij camerabeelden worden de daders geïdentificeerd. Het gaat om de 22-jarige Roberto Z. en de 23-jarige Amitkoemar R. Na een avondje stappen komen de verdachten die avond op de Rotterdamse Keileweg terecht. Twee prostituees gaan met de mannen mee naar de Lekstraat. Daar haalt Roberto een pistool tevoorschijn. Hij beweert later dat hij Jacqueline onder zware druk van Amit als eerste heeft neergeschoten. Zijn toenmalige beste vriend zou de ander, Connie, hebben vermoord. Amit daarentegen beweert dat Roberto in een opwelling beide vrouwen door het hoofd heeft geschoten. Het tweetal wordt veroordeeld tot 16 jaar gevangenisstraf.

Op 19 oktober 2005 barst een 36-jarige man uit in woede wanneer een prostituee, die hij al zo'n 10 jaar kent, zijn huis in de Dosiostraat niet wil verlaten en zijn spullen begint te vernielen. Hij pakt een vleesmes en steekt de 35-jarige tippelaarster Mirjam in haar buik. Buurtbewoners zien een vrouw bebloed uit het raam hangen. Ze roept om hulp en vraagt of iemand de politie kan bellen. Een buurvrouw doet dat onmiddellijk. Het slachtoffer strompelt intussen naar de voorkant van de flat, waar ze op de balustrade in elkaar zakt. De politie arriveert, en even later de traumahelikopter. Alle hulp komt echter te laat en de vrouw sterft. Een van de omstanders wijst het bebloede vleesmes aan dat de dader in de tuin heeft gegooid. Justitie eist drie jaar cel en tbs tegen de man, die volgens deskundigen kampt met een autistische stoornis, waardoor hij zich extra bedreigd voelde. En zo kan deze trieste opsomming nog aangevuld worden met tal van namen.

10

Hilligersberg

Een liefdeloze handelaar

Eind mei en begin juni 2013 hebben de bewoners op de Uitweg in Rotterdam te kampen met een enorme vliegenplaag. Duizenden kleurige en behaarde bromvliegen, zogenaamde vleesvliegen, veroorzaken veel geluidsoverlast door hun gezoem. De haard van deze plaag is het winkelpand waarin vroeger Fauna World opereerde. De politie wordt geïnformeerd en die treft daar in het winkelpand, op 5 juni 2013, maar liefst 140 kadavers aan.

Verscheidene exotische soorten worden aangetroffen, waaronder zelfs dingo's: dat zijn wilde honden uit Australië. De zwaar verwaarloosde dieren zijn door verhongering aan hun einde gekomen. De dingo's hebben elkaar zelfs aangevreten. Volgens buurtbewoners is de dierenwinkel al geruime tijd gesloten en is de eigenaar onvindbaar.

Een week later wordt de dertigjarige Chavello Plak ㉙ gearresteerd. Verwaarlozing van dieren en valsheid in geschrifte worden hem door justitie ten laste gelegd.

De verwaarlozing wordt door Plak in alle toonaarden ontkend. Hij zegt: 'Alleen de vijf dingo's zijn de afgelopen dagen gestorven. De overige dieren waren al veel eerder overleden. Die lagen opgeborgen in de vriezers. De politie moet ze eruit hebben gehaald. Ik gebruik de winkel al ruim een jaar niet meer, tegenwoordig zit ik in de groothandel.'

Naar aanleiding van het gebeurde stelt de Partij voor de Dieren kamervragen.

Slechts enkele dagen later wordt Plak alweer vrijgelaten door de rechtbank, waartegen het Openbaar Ministerie in beroep gaat.

Ondertussen kampen omwonenden van het winkelpand nog steeds met de enorme vliegenplaag. De buurtbewoners spreken schande van deze onhygiënische situatie en zijn de overlast meer dan zat. Volgens de politie is het pand aan de Uitweg reeds vrijgegeven aan de eigenaar en is de schoonmaak zijn verantwoordelijkheid. Daartegenover stelt Plak: 'Ik heb geen sleutel van de winkel. En die krijg ik ook niet zolang het justitieel onderzoek loopt. Ik sta machteloos.'

De Roteb wordt ingeschakeld om het ongedierte te bestrijden.

Geleidelijk aan komt er steeds meer informatie over de handelwijze van Plak naar buiten. Naast de tenlastelegging van verwaarlozing, valsheid in geschrifte en vermeende bedreigingen wordt hij nu ook verdachte van diefstal van dertig koudbloedige dieren van een reptielenbeurs, die later doodgevroren worden aangetroffen in zijn auto. Dit incident wordt bevestigd door het Openbaar Ministerie.

Directeur Rinus Hitzert van Dierenbescherming Rijnmond roept burgemeester Aboutaleb op om op te treden, omdat de Nederlandse wetgeving in deze zaken tekortschiet.

Plak bijt van zich af. In een interview dat hij zaterdag 22 juni 2013 aan het AD geeft, beweert hij dat de handel volkomen legaal is en zonder vergunning gedreven mag worden. Hij verwacht die zaterdag juist weer een zending uit Indonesië, met katachtigen en miereneters. Hij voorziet in een behoefte en zijn handel blijkt een ware goudmijn. Plak heeft een wekelijkse omzet die tussen de twintig- en veertigduizend euro ligt.

Zijn papieren zijn niet afgepakt door de rechtbank, dus mag hij naar zijn mening gewoon doorgaan met de handel, en dieren uit de jungle importeren.

Plak, die veel vanuit Duitsland werkt, ligt niet wakker van alle commotie rondom zijn dierenhandel. Hij verkoopt niet meer aan Nederlandse particulieren, omdat dat 'dramazeikers' zijn. Chavello Plak stelt dat niemand hem kan stoppen.

The Hurricane

Maandag 15 augustus 2005 word ik gebeld door mijn jeugdvriend Tommie. 'The Hurricane is dood,' zegt hij met vlakke stem. 'Hij is op de Meidoornsingel ㉚ in Schiebroek neergeschoten.'

Een ogenblik ben ik met stomheid geslagen.

'Waarom?' vraag ik na enkele seconden.

'Weet ik niet, ik heb het ook nog maar net gehoord.'

Een dag later hoor ik dat Peter Smit vanuit de bosjes met een salvo in de rug is neergeschoten. Na die eerste schoten is de moordenaar uit de bosjes gekomen en heeft met nog een salvo zijn werk afgemaakt. Enkele kinderen die de moord hebben gezien, zeggen dat de schutter een in het zwart geklede man was.

Peter Smit is een bijzonder man, een echte knokker, die goed kan incasseren, fysiek ongevoelig, maar zeer empatisch en emotioneel als hij gecontronteerd wordt met onrecht, armoede en honger.

Dat Peter bij de top van de wereld in zijn vechtsportcarrière hoort, begint duidelijk te worden in 1985, tijdens het Open Ocean Pacific Kyokushinkai-kampioenschap op Hawaï. Hij verdient daar zijn bijnaam 'The Hurricane' door als een wervelwind kampioen te worden op zijn debuuttoernooi. Hij wint van zes tegenstanders op één dag.

Een ander hoogtepunt wordt gevormd door de Open Wereldkampioenschappen in 1987 in Tokio. Hij komt uit in de karatestijl Kyokushinkai, dat de hardste vechtsport ter wereld is, tegen de in het Japanse Shinjuku-ku geboren kickbokser Hiroko Kurosawa. Vanwege een discutabele scheidsrechterlijke beslissing – homereferees – verliest Smit dit gevecht na drie verlengingen. Onbegrijpelijk want de Japanner valt buiten de mat neer en moet door zes mannen naar de kleedkamer worden gedragen met een gebroken scheenbeen en een ernstige verwonding aan zijn kaak.

In zijn legendarische gevecht in Thailand tegen Changpuak Kiatsongrit – in het Lumpini-stadion in Bangkok – slaagt Smit er als eerste in de geschiedenis in om in de tweede ronde een Thaise kampioen voor eigen publiek op knock-out te verslaan. Smit wordt hiermee wereldkampioen Muay Thai.

Smit zelf beschouwt zijn winst op kickbokslegende Rob Kaman in Tokio, die hij in de tiende ronde op knock-out verslaat, als het hoogtepunt van zijn hele carrière. Tot op die dag in 1990 werd Kaman onoverwinnelijk geacht.

Dan komt de dag dat een grote Antilliaan zich langs hem wringt terwijl er toch genoeg ruimte is in de disco. 'Kijk effe uit joh!' zegt Peter en gelijk heeft hij, totaal onverwachts, een kopstoot van de Antilliaan te pakken. Hij herstelt zich en deelt een paar rake klappen uit. De portiers komen tussenbeide en Peter, nog vol van de adrenaline, besluit naar huis te gaan.

Buiten blijkt dat de Antilliaan met nog een vriend hem staat op te wachten en het tweetal valt Peter aan. Die houdt zich staande, deelt rake klappen uit en zijn tegenstanders kunnen hem niet de baas. Een van hen heeft nog nooit gehoord van *the noble art of self-defence*, pakt een autokrik en slaat die hard tegen Peters enkel. Dan komt er een auto aan scheuren om hem dood te rijden. Peter weet het voertuig te ontwijken door zich aan een viaduct op te trekken. Als de auto keert en de bestuurder opnieuw een aanslag op hem wil plegen, slaagt Peter erin een stoeptegel uit de grond te trekken en door de voorruit te gooien.

Zijn belagers kiezen het hazenpad, maar het bot van Peters enkel is behoorlijk beschadigd. Hij krijgt gips om zijn enkel, maar dat knipt hij eraf om een afgesproken kickboksgevecht na te komen.

Die verwaarloosde blessure verergert. Het bot vergroeit en de topsport kan hij hierdoor wel vergeten. Hierdoor krijgt Peter een enorme psychische dreun te verwerken en hij wordt depressief. Hij begint afleiding te zoeken in drugs. Steeds verder zakt hij af en een aantal jaren leeft Peter van een uitkering en kleine diefstalletjes, om zijn verslaving te bekostigen.

Ondanks zijn geduchte reputatie komt Peter vrijwel nooit met de politie in aanraking. Peter is stapelgek op zijn twee kinderen, Kayleigh en Brandy, en heeft veel voor zijn twee dochtertjes over, hij wil ze alles wel geven. Dat lukt maar ten dele, want zijn verslaving kost handenvol geld.

In 2000 pleegt Peter een ramkraak. Hij doet dat impulsief en onvoorbereid en wordt dan ook al snel gepakt. Hij moet zeven maanden de gevangenis in. Tijdens de detentie vindt Peter de kracht af te kicken. Zodra hij weer vrij is, brengt hij zijn urine voor controle op drugs vanuit Rotterdam, waar ze wonen, naar het kantoor in Dordrecht.

Op een dag ontmoet hij de 21-jarige Carla in brasserie Gallery aan de Bergweg en luttele weken later wonen ze samen. Peter wil dit graag, want dan heeft hij recht op zijn kinderen. Het gaat niet goed met hun moeder, die aan de drugs is en geen vaste woon- of verblijfplaats heeft.

Samen krijgen de twee een zoontje, Bradley, en Peter is de koning te rijk. Misschien in de toekomst een opvolger in de ring en op de mat.

Peter gaat weer karateles geven, maar zelf trainen lukt niet zo goed vanwege de enkel, die toch permanente schade heeft opgelopen. Hij start een beveiligingsbedrijfje voor de horeca. Diverse ervaren portiers werken voor hem. Op de achtergrond is hijzelf nadrukkelijk aanwezig en dat zorgt voor rust op plekken waar zijn mensen actief zijn. Ook heeft hij een glazenwasbedrijf opgezet en is hij mede-exploitant van tattooshops. Carla doet de boekhouding en heeft, eigenlijk, de zakelijke leiding.

Peter is geen heilige, ook geen crimineel; hooguit een penozejongen die af en toe nog weleens moeilijk te innen geld voor zakenmensen ophaalt bij wanbetalers. Maar hij bezweert dat daar nooit geweld bij wordt gebruikt; zijn naam en verschijning zijn voldoende. Hij past terdege op, want in de bajes wil hij nooit meer terechtkomen.

Hij lijkt zijn leven eindelijk weer op orde te hebben, tot er in juni 2005 een voorval plaatsvindt dat het begin is van een onstuitbare reeks gewelddadigheden en bedreigingen, met amper twee maanden later een gruwelijke afloop.

In café Havana aan de Broersvest in Schiedam ontmoet Bart, een vriend van Peter, op een zaterdagavond in juni 2005 enkele mannen, onder wie twee beruchte criminelen: Cor Pijnen, alias De Paling, en Melfrim Saez. Pijnen is een jonge Hindoestaanse crimineel met lang, zwart, achterovergekamd haar, die al vaak is opgepakt voor tal van delicten. Hij staat bekend als een handige uitbreker die 'glibberig' weet te ontsnappen uit allerlei politiezaken en door de politie wordt gekenmerkt als gewelddadig en vuurwapengevaarlijk.

De andere man, Melfrim Saez, is een Antilliaanse zware jongen uit een beruchte Schiedamse criminele familie, bekend van vele geweldsmisdrijven en moorden.

Vriend Bart daarentegen heeft 'slechts' een reputatie binnen de softdrugswereld; hij handelt in hasj en pillen. Wel leeft hij in redelijke welstand, maar hij is zeker geen grote jongen – eerder een kleine vis in het criminele vijvertje van Schiedam. Bart wordt gevraagd om een monster van xtc-pillen te regelen voor Cor Pijnen, maar dat lukt hem niet. Pijnen is daar woedend over, blijkt die bewuste avond in het café. Hij claimt dat hij daardoor zo'n twintigduizend euro in de schuld staat bij een mogelijke afnemer en die moet Bart vergoeden, en wel onmiddellijk.

Onder dwang gaat de hasjdealer mee naar buiten, naar de auto. Daar krijgt hij van Pijnen een vuurwapen tegen zijn hoofd gezet en Bart moet zijn Rolex en telefoon afgeven. Die krijgt hij terug wanneer hij die twintigduizend regelt en aan Pijnen geeft. Zijn telefoon krijgt hij direct al terug, omdat de crimineel zich realiseert dat Bart anders slecht bereikbaar zou zijn. Maar de Rolex, nieuwwaarde zo'n 17.000 euro, blijft bij Pijnen.

Op 27 juni 2005 doet Bart aangifte bij de politie van de afpersing. Bart vertelt zijn vriend Peter Smit ook van de afpersing. Die vindt dat hij Bart nog wel wat verschuldigd is. Zijn vriend heeft Peter financieel gesteund en een auto voor hem geregeld toen hij vrijkwam uit de bajes. Peter is woest wanneer hij het verhaal hoort. Het is voor hem een erezaak om de Rolex terug te halen.

Peter belt op naar Saez, van wie hij het telefoonnummer heeft, en krijgt Melfrims neef Norman aan de telefoon. Hij probeert de man te overdonderen en dreigt het minderjarige broertje van Norman te ontvoeren en dat, voor elke dag dat hij het horloge niet terugkrijgt, hij een vinger van de jongen zal breken.

Ze spreken af in een café en ook daar gaat het 'van dik hout zaagt men planken'. De dreigementen vliegen over en weer. De toon is gezet, en Pijnen en kompanen nemen het dreigement wel serieus.

Begin augustus wordt er een nieuwe afspraak gemaakt. Een zekere Louis, een kompaan van Cor Pijnen, wordt op Peter afgestuurd. Het is een behoorlijk grote kerel, maar die krijgt zo'n pak slaag van Peter dat hij om zijn moeder roept. Peter belt daarna opnieuw met de groep van Pijnen en meldt dat ze wie en van welk formaat ook op hem af kunnen sturen, maar dat hij hen rauw lust, opvreet en daarna als gehakt uitspuugt. De Rolex moet terug, anders escaleert het nog meer. Peter kan niet meer terug. Hij wil geen gezichtsverlies en wil resultaat.

In de eerste week van augustus krijgt Smit enkele keren behoorlijk bedreigende telefoontjes van een Joego, die dringend met hem wil praten. De Joego noemt zijn naam, maar die zegt Peter niets. Van een vriend, bekend in het milieu, hoort hij dat hij absoluut niet moet gaan, want die Joego heeft de reputatie een huurmoordenaar te zijn. Op zaterdag 6 augustus krijgt Peter opnieuw telefonisch de uitnodiging voor een afspraak.

Hij besluit dit keer wel te gaan en spreekt af in eetcafé de Gallery in Rotterdam, op het hoekje van de Bergweg. Zijn vriend uit het milieu gaat mee en ook andere vrienden sluiten zich aan, onder wie Bart. Hij is immers de man met wie het allemaal begon en hij kan de Joego het hele verhaal vertellen.

De vijandige Joego zit op het terras en Peter en zijn vrienden gaan daar ook zitten. Peter gaat naar de Joego toe en zegt: 'Als je hier bent om me om te leggen, nou, ga dan je gang maar. Of wil je horen waarom je hier nou bent gekomen?'

De tactiek werkt. Peter en Bart horen dat de Joego geld van Cor Pijnen heeft te vorderen. Die heeft verteld dat de Joego bij hen twintigduizend euro kan ophalen. Ze leggen de man de hele gang van zaken uit. 'Je bent gewoon gebruikt,' zegt Peter tegen de Joego. Die belt met een kennis van hem in de sportwereld, die ook een goede bekende is van Peter, en hoort dat de voormalig kickbokskampioen honderd procent op zijn woord is te vertrouwen. De Joego gaat overstag en is nu pissig op Cor Pijnen. Hij komt tot de conclusie dat hij inderdaad is gebruikt. 'Jij krijgt je klokkie terug,' zegt de Joego tegen Bart. 'Daar zal ik zorg voor dragen.' De mannen gaan uit elkaar.

Peter belt Cor Pijnen: 'Je ziet het, een Joego op me afsturen werkt ook niet. Ik kom met meer terug. Wees nou verstandig en geef de Rolex terug.'

Er zijn nog verschillende treffens tussen Peter en Pijnen, onder andere in café De Knipoog in Schiedam. De vrienden van Peter dienen altijd als buffer. zodat er niets gebeurt. Wanneer de mannen naar buiten gaan, loopt Cor Pijnen naar de auto waarin Carla zit en kijkt haar indringend aan. Peter ziet dit, loopt naar hem toe en vraagt: 'Wat moet jij bij mijn wijf?'

Pijnen kijkt hem aan en onverwachts zegt hij: 'Ach, laten we maar vrienden worden, dan kunnen we allebei nog wat verdienen.'

Peter reageert met: 'Wat je wilt, vriend, als dat klokkie maar terugkomt.'

Op maandag 15 augustus 2005 gaat iets over half zes de telefoon in het appartement van Carla en Peter in de Jensiusstraat in het Oude Noorden. Peter neemt op, luistert even en gaat weg zonder iets te zeggen. Hij stapt in de auto en scheurt weg. Vlak om de hoek pikt hij Cor Pijnen op, die daar staat te wachten. Ze rijden naar de Meidoornsingel in Rotterdam-Noord.

'Stop hier even bij dat paadje, dan zal ik het klokkie halen,' zegt Pijnen.

De auto stopt bij een paadje dat tussen de bosjes door langs een huizenblok loopt. Ze praten nog even en dan loopt Pijnen tussen de bosjes door langs het huizenblok. Hij is net uit het zicht verdwenen wanneer een man in een donker trainingsjack met de capuchon over zijn hoofd getrokken de bosjes uit komt. Hij heeft witte latex handschoenen aan; in zijn handen houdt hij een pistool, gericht op Peter. Er klinken drie knallen. Smit valt, van achteren getroffen, draait in de val om en komt op zijn rug terecht. De schutter loopt tot dicht bij de kickbokser en schiet zijn pistool leeg. Dan rent hij weg, ook langs het huizenblok.

Peter Smit, wereldkampioen kickboksen en beroemd karateka, is vrijwel op slag dood.

11

De Willemsebrug over: Noordereiland

Zwerftocht over het Noordereiland

Als schooljongen zwerf ik, samen met mijn vriendje Tonnie, door heel Rotterdam. We weten overal de weg; we proberen zo min mogelijk te lopen en meeliftend op onze bestemming te komen.

We springen op alles wat maar die kant op gaat waar we heen willen. Zien we een paard-en-wagen op de Van der Takstraat? Een sprintje en net als de aardappelen op de wagen laten we ons zo vervoeren. Het is raadzaam helemaal achterop te gaan zitten, hebben we gemerkt, zodat de voerman ons niet met zijn zweep kan raken.

Hebben we geen geluk, dan lopen we de Willemsbrug over naar het Haringvliet. Daar is altijd wel wat te beleven. Het huis van dokter Bijsterveld, de piskijker, staat er. Tonnie en ik gaan op een dukdalf zitten om te kijken wie daar naar binnen gaat en we fantaseren daarbij de vreselijkste ziekten die de dokter in de pis zou ontdekken. Gierend van het lachen zitten we daar de gruwelijkste verhalen aan elkaar te vertellen.

Daarna gaan we tegenover het Witte Huis aan de kade kijken hoe een vracht ijzer in het donkere gat van een zeeschip wordt geladen en vervolgens gaan we wat verder op de balken langs de Maas zitten. Aan de Boompjes liggen meestal wel enkele kleine zeeboten en daar op de kade is het altijd druk met bootwerkers en sleperswagens. Hier liggen ook de paar schepen van Wim Muller en het is natuurlijk de kunst om ongezien, als aapjes, via de trossen aan boord van zo'n schip te klimmen.

Ik heb hier al een keer in het water gelegen, toen een zeeman me in de gaten kreeg en net zolang aan de tros schudde tot ik in het water lazerde. Snel ben ik toen naar de kant gezwommen en via de stalen ladder weer op de kade geklauterd. Hier mag ik eigenlijk niet komen; daar zit het uitschot der maatschappij, zegt mijn vader altijd.

Tonnie en ik slaan onze benen over de balken en kijken naar de schepen die over de Maas varen en mijn vriendje stoot me aan.

'Ik heb een goede mop gehoord.'

'Een vieze?' vraag ik.

'Nee, dat gaat wel.'

'Nou, laat horen dan.'

'Het regende hard en een dronken boer, die hier in de stad was, moet pissen. Hij loopt langs de Laurenskerk en gaat tegen een muur onder een goot staan. Het regent zo hard dat de goot overstroomt. De boer staat daar met zijn leuter in de hand en hoort het kletteren. Zo staat hij daar een halfuur en dan zegt hij tegen zichzelf: "Ik wist wel dat ik veel gezopen had, maar zoveel! O God, houdt het dan nooit op?" '

Ik schiet in de lach. 'Hij is goed. Van wie heb je die gehoord?'

'Ome Sjaak vertelde die tegen mijn vader.'

Een aak tuft onder de spoorbrug door. Een scheepsjongen die over het gangboord loopt, dat bijna onderwater ligt, glijdt uit, en om zijn evenwicht te bewaren laat hij de emmer uit zijn handen vallen.

'Gaatie?' roept Tonnie.

De jongen ziet ons tweeën en schudt zijn vuist wanneer hij merkt dat we dubbel liggen van het lachen. Hij blijft net zolang vloeken en tieren tot de aak achter het zeeschip verdwijnt.

Ik draai me naar mijn vriendje om. 'Ik moet je ook wat vertellen.'

'Ook een mop?'

'Nee, iets anders.'

Even wacht ik om de spanning wat op te voeren. Ik wil mijn vriendje deelgenoot maken van een geheim dat ik van mijn opa heb gehoord. Die wordt door iedereen IJzeren Gerrit genoemd omdat hij vroeger als prijsvechter in de haven een extraatje verdiende en vuisten heeft die van staal lijken gemaakt, zo hard zijn die. Hij wil absoluut niet dat ik, zijn kleinzoon, hem 'opa' noem. 'Gerrit is de naam.'

Sinds kort woont hij op de Maaskade, op een kamertje. Opa is door zijn vriendin, met wie hij op de Putselaan woonde, uit haar huis gezet, nadat zijn hond haar in de kuit had gebeten.

'Je hond weg of jullie beiden eruit,' had ze gezegd. Gerrit had voor zijn hond gekozen en woont nu lekker dicht bij ons in buurt.

'Het gaat over mijn opa. Die heeft in de oorlog toch twee moffen doodgeschoten?'

'Dat weet ik niet, dat heb je me nooit verteld.'

'Dat heb ik wel. Die moffen waren bezig het Maashotel in brand te schieten, en toen heeft mijn opa ze te pakken genomen.'

'Ik herinner het me niet,' zegt Tonnie. 'Maar wat is daarmee?'

'Nou, mijn opa vertelde afgelopen zondag aan mijn vader dat de moffen op het eiland ook ergens een bunker hebben gebouwd.'

'Waar dan?'

'Weet jij het, dan weet ik het ook.'

'Ga het je opa vragen, dan gaan we eens kijken of we die bunker kunnen vinden.'

'Ja, misschien liggen daar wel dooie Duitsers.'

'Gatverdamme, dat hoop ik niet. Zo'n helm lijkt me wel leuk, maar een Duitser?'

Die avond, na het eten, probeer ik de deur uit glippen, maar de stem van mijn vader haalt me in.

'Graatje,' zo noemt hij me. 'Je gaat de straat niet meer op, het is al bijna donker.'

'Pa, ik ga alleen eventjes naar Gerrit.'

Wanneer hij daarop niet reageert, neem ik aan dat het goed is. Snel ren ik de Thorbeckestraat uit en even later trek ik door de brievenbus aan het koordje en roffel de trap op.

'Is er brand?' vraag mijn opa, die juist uit de keuken komt met een flesje bier in zijn hand.

'Nee, nee, maar ik moet je iets vragen.'

'En wat is dat dan?' vraagt mijn held, die zijn grote hand op mijn hoofd legt en mijn haar in de war maakt. Ik weet dat opa niet van gezeur houdt en vraag zonder omwegen: 'Gerrit, waar is die Duitse bunker gebouwd, waarover je het met papa had?'

'Waarom wil je dat weten?'

'Nou, mijn vriend en ik willen die gaan zoeken.'

Ieder ander zou in paniek raken als een kind zoiets zegt, maar mijn opa grijnst.

'Dat is een goed idee, kleinzoon, toen ik jong was had ik mijn nieuwsgierigheid ook niet kunnen bedwingen.'

Hij loopt naar de boekenkast, neemt er een boek uit, opent dat en geeft me een kaart.

Het lijkt erop dat de kaart een route aangeeft, die wijst naar een ondergrondse bunker die ergens in de punt van de Meeuwenstraat en de Maaskade zou moeten zijn.

'Denk je, Gerrit, dat die kaart echt is?'

'We hebben onze twijfels. Ik heb het er met mijn vriend Demmenie over gehad en we denken beiden dat het in verband met het grondwater onmogelijk is dat daar een ondergrondse bunker is gebouwd.'

Ik herinner me het gesprek met mijn grootvader, die in 1973 is gestorven, jaren later. Wanneer ik mijn avondwandeling maak. Ik woon op dat moment in een kubuswoning op de Overblaak en loop graag over de Willemsbrug naar mijn geboortehuis. Als het zwoel, zomers weer is, laat ik me vaak verleiden om de wandeling wat langer te maken en dan dwaal ik wat over het Noordereiland.

De bunker heb ik met Tonnie nooit gevonden, en ik heb er ook nooit iemand anders over gehoord. Het zal wel weer een geintje van Gerrit zijn geweest. Zijn vriend, fietsenmaker Demmenie ㉛, in de Van der Takstraat nummer 6, is er niet meer gevestigd.

De zonen Demmenie, rotjongens die regelmatig kopspijkers op de Willemsbrug strooiden, zodat de kassa rinkelde omdat er weer bandjes geplakt konden worden, zijn in de loop der jaren uitgevlogen. Vele verhalen over hen heb ik van mijn grootvader gehoord. En over Piet van Wijngaarden, onze Rotterdams motorcoureur die op zijn Norton de allereerste TT van Assen in de klasse tot 500 cc won en in 1926, 1928 en 1930 nog eens. Die was eigenaar van het Rotterdamse Motorpaleis. In 1930 voert hij een Duitse Ardie in en heel dichterlijk geeft hij die de naam Tijger mee. Die motor verkoopt hij in juni 1931 aan Demmenie.

Joop Demmenie, een van de zoons van mijn opa's vriend, is dan dertien jaar en een beginnend, maar begenadigd wielrenner.

Wanneer hij negentien jaar is, doet hij bij de amateurs mee aan de wereldkampioenschappen op de weg in Kopenhagen. Daar mist Joop net het podium: hij wordt vierde achter de Duitser Fritz Scheller. Een jaar later, in 1938, wordt hij derde op de individuele wegwedstrijd, tijdens het wereldkampioenschap wielrennen in Valkenburg. Hij vraagt direct een proflicentie aan.

Jacques Hanegraaf zou de jongste profwielrenner zijn, die was op 1 januari 1981 21 jaar en 18 dagen. Joop is echter zes dagen jonger wanneer hij zijn proflicentie krijgt. Naast hetwielrenvirus is Joop behept met het virus van de kleine criminaliteit. Samen met zijn vriend Adam van Straten smokkelt hij horloges in het frame van zijn fiets. Adam wordt daarbij gesnapt en moet een behoorlijke boete betalen.

In de jaren daarna zijn er nauwelijks nog prestaties: het is oorlog en voor wielrenners is het niet eenvoudig om wedstrijden te rijden. In 1944 vraagt Joop geen licentie meer aan en hij leidt een roerig leven. Hij trouwt drie keer en is een echte liefhebber van het zwakke geslacht. Ook houdt hij van grote auto's en vakanties in zonnige oorden.

Hij probeert daarom op allerlei manieren geld te verdienen en begint een gokhuis op het eind van de Schieweg, daar waar de weg wat omhoogloopt. Een gokhuis op de derde etage van een flat. Joop is een illegale gokbaas, zoals je er in die tijd zoveel hebt. In die stiekeme achterkamertjes gaat veel geld om, genoeg om zijn alimentaties te kunnen betalen en in grote auto's rond te kunnen rijden.

Joop verdient zeker meer dan een gemiddelde profcoureur in die periode, de jaren veertig en vijftig. Wanneer een gokker een groot bedrag verdient, zorgt Joop er wel voor dat een van de meisjes met die gelukszoeker meegaat en vaak komt ze met een deel van het verdiende bedrag terug. Ja, het leven is goed voor Joop in die turbulente jaren veertig.

Maar op een dag wordt Joop opgepakt door de politie en moet hij een tijdje op de Noordsingel doorbrengen, waar toevalligerwijs ook Rooie Koos een straf uitzit. De penozejongens die daar vastzitten verdienen een klein bedrag per dag met het inpakken van kerstkikkers van chocolade. Het is verboden daarvan te eten, anders zou deze onwettige consumptie in mindering worden gebracht op hun verdienste. Zijn de bewakers nu zo naïef dat ze denken dat de mannen zich aan zo'n opgelegd gevangenisregeltje houden?

Chris, een jongen uit Spijkenisse die een glazen oog heeft, steekt op een gegeven moment een kikker in zijn mond en juist op dat moment komt een bewaker bij hun tafel staan en vraagt hem wat. Chris wil de kikker inslikken en krijgt een enorme hoestbui. Tranen springen in zijn ene goede oog, hij buigt zich voorover om adem te halen en de bewaker slaat hem op de rug om te helpen. Het glazen oog van de delinquent vliegt uit de oogkas en rolt over de grond, tot grote ontzetting van de bewaker. Rooie Koos springt op en gaat met zijn maat 45 schoen op het oog staan. De volgende dagen loopt Chris als een zeerover met een zwart lapje voor zijn oog.

Als ik nu over het Noordereiland loop, komen al die herinneringen en verhalen uit een ver Rotterdams verleden weer tot leven. Een rondje Noordereiland of een rondje Rotterdam – het is als een zwart-witfilm waarin ik al rondzwervende de penoze van vroeger weer voor me zie.

12

De Wilhelminabrug over: Katendrecht of 'de Kaap'

Broeierig Katendrecht

Op een warme avond in juli wandel ik over de Erasmusbrug naar de Kaap. Het is een prachtig gezicht wanneer de wassende maan van achter de bomen van de Hillelaan tevoorschijn komt en zijn stralen door de asgrijze schemering laat flonkeren en vonken in het water van de Maashaven. Het is rustgevend, en zittend op een bankje denk ik aan de jaren dat, na het bombardement van 14 mei 1940, het uitgaansleven van de noordelijke oever zich grotendeels naar Katendrecht verplaatste.

Pas na de oorlog wordt de Kaap dé hoerenbuurt van Rotterdam. Daar hebben de oorspronkelijke Katendrechters aanvankelijk weinig moeite mee, want zij hebben altijd in een zekere harmonie met 'de meisjes' geleefd, die zij als medebewoners van hun schiereiland beschouwen.

De hoeren doen hun werk veelal vanuit de cafés en bars. Maar ook bij Dikke Toos, die begonnen is als hoertje maar begin jaren vijftig floreert als hoerenmadam, die kamertjes verhuurt aan de meisjes van plezier. Dikke Toos heeft als liefhebberij koken, en dat met veel knoflook. De meiden, zoals Klaartje Douwreet, Brabantse Corrie, Schele Agaat en Zwarte Jannie, lopen bij haar in en uit.

Als ze niks te doen hebben zitten ze bij Toos in de woonkamer, tikken op de ramen als er een man voorbijloopt en klakken met hun tong, vaak gevolgd door een wulpse knipoog.

Soms komt er een reactie en verdwijnt het meisje naar haar eigen kamertje. Na zo'n minuut of twintig komt ze dan terug, stopt een tientje in het laatje bij Toos en gaat weer voor het raam zitten. Toos schrijft de inkomsten in een boekhoudboekje. Zorgzaam en secuur houdt ze de inkomsten en omzet bij. Ook hier heb je de beschermers of souteneurs. Met een van die mannen, de beschermer van Zwarte Jannie, die ik via Dikke Toos leer kennen, vind ik in mijn archief nog een gesprek.

'Wa me eige betrèf hou ik van mun Jannie, ze staan voor mij in dur nakie op een voetstuk. Un gouwe maggik wèl zègguh. Ze mag zèllufs

dur eige gèld van me verdiene. Tis hier saves op de Kaap nie zo veilig en ik bèn haar beschèrmer tijdens dur zoete arbeid. Slaan hèbbik dur nog nooit gedaan. Ze mag van me alles, lètterlijk alles doen wazze mar wil. Azzur mar gèld naar binne komp rolle èn dan liefs mijn kant op. Is er zon klerelijer, zon stoere en stèrke zeeman of arbeijer die niet wil betale, dan grijp ik um in zun kladden en schud um helemaal leeg. As dank kannie nog un schop onder zun reet nakrijge ook. Respèk motte ze voor mijn wijffie hèbbe en nie minder ook voor mijn eige. Jannie hèp ut netuulijk ut makkelijks en dat mot ook zo. Ze is per slot van rekening mun wijffie. Door de manne wor ze gezien as un vedètte, die bekènd is onder alle zeelui over de hele wereld, die bij Jannie hun zuurverdiende gèld stukslaan. Zuipe, hoere en snoere, met lèkkere meide om zich heen, danse op goeje muziek, met de warme buik van Jannie schurend langs hun buik, zodat ze wat worre opgewarmd. As finishing touch geef mun wijfie ze dan un beurt waarmee ze bij hun wijf niet mee an kunne komme. Dan bènne die de volgende reis weer bij Jannie ankloppe as ze hun katje hèbbe gevange. Zèg nou zèlluf, is dat un heerlijk leve of niet? Andere wijve bènne verplich thuis te blijve en die staan in un warme keuke achter ut funuis ete voor dur vènt te koke, of zèllufs met blote pote poepluiers te wasse. Maar niet mijn Jannie, die neem ik gezèllog mee naar tante Sjaan van Wing Wah. Daar kèn ze ete wat ze wil, ze houdt nu eenmaal van Chinees.'

De verandering die op de Kruiskade plaatsvindt, gebeurt ook op de Kaap. Na de oorlog is Katendrecht een bloeiende gemeenschap. Het is een wijk waar prostitutie volop aanwezig is, maar waar je nog rustig je deur open kunt laten staan.

'Ga je mee, schatje?' wordt door een blond hoertje gevraagd, en als je er een paar gulden voor overhebt, ga je mee. Een decennium later is het door de geldontwaarding een paar tientjes. De dames van het rosse leven in die tijd zijn absoluut geen gevaar voor de goede zeden, al kun je natuurlijk altijd een druiper oplopen.

De echte teloorgang komt later, wanneer de pooiers criminelen worden die de dames uitbuiten en er seksshops worden geopend. Ook worden de nachtclubs in Rotterdam steeds meer seksclubs, waar de vrijwillig voor het beroep gekozen dames worden vervangen door seksslavinnen. Dit wordt veroorzaakt door immigratie van vreemdelingen die bij de vrouwenhandel het voortouw nemen.

Seksbazen en souteneurs van buiten de Kaap kopen in die tijd panden op die ze van opzichtige lichtreclames voorzien. Er komt raamprostitutie en er wordt op de Kaap volop getippeld. Daar verzetten de bewoners zich eensgezind tegen. De befaamde kunstschilder Dolf Henkes, die al zijn leven lang op de Kaap woont, is van mening dat de echte Katendrechters een soort clan moeten vormen die zich verzet tegen alles wat niet op de Kaap thuishoort.

Henkes, die aan de Veerlaan op nummer 94 woont, ondervindt in 1956 veel hinder van zijn buren, waar een bordeel is gevestigd. Aanvankelijk met één Engelse prostituee, maar van lieverlee komen er steeds meer meisjes te werken, beschermd en gecontroleerd door hun Antilliaanse pooiers.

Het is van 's middags tot diep in de nacht een komen en gaan van klanten en prostituees. De meisjes staan in de portiek en tippelen voor de deur van de familie Henkes. Dit leidt tot ruzies die steeds heftiger worden. Op een zondagochtend komt het tot een handgemeen van de pooiers met de gebroeders Henkes, waarbij vooral Dolf rake klappen krijgt. Hij heeft een opgezwollen oog, een gekneusd jukbeen en verliest tijdens het gevecht een voortand.

Aangifte van mishandeling is niet mogelijk, omdat er geen enkele rechercheur op bureau Sandelingplein aanwezig is. De politie doet de hele zaak later gemakshalve af als iets wat nu eenmaal op de Kaap kan gebeuren.

Voor het eerst van hun leven staat de familie Henkes op het punt de Kaap te verlaten. De nachtelijke herrie van bezoekende klanten, en de pesterijen van de souteneurs, gaan onverminderd door. Het getreiter neemt zelfs zulke vormen aan dat de boel in 1967 escaleert: tijdens een vechtpartij steekt Dolf souteneur Pedro Dirksz met een mes in de borst en doorboort daarmee diens lever, middenrif en hartzakje. Dolf wordt door de rechter veroordeeld tot vier maanden voorwaardelijke gevangenisstraf en hij mag één jaar niet op de Kaap komen.

De rellen en pesterijen gaan door, maar nu zijn anderen het slachtoffer. In 1973 wordt het gebouw van het wijkorgaan door souteneurs in brand gestoken. Uiteindelijk winnen de bewoners het en verdwijnt de prostitutie van de Kaap, met het gevolg dat de hoertjes zich over de hele stad verspreiden, voornamelijk in de achterstandswijken.

Sindsdien heeft Rotterdam een probleem met zowel de legale als illegale prostitutie en achtereenvolgende besturen proberen dit op te lossen. Er wordt van alles verzonnen: seksboten in de Nieuwe Maas en caravans op oude fabrieksterreinen, er zijn zelfs gemeentelijke onderhandelingen met supersouteneurs over de vestiging van een Rotterdamse Reeperbahn, maar dat plan stuit op een verbod van de rechter.

Kees, de jongen met de thermische lans

Terwijl ik op Veerlaan, bij het huis van schilder Henkes, nog wat na sta te mijmeren over de rellen op de Kaap, schiet me te binnen dat Zwarte Jannie hier ook ergens heeft gewoond. Over haar zoon die een thermische lans kon hanteren heb ik niet zo lang geleden een dramatisch verhaal gehoord in café Timmer, waar ik op een vrijdagmiddag zat.

De Binnenweg behoort, net als de Witte de With, tot de weinige straten die tijdens de oorlog in het centrum niet plat zijn gebombardeerd. Je hebt daar mooie cafés. De oudste van de stad is Melief Bender uit 1876 en dan heb je ook mijn favoriet, café Timmer, dat sinds 1895 de blonde jongens tapt. Daar ben ik graag.

Ik stap op een dag in 2011 door de zijdeur naar binnen, iets wat de mannen doen die zich zo'n beetje stamgast voelen, en schuif naast mijn vriend Willem Kruk aan de bar. Willem heeft een tragisch leven achter de rug, waarover ik hier verder niet uit wil wijden. Hij heeft na de onbesproken tragiek tien jaar lang Oostenrijk onveilig gemaakt; hij is uitbater geweest van enkele horecabedrijven in Wörgl en in Hopfgarten. In 2012 is Willem overleden en er verscheen een boek over zijn leven met als titel: *Afscheid van mezelf.*

Willem en ik zitten die dag samen wat te kletsen over onze belevenissen in Rotterdam. Rinus komt binnen en Willem neemt afscheid.

Rinus is een grijze man met een open gezicht. Een man in ruste. Dat is duidelijk te merken aan zijn wat slome manier van voortbewegen en zijn lijzige Rotterdamse spraak. Rinus is een voormalige fietsenmaker, een Kaper die een meisje van bedenkelijke zeden heeft getrouwd. Ik schuif wat op om de nieuwkomer zitruimte te geven, maar hij schudt zijn hoofd.

'Ik sta liever.'

Ik zet zo'n blonde jongen voor hem neer en om mijn benen wat te strekken neem ik tegenover hem plaats aan een van de statafels. Voor Rinus is dat een verplichting, hij heeft last van 'reetketelsteen', zoals hij dat noemt, waarmee hij aambeien bedoelt. Ik mag de wat lijzig sprekende man wel.

Hij heft zijn glas en vestigt zijn bleekblauwe ogen op me.

'Wat heb ik gehoord, ben je bezig met een boek over de penoze?'

Nadat ik dat met een knik van mijn hoofd beaam, gaat hij verder: 'Zoek je tekst?'

'Ja, als je nog een van die oude penozejongens kent, houd ik me aanbevolen.'

'Ken je Keesje Dingerink?'

Ik schud mijn hoofd en hap in het schuim.

'Mijn vrouw, dat ze rust in vrede, zei me dat ze Keesje van Zwarte Jannie goed heeft gekend.'

'Ach, gecondoleerd, ik wist niet dat ze was overleden.'

'Wie?' vraagt Rinus, me verbaasd aankijkend.

'Je vrouw, ze is toch gestorven?'

'God man, je laat me schrikken. Hoe kom je daar nou bij?'

'Je zei: dat ze ruste in vrede.'

Hij lacht. 'Daarmee bedoel ik dat ze de hele dag op de bank ligt om op haar gemak naar de tv te zitten loeren.'

'Ik ken die Keesje niet,' zeg ik wat gegeneerd na die misvatting.

'Die Keesje van Zwarte Jannie ligt al jaren tussen zes planken op Crooswijk. Verongelukt zal ik maar zeggen.'

'Hoe kwam dat?'

'Dat zal ik je vertellen. Die Keesje was een goede jongen, mager als een paling en ook lenig. Doortje, mijn vrouw, vertelde dat hij als kind bananen opdook uit de Maashaven, die hij daarna voor een paar spie verkocht op de Kaap.'

Rinus gaat wat verstaan, pakt het glas bier, heft dat en neemt een paar slokken. Hierna rolt hij uitgebreid een sjekkie en pakt de draad van het gesprek weer op.

'Toen Keesje wat ouder was geworden en ze hem Kees noemden, begonnen hem de spietjes tegen te staan zoals een matroos het boerenland. Kees wilde geld verdienen en werd als leerling-glasslijper aangenomen bij een bedrijf in Schiedam.'

'Pieterse?'

'Dat weet ik niet. Kees kreeg een rubberen slonde voor, die hij spottend een "voorschotje" noemde, en werd vervolgens de hele godganselijke dag zeiknat gespoten door het water dat van de slijpsteen kwam, waar hij het glas tegenaan moest houden om dat te slijpen. Daar kreeg hij zo de zeik over in dat hij op een goede dag de benen nam.'

Rinus kijkt me even kort aan alsof hij bijval van me verwacht voor de beslissing die Kees heeft genomen. Ik knik daarom bevestigend.

'Via Jan Glibber, een buurman die Kees' moeder vaak bezocht, vernam hij dat er plek was voor een duvelstoejager in de haven, bij een bedrijf dat dieselmotoren en waterpompen repareerde. Kees maakte daar kennis met de thermische lans, die gebruikt werd bij het demonteren van vastgelopen assen van schepen, sluizen en bruggen. Gefascineerd keek de jongen naar de mannen die met dat werk bezig waren. Kees werd op slag verliefd op de lans, die in zijn ogen op een vuurspuwende draak leek.'

Ik kan mijn lachen niet bedwingen bij die romantische beschrijving en Rinus stopt. Hij neemt een flinke slok van het bier, veegt met de rug van zijn hand het schuim uit zijn snor en gaat verder.

'Dat heb ik niet van mezelf hoor, Doortje zei het precies zo. Drie jaar later was Kees van duvelstoejager een man geworden die het beste van allemaal met de lans kon werken. Volgens zijn collega's was hij daar een meester in. Het was begin jaren zeventig en de kranten stonden vol over Aage Meinesz, die uit de kluis van de NMB in Helmond zeshonderdduizend gulden had gejat. Ik verdien achthonderd gulden in de maand, dacht Kees, en die Aage een fortuin. Ik doe dus iets niet goed. Hij liet de gedachten aan zijn lans varen en begon na te denken over een andere manier om zijn zakken te vullen.'

Rinus kucht even. 'Alsof de duivel op Kees zijn hand was, meerde een paar dagen later een cruiseschip aan op het Koninginnenhoofd aan de Maas. Ik denk dat het *The Black Prince* was. Er waren zo'n kleine zevenhonderd passagiers aan boord. Door de loods werd het schip op halve kracht naar binnen gebracht, want een van de motoren was in de soep gedraaid. Er was een as vastgelopen, die moest worden gedemonteerd en daarna moest er een nieuwe as in worden gezet. Dat betekende *hurry-up*, want in zo'n geval was spoed geboden. Wim, een oude rot in het vak, en Kees werden op karwei gestuurd. Het was loeiheet in de machinekamer en de oude begon gelijk met het demonteren van de vastgelopen assen en pinnen. Dat moest voorzichtig gebeuren, zonder de omliggende constructie of de lagers te beschadigen. Kees hielp hem met de lans en na zo'n zes uur was het kreng eruit. Terwijl de mannen moesten wachten op de nieuwe as, die door het bedrijf per ijlbode zou worden gebracht, dwaalde Kees een beetje door de ingewanden van het schip. Hij keek zijn ogen uit vanwege al die luxe in de lounge, de eetzalen en de winkeltjes. Zo kwam hij op het bovendek terecht. Nog nooit had hij zoveel moois bij elkaar gezien en toen hij door de gangen van het bovendek liep, zag hij de deur van een hut op een kier staan. Nieuwsgierig deed hij die wat verder open en zag dat het een van de duurste en grootste hutten moest zijn. Er was niemand, dacht Kees, en hij deed een stap naar voren. Daarna nog twee en toen zag hij een vrouw op bed liggen die haar schoonheidsslaapje deed. Ze had een zwarte doek voor haar ogen tegen het licht en snurkte zachtjes.'

Ik glimlach en vermoed al zo'n beetje welke wending dit avontuur gaat nemen. 'Op het nachtkastje naast haar bed lag een geopend etui en daarin zag Kees het goud en de blinkertjes die filmsterren meestal dragen,' vervolgt Rinus. 'In enkele stille stappen was Kees bij het bed, hij pakte het etui en even stil als hij was gekomen, verdween hij weer. Lopend door de gang ritste hij het etui dicht, deed dat in de broekzak onder zijn overall, en zo snel als hij kon ging hij terug naar de machinekamer. Zijn mond was kurkdroog en zijn hart bonsde in zijn keel van de spanning.

"Waar blijfie toch man?" vroeg Wim.

"Ik mos schijte," antwoordde Kees, "èn ik kon nèrgus un plee vinde".'

Rinus schudt zijn hoofd.

'Hoe is het afgelopen?' vraag ik.

'Slecht. Kees kocht van het geld dat hij had gejat een motor en reed zich op de Aelbrechtskade hartstikke dood tegen een pijler van de Mathenesserbrug.'

We nemen er nog maar eentje.

Tatoeages met bloed gezet

Ik was een jaar of dertig toen ik mijn eerste tatoeage liet zetten bij Bob ㉜ in een keldertje op de Brede Hilledijk op Katendrecht. Overigens, ik heb er maar twee. Bob hoorde bij de pioniers op het gebied van de virtuositeit met de naald. In die tijd lieten enkel zeelieden en wat penozejongens hun huid illustreren. Wanneer ik nu op Katendrecht naar Wing Wah ga, het Chinese restaurant van tante Sjaan, maak ik ook vaak een praatje bij Bob in de Delistraat. De laatste keer dat ik daar was, had ik met een van de klanten, een politieman, een heel gesprek over de Tattookillers.

'T**attookillers' is de benaming die de media** hebben gegeven aan een groep criminelen met grote tatoeages op de rug in Chinese tekens. De karakters betekenen: 'Wees daadkrachtig'. Dit heeft ongeveer dezelfde strekking als de Feyenoord-slogan 'Geen woorden, maar daden'. Deze groep houdt zich namelijk bezig met het plegen van huurmoorden. Ze oefenen hun vaardigheden in het liquideren op een schietbaan in Brazilië, en bij een schietvereniging tegenover het hoofdbureau van politie in Amsterdam. Dat gebeurt bij Club Kaliber en schietsportvereniging Superschot aan de Lijnbaansgracht.

Drie van die Tattookillers komen uit Rotterdam en Schiedam. Dit zijn de broers Cor en Brian Pijnen en Jurgen Tjauw-Foe. Die laatste leert Cor Pijnen in de gevangenis kennen en raakt daardoor betrokken bij de groep tattookillers.

De in 1978 geboren Jurgen Tjauw-Foe is een bekende van de Rotterdamse politie en wordt omschreven als een patser. Jurgen rijdt veelal in dure auto's zonder dat er een legaal inkomen tegenover staat. Hij zou zich vooral bezig hebben gehouden met het leveren van vluchtauto's die zijn gebruikt bij de moordaanslagen van de killers. Formeel is hij eigenaar van een zonnestudio in Rotterdam. Jurgen heeft op zijn rug geen tatoeage. Het is een ijdele jongen die aanspraak wil maken op de roem van een ander – *claim of fame* – door zich met veel bekende Nederlandse sporthelden te laten fotograferen, onder wie Wesley Sneijder en Rafael van der Vaart.

Justitie hield vanwege grote onderzoeksbelangen wekenlang zijn identiteit geheim. Zelfs de plaats waar de verdachte was aangehouden, mocht niet naar buiten komen; uit vrees voor wraakacties van onbekende 'Tattookillers' kwam eerder al een aanklager onder zeer zware beveiliging te staan.

Uit het geruchtmakende onderzoek van het landelijk parket blijkt nu dat het gaat om de 32-jarige Rotterdammer Tjauw-Foe. Hij is volgens justitie medeverantwoordelijk voor de uiterst professionele aanslag op Marlon Dalfour, op 10 augustus 2009 in Amsterdam. Deze wordt met een automatisch wapen beschoten voor zijn woning aan de Andries Vierlinghstraat in Slotervaart. De schutters en het slachtoffer zitten in auto's. Dalfour schiet terug maar raakt zwaargewond door tien kogels. Niettemin overleeft hij de aanslag.

De broers Cor en Brian en medeverdachten Jeroen Samalo en Evert Sijahailatua worden op de avond van de moordaanslag al door de recherche geobserveerd vanwege andere verdenkingen. Op hun safehouse aan het Amstelveense Tempelhof is een camera gericht. Ook heeft de recherche sommige van hun auto's van een peilzender voorzien.

Op camerabeelden is te zien dat de vier het onderduikadres kort voor de aanslag verlaten, en kort na de aanslag terugkeren. Cor Pijnen, diens vrouw en Brian Pijnen worden later aangehouden in Almere, maar de politie raakt Evert Sijahailatua kwijt. Sindsdien is hij voortvluchtig.

De Nationale Recherche houdt dinsdag 26 oktober 2010 een man aan. Het blijkt dat de mysterieuze vierde verdachte een oud celmatje van hoofdverdachte Cor Pijnen is. Het gaat om de 32-jarige Rotterdammer Jurgen Tjauw-Foe. Het ligt voor de hand dat deze wordt aangehouden omdat alle vijf verdachten op camerabeelden staan. Drie mannen zijn al aangehouden. De vrouw van Cor Pijnen, een van de verdachten, heeft even in voorarrest gezeten.

Voor het Openbaar Ministerie staat vast dat de groep die het op Dalfour heeft voorzien, deze al maanden volgde met een eigen 'observatieteam', dat foto's van hem maakt, van zijn familieleden en van de locaties waar hij verblijft. Ook hebben ze al vanaf mei 2009 een baken geplaatst onder de auto van Marlon Dalfour.

Op de pro-formazitting blijkt dat de officier van justitie de aanslag op Dalfour vrijwel rond heeft. Er is nauwkeurig in kaart gebracht hoe de verdachten verkenningen uitvoerden en hoe ze het slachtoffer hebben geobserveerd.

Na zijn herstel duikt Marlon Dalfour onder in de Surinaamse jungle. Hij verschuilt zich in de plaats Nickerie, in het gebied waar ook voormalig rebellenleider Brunswijk zich eerder heeft verschanst. Marlon zal zich waarschijnlijk niet snel meer vertonen in de straten van Amsterdam.

Het Openbaar Ministerie eist vrijdag 8 juli 2012 tegen de 'Tattookillers' straffen tot vijftien jaar cel. Op woensdag 18 juli 2012 worden Jeroen Samalo, Cor Pijnen en Brian Pijnen veroordeeld tot gevangenisstraffen van twaalf jaar. Volgens de rechtbank in Amsterdam zijn de mannen schuldig aan de liquidatiepoging op de Amsterdammer Marlon Dalfour in 2009.

Volgens justitie leverde Jurgen Tjauw-Foe telkens de auto's waarmee de 'Tattookillers' opereerden. De auto's werden speciaal met dat doel gestolen. Ook leverde hij de vluchtauto die werd gebruikt bij de schietpartij in Amsterdam. Wegens gebrek aan bewijs wordt de Rotterdammer niet veroordeeld.

Babymoorden en -diefstallen

Toen ik in het Rotterdams Dagblad *las wat er in het water van de Linker Veerdam dreef, legde ik in een reactie van afgrijzen de krant opzij. Het was de zoveelste moord op een baby. Verschrikkelijk wat mensen zo'n klein wurm toch kunnen aandoen – zelfs hun eigen vlees en bloed.*

Op 6 mei 1996 ziet een sportvisser vanaf de Linker Veerdam in Rotterdam, ter hoogte van de wijk Katendrecht, dat er in het water van de Rijnhaven een donkerkleurige vuilniszak drijft. De sportvisser vindt de vorm van de vuilniszak er verdacht uitzien en waarschuwt de politie. In de vuilniszak treffen de ontstelde dienders het stoffelijk overschot aan van een pasgeboren baby. Het is een jongetje, omwikkeld met een handdoek. De moeder van het jongetje wordt nooit gevonden.

Begin 2002 bevalt een in Rotterdam wonende Somalische vrouw van een dochter. De ongetrouwde vrouw heeft een islamitische achtergrond en uit schaamte tegenover haar familie stopt de vrouw het kind in een plastic tas en zet deze aanvankelijk in de portiek van het huis waar ze bij haar ouders woont. Passanten verklaren later bij de politie de tas te hebben zien staan en ook een schreiende baby te hebben gehoord. De moeder is ten einde raad, neemt de tas met de baby en werpt die in de Rotterdamse Voorhaven, waarin het kindje verdrinkt.

De gealarmeerde politie kan de vrouw kort na haar daad aanhouden. Volgens de vrouw wist ze niet dat ze in verwachting was en vond de bevalling volkomen onverwachts plaats, op het toilet in het ouderlijk huis. Ze was naar eigen zeggen zo in de war, ook vanwege haar oorlogstrauma, dat ze het kind in het water gooide. De rechtbank in Rotterdam veroordeelt de 22-jarige Somalische vrouw tot vier jaar gevangenisstraf wegens kindermoord.

Op 28 maart 2003 wordt een dode foetus van zes maanden oud gevonden in een achtertuin, achter een belhuis, op de Dordtselaan.

Een aantal dagen later worden een 18-jarige man en een even oude vrouw aangehouden. Ze zijn zo goed als zeker de ouders van de foetus, omdat hun DNA ermee overeenkomt. Justitie onderzoekt nog of de baby leefde op het moment dat hij in de tuin werd achtergelaten. De man en vrouw die worden verdacht zijn vrijgelaten, maar blijven wel verdachten in de zaak.

Ruim drie maanden later vindt de politie, op dinsdagmiddag 8 juli 2003, in een auto in de Rotterdamse Isaac Hubertstraat een babylijkje. Het gaat om een baby die pas enkele uren eerder ter wereld is gekomen. De 20-jarige moeder van de baby wordt in een woning tegenover de auto aangehouden. Zij is waarschijnlijk in de auto bevallen. Omdat zij als gevolg van de bevalling veel bloed heeft verloren, wordt zij eerst ter behandeling naar het IJssellandziekenhuis overgebracht. De politie arresteert ook een man die zich in de buurt van de auto ophoudt. Beiden worden in voorlopige hechtenis gesteld.

Op zaterdagmiddag 16 oktober 2004 bezwijkt een achttien maanden oude baby, een jongetje, in het Sophia Kinderziekenhuis in Rotterdam aan de verwondingen die hij vrijdagmiddag heeft opgelopen door mishandeling. Een 21-jarige inwoner uit Bleiswijk, de vriend van de moeder van het jongetje, zit vast in verband met de zaak. De man werd vrijdagmiddag rond half twee als verdachte aangehouden in een woning aan de Rösener Manzstraat in Rotterdam. Buren en de moeder van het jongetje hadden de politie en ambulancedienst gealarmeerd, omdat de baby problemen had met zijn ademhaling. Het kind werd na reanimatie met spoed overgebracht naar het ziekenhuis, waar het op de afdeling intensieve zorg werd opgenomen. In het ziekenhuis werden meerdere verwondingen op het lichaampje aangetroffen, waarna de verdachte werd aangehouden. Er werd sectie verricht en de verdachte man werd verder verhoord.

Op donderdag 15 december 2005 overlijdt een baby die in de buik van haar moeder zwaargewond raakte, nadat haar vader een dag eerder met een mes op zijn vrouw had ingestoken. Het meisje werd na de steekpartij met een keizersnede ter wereld gebracht. Op woensdag 28 februari 2007 werd de vader door de Rotterdamse rechtbank veroordeeld tot elf jaar gevangenisstraf voor de moord op de ongeboren baby, die postuum de naam Melek krijgt.

Op 28 december 2005 slaat een 31-jarige Rotterdammer zijn drie maanden oude dochtertje letterlijk dood. De ontaarde vader wordt al snel gearresteerd. Op 10 januari 2006 wordt ook de 33-jarige moeder in de boeien geslagen op verdenking van het medeplegen van poging tot doodslag en zware mishandeling. De man legt een volledige bekentenis af en duidelijk is dat het baby'tje al langer werd mishandeld.

Via het Leger des Heils leren de 28-jarige vader Ricky en de 24-jarige moeder Nisa elkaar kennen. Ze krijgen uit hun relatie een zoon die uit huis wordt geplaatst. Dan wordt in november 2007 hun dochtertje Talysa geboren. Deze baby wordt sinds haar geboorte stelselmatig door haar vader mishandeld. Op 4 december 2007 huilt de baby en ze is niet stil te krijgen. 'Toen begon ze te krijsen,' zo verklaarde de vader bij de politie. 'Ze begon te krijsen en te krijsen. Ik begon te slaan, slaan, slaan en ik begon er een beetje bij te lachen... Bam, bam, bam, nou stil zijn. Ik moest er wel een beetje om lachen, want ik vond het een grappig gezicht hoe ik haar beet had. Ik denk vijf à zes keer, bam, bam, bam, bam, bam. Toen werd ze stil.' De kleine Talysa was dood. Pas de volgende dag belt Nisa de ambulance. Het gerechtshof in Den Haag heeft de ouders van baby Talysa, die als gevolg van mishandeling overleed, in hoger beroep tot hogere celstraffen veroordeeld dan werd geëist. De 30-jarige vader krijgt 8 jaar celstraf, de 26-jarige moeder moet 7 jaar zitten.

Zaterdagochtend 19 december 2009 krijgt de politie in Spijkenisse een melding over een zes weken oude zuigeling uit de Neptunusstraat die geen adem meer haalt en moet worden gereanimeerd. Die reddingspoging haalt niets uit en al snel is duidelijk dat het kind geen natuurlijke dood is gestorven. Zowel de 33-jarige moeder als de 30-jarige vader wordt aangehouden, verdacht van doodslag of dood door schuld. De baby stond al drie weken onder toezicht van Jeugdzorg Rotterdam. Drie andere kinderen uit het gezin, die eveneens onder toezicht staan, zijn in veiligheid gebracht.

Een echtpaar wordt op 7 juni 2013 even voor één uur 's nachts neergestoken op de Aegidiusstraat in de Rotterdamse deelgemeente Kralingen-Crooswijk. De vrouw, die zwanger is, verliest in de dagen daarna haar ongeboren kind ten gevolge van de aanslag. Zij ligt dan al in kritieke toestand in het ziekenhuis, evenals haar 30-jarige Rotterdamse man, die bij de steekpartij ook ernstig gewond geraakt.

Het echtpaar werd beroofd door twee onbekende mannen die na de overval vluchtten richting de Lusthofstraat. Het echtpaar had verschillende cafés bezocht en is vanuit een ervan mogelijk in de gaten gehouden en gevolgd.

Aan de andere kant van het universum staat de vrouw die zo verlangt naar een kind, terwijl het niet lukt om een baby te krijgen, dat ze er in het extreemste geval toe overgaat de baby van een ander te stelen.

Zo gebeurde het ook in 2003, toen een 32-jarige vrouw uit Vlaardingen een baby van vier dagen oud uit het Sophia Kinderziekenhuis wegnam. Gelukkig voor de ouders werd de vrouw snel gepakt. Op 11 juni 2003 wordt de dievegge, die geen weerstand kon bieden aan haar verlangen naar een kind, door de rechtbank in Rotterdam veroordeeld tot een voorwaardelijke gevangenisstraf van negen maanden. De rechtbank legde haar wel een proeftijd van drie jaar op, en om herhaling te voorkomen moest de vrouw zich laten behandelen door een psychiater.

13

Feijenoord

Allerheiligennacht op de Putselaan

In het begin van de vorige eeuw is de Putselaan een lange straat in Rotterdam-Zuid waar veel oude gebouwen staan. In het midden rijdt het Moordenaartje, een treintje dat soms dodelijke ongelukken veroorzaakt en daarom deze bijnaam heeft. In de tegenwoordige tijd is de laan verworden tot een sombere plek op de grens van de oude wijken Hillesluis en Afrikaanderbuurt. Het gebied waarin de Putselaan ligt, staat bekend om zijn sociale achterstand. Straatprostitutie, drugsoverlast en groepen hangjongeren zijn de bewoners een doorn in het oog.

Op 1 november 1995, de r.-k. feestdag Allerheiligen, wordt de laan voor de tweede maal in enkele maanden opgeschrikt door schoten. Het zijn bepaald geen vreugdeschoten: er is een felle ruzie gaande in café Candlelight. (33) De bezoekers stromen naar buiten en het gevecht zet zich voort op straat. Het is pure wildwest: vier mannen schieten op elkaar, terwijl de toeschouwers beschutting zoeken achter geparkeerde auto's en in portieken. Er klinkt geschreeuw, dan stort een van de mannen ter aarde, enkele seconden later gevolgd door een tweede. Beide mannen zijn dood. Een andere schutter is gewond geraakt en samen met zijn kompaan vlucht hij.

De mensen komen uit hun schuilplaatsen en staan met afschuw te kijken naar de lichamen op straat en de plassen bloed. De politie arriveert met loeiende sirenes. Terwijl de recherche naar sporen zoekt en politieauto's af en aan rijden, blijven de lichamen urenlang liggen. Mannen en opgeschoten jongens volgen vanachter de afzetting iedere beweging van de politiemensen.

Een schelle vrouwenstem klinkt vanaf een balkon door de nacht. 'Jullie motte beter je wèrrek doen. Tis bij dat pleurus café al un hele tijd un zootje. Un tijdje geleje zijn èr in da café ook al vijf van die gozurs gewond geraak.'

Ondanks dat het een druilerige nacht is en de temperatuur zo rond de vijf graden zijn de gemoederen door het gebeuren behoorlijk verhit geraakt en het wordt een onrustige nacht op de Putselaan.

Om drie uur, op maar zestig meter afstand van de plaats van de schietpartij, klinkt gegil. Een meisje wordt belaagd door vermoedelijk een drugverslaafde. Politiemannen hollen eropaf en weten het slachtoffer te ontzetten. Een halfuur later, op enkele honderden meters afstand van de Putselaan, klinkt er vuurwerk boven de huizen. Een regen van fraai gekleurde vonken daalt neer. 'Het vreugdevuur van de duivel,' zegt een man, die ondanks de kou in zijn hemd zonder mouwen staat te kijken. Een zeventienjarige jongen gaat met een fles bessenjenever in zijn hand op de stoep zitten. Een meisje van ongeveer dezelfde leeftijd ziet kans onopgemerkt door de afzetting te komen. Zij stapt nog net niet over de doden heen als een agent haar ontdekt. Met een grauw stuurt hij haar weg en ze gaat naast de jongen met de fles op de stoep zitten.

Enkele tientallen bewoners vragen de dagen daarna aan de politie om extra surveillance. Het bureau Groot-IJsselmonde stemt daarmee in en stuurt onder meer hondengeleiders en agenten te paard de straat op. De gevluchte mannen worden al snel door de politie opgepakt. Het zijn twee Turken, Serdal Nerkis en zijn vriend Alper K. Ook de uitbater van het café wordt gearresteerd en op last van burgemeester Bram Peper blijft Candlelight voorlopig gesloten.

Kermis op het Afrikaanderplein

Jaren tachtig. De laatste dag van de kermis ga ik vaak even naar het Afrikaanderplein om naar het afbreken te kijken.

Bij de achtbaan hoor ik naast me een schelle jongensstem, die naar boven schreeuwt: 'Kan ik èffe hèllepe meneer?'

Een stevige, gebruinde man met een ontbloot bovenlichaam, zwaait en schudt het hoofd naar de jongen. 'Nee, we hèbbe alleen èchte manne nodig.'

Het ventje, mager, slungelig en met een pet op, roept verontwaardigd: 'Kraig un vèt hart, dikke!'

Een grote man van mijn leeftijd, die net als ik naar het afbreken staat te kijken, lacht luid. Hij is me al eerder opgevallen, want ook hij staat al zeker een kwartier naar boven te kijken en ik herken hem van de foto's die ik in *Het Vrije Volk* heb gezien. Het is Arnold van der Vegt, alias Nol Renz, kleinzoon van de oprichter van het Nederlandse Circus Renz. Dat hoor ik van hem in een café op de Hilledijk, waar we een kop koffie gaan drinken. Hijvertelt dat zijn opa bevriend is geweest met Willem van Iependaal.

'Ik heb vaak met mijn opa over zijn jeugd gesproken en die vertelde me dat Willem en hijzelf, net als dat gozertje op de kermis daarnet, vroeger ook van die echte Rotterdamse straatschoffies zijn geweest. Willem heeft vele van hun streken in zijn boeken verwerkt,' zegt Nol met weemoed in zijn stem.

Ik herinner me dat ik het boek *Lord Zeepsop* van Van Iependaal een paar jaar terug heb gelezen.

'Herkende hij zichzelf in die verhalen?' vraag ik, omdat ik weet dat veel herinneringen aan vroeger worden geromantiseerd.

'Jawel. Willem doet de ware gang van zaken soms wel wat geweld aan. Hij maakt het wat smeuïger, maar de strekking van het gebeurde klopte volgens mijn opa wel.'

Nol ziet aan mijn blik dat ik razend nieuwsgierig ben naar zijn grootvader.

'Mijn opa is twee keer getrouwd geweest en heeft zeven kinderen grootgebracht. Hij had dus heel wat mondjes te vullen en heeft van alles gedaan om geld te verdienen.'

Wanneer hij mijn verbaasde gezicht ziet, zegt hij lachend: 'Mijn opa heeft hem dus niet alleen met pissen versleten, en zijn leven was heel afwisselend.'

Hij glimlacht als hij terugdenkt aan de gesprekken met zijn grootvader.

'Hij is in die jaren circusdirecteur, rechercheur en detective geweest. In de crisisjaren heerste er diepe armoede en er was met het kleine circusje dat hij had opgebouwd nauwelijks droog brood te verdienen. Om zijn gezin in leven te houden heeft hij van alles gedaan. Hij heeft in de haven gewerkt als scheepsijker, en hij heeft voor de SHV schippers moeten controleren. Dat was in de moeilijke jaren, tijdens de grote economische crisis, dus je begrijpt dat die controle soms wel wat matswerk werd. Als de schippers wat achteroverdrukten, "zag hij dat niet", omdat hij dan een gedeelte van de poen meekreeg. Het was in die tijd van: ik help jou en jij helpt mij. Pas in 1936 trok de economie weer wat aan en kon het circus weer op reis.'

'Hij kon niet zonder zijn circus?'

'Nee,' zegt Nol. 'Hij kon niet zonder zijn circus.'

'Mijn opa heeft heb ook een tijdje voor Dirk Reese gewerkt,' vervolgt Nol. 'Je hebt vast weleens van hem gehoord. Hij had enkele cafés in de stad, waaronder het bekende Pschorr in de Korte Hoogstraat, en Atlanta.'

Ik knik, daarmee te kennen gevend dat die naam me wel wat zegt.

'Nou, voor die Dirk moest hij de zetbazen van zijn cafés controleren. Daar was hij vrij secuur in, maar natuurlijk bleef er weleens wat aan de strijkstok hangen.'

'Wat was dat voor een man, die Reese?'

'Heel voorkomend, volgens mijn opa, maar tegelijk zo hard als een spijker. Ook voor zichzelf. In zijn jonge jaren heeft hij het vak geleerd op de Holland-Amerika Lijn. Als jongen heeft hij blijkbaar flink kunnen sparen, want toen hij 22 jaar was, kocht hij een café op de Binnenweg. Hij trouwde met Cobie Steenbeek. Haar vader was in die straat eigenaar van Het Zwarte Paard. Dirk verkocht zijn eerste café en kocht een grotere zaak op de Nieuwe Binnenweg, en daarna nog een op de Gedempte Slaak. Zo bouwde hij geleidelijk zijn café-imperium op.'

'Een succes dus. En hoe is het verder met je opa gegaan?'

'Ach, die kloteoorlog heeft hem de das omgedaan. Hij is wel door Jan en alleman geholpen, maar de sjeu was er voor hem af. Hij is het wat rustiger aan gaan doen en mijn vader Herman heeft de zaak zo goed en zo kwaad als het ging doorgezet.'

Ik zie dat hij ontroerd is. Met de rug van zijn hand veegt hij een traan van zijn wang. 'Mijn opa moest op een gegeven moment zijn laatste drie paarden verkopen. Hij had geen cent meer om aan zijn kont te krabben.' Nol staat op en geeft me een hand. 'Volgend jaar zie je me wel weer.'

Het jaar daarop kijk ik uit naar Arnold, maar bij navraag blijkt dat Nol Renz die winter, op 27 januari 1989, is overleden.

Kleine en grote criminaliteit rond het voetbal

Het lijkt wel of gepassioneerde Feyenoordsupporters denken dat hun club het voetbal heeft uitgevonden. Nee dus. Het is niet uitgevonden, het is geëvolueerd uit echte ruwe sporten. In Frankrijk was er bijvoorbeeld soule, een traditionele teamsport die is ontstaan in Normandië en Picardië. De bal werd 'de ziel' genoemd.

In Engeland speelde men hurling, een ploegensport van Keltische origine; dit wordt gespeeld met sticks en een bal. Italië had calcio, een vroege vorm van voetbal die is ontstaan in de 16e eeuw. Het ging om stuk voor stuk zeer ruwe sporten, waarbij vaak gewonden en zelfs doden vielen. Uit deze sporten ontstonden in Engeland voetbal en rugby. Voetbal gold in zijn begindagen dus als een gewelddadige sport; het mocht zelfs lange tijd niet op school gespeeld worden.

Het voetbal trekt van oudsher veel mensen uit de arbeidersklasse aan. Zij kunnen zich op en rond het veld uitleven zonder dat hun chefs en bazen hen op de vingers kijken. Sparta wordt opgericht in 1888; Excelsior in 1902 en Feyenoord in 1908.

Feyenoord is een echte volksclub en vooral de havenarbeiders uit Hillesluis bezoeken hun 'cluppie'. Een jaar na de oprichting wordt de club dan ook aangemeld bij de Rotterdamse Voetbalbond als de Hillesluis Feyenoord Combinatie.

De supporters zijn fanatiek, maar het blijft in die tijd bij gejuich en het sarren van andere bezoekers. Slechts een enkeling maakt echt amok; je kunt nog niet van hooligans spreken. 'Voetbalvlegels' worden ze genoemd in het *Rotterdamsch Nieuwsblad* van 25 maart 1941.

Voetbalvandalisme is het gewelddadige gedrag dat sommige fanatieke bezoekers vertonen wanneer een scheidsrechter een overtreding niet ziet, naar hun mening een onjuiste beslissing neemt of als een speler van de tegenpartij over de schreef gaat. Dit kan grote opwinding veroorzaken bij sommige toeschouwers, waarna zij spreekkoren aanheffen. Maar al deze emoties leiden meestal niet tot zwaar gewelddadig gedrag.

Hooliganisme daarentegen is meestal niet toevallig: het is juist structureel van aard. Het gaat hierbij om geweld bedrijven omwille van het geweld. Zo wordt door hooligans rond de wedstrijd afgesproken ergens te gaan vechten.

Overigens: de hooligans bestonden al ten tijde van het Byzantijnse Rijk. Een bekend voorbeeld is het Nika-oproer. De aanleiding voor deze gewelddadige opstand in het jaar 532 te Constantinopel was een wagenrenwedstrijd. Keizer Justinianus I heeft na een aantal dagen het oproer neer laten slaan en dit kostte ongeveer 30.000 mensen het leven.

Ver in de tweede helft van de vorige eeuw komt het hooliganisme pas echt op gang. Het begint met de nozems: zelfbewuste arbeidersjongens, dikwijls agressief, gekleed in spijkerbroek en leren jack en uitgedost met vetkuif, die vaak gebruikmaken van geweld bij voetbalwedstrijden. Dit gebeurt in Engeland, maar door de media-aandacht wordt het hooliganisme een echte hype en verspreidt het zich over heel Europa.

In de jaren zeventig ontstaan de eerste sides in Nederland. Via hen stroomt het hooliganisme naar België door. In 1978 organiseert Club Brugge het jaarlijkse vriendschappelijke toernooi Brugse Metten. Voetbalploeg Feyenoord uit Rotterdam is uitgenodigd en die club heeft inmiddels een grote hooliganaanhang. Sommige supporters interpreteren het lijflied van Feyenoord 'Geen woorden, maar daden' verkeerd: de slogan geldt namelijk voor de spelers, en niet voor de supporters.

De SCF ('Sport Club Feyenoord') is de harde kern van Feyenoord-supporters. De aanhang werd in de jaren negentig van de vorige eeuw geschat op driehonderd man, die vaak 'hooligans' worden genoemd. Onderscheidingstekens zijn een tatoeage van de letters SCF op de arm of ergens anders op het lichaam.

De groep bestaat uit mannen met verschillende achtergronden, zowel arbeiders als studenten en werkende vaders. De club bestaat uit de 'oude' harde kern, die al actief is vanaf de jaren zeventig, en de 'nieuwe' harde kern, actief vanaf de jaren negentig; die laatste clubleden zijn veel gewelddadiger en worden ook wel 'Feyenoord 3e generatie Rotterdam' (FIIIR) genoemd. Dan is er nog een derde groep leden die tussen de zestien en twintig jaar zijn, vaker harddrugs gebruiken en volgens de oude harde kern meer komt om te rellen dan om het voetbal. Zij worden als zeer agressieve groep niet tot de SCF gerekend, maar door de politie als aparte groep van 'ongrijpbare hooligans' gezien. Overigens lijkt het onderscheid tussen de 'nieuwe' harde kern en de 'ongrijpbare hooligans' niet zo erg groot. Bij beide groepen lijkt voetbal een ondergeschikte rol te spelen en gaat het vooral om het rellen.

Door de spreekkoren en het fanatisme raken in 1978 veel Brugse supporters door de Feyenoord-hooligans gefascineerd en daarna vormen ze de eerste Belgische hooligangroep. Andere Belgische clubs, zoals Standard, RSC Anderlecht, Beerschot en Antwerpen, volgen.

Op 29 mei 1974 vinden de eerste grote supportersrellen plaats in De Kuip, bij de UEFA Cup-wedstrijd Feyenoord-Tottenham Hotspur. Deze rellen worden veroorzaakt door dronken aanhangers van de Engelse club en ze worden gezien als de eerste voetbalrellen in Nederland. Tijdens de rust bevinden de Engelse supporters zich in dezelfde vakken als de supporters van de thuisclub en ze beginnen met stoelen te gooien. Ook ontstaan er vechtpartijen waarbij messen, fietskettingen en knuppels worden gebruikt. Tijdens het bloederige tafereel vallen ruim tweehonderd gewonden, van wie een deel naar het ziekenhuis gebracht moet worden.

Op 2 november 1983 zijn er in De Kuip opnieuw rellen bij een UEFA Cup-treffen, tussen dezelfde twee clubs. Ditmaal vallen er tientallen gewonden. Op televisie is te zien hoe een Tottenham Hotspur-supporter wordt neergestoken.

Op 22 oktober 1989 gooit een Feyenoord-hooligan tijdens een competitiewedstrijd in het Olympisch Stadion in Amsterdam een bom in het thuisvak, waardoor veertien supporters gewond raken. De

Mobiele Eenheid ontruimt daarop het vak en vijfhonderd meegereisde Feyenoord-supporters worden allemaal gefouilleerd.

Op 8 december 1991 steekt André Heil, een Feyenoord-supporter, met enkele messteken de Twentenaar Eric Lassche neer, die enkele uren later in een ziekenhuis overlijdt. Robin Schmidt, die bij Twente voetbalt, is op dat moment geblesseerd. Hij is aan de vooravond van de wedstrijd FC Twente-Feyenoord met een groep logés uit Rotterdam wezen stappen in het centrum van Enschede. Een van deze kennissen is André Heil, die voor de moord wordt veroordeeld tot vier jaar celstraf.

Op 23 maart 1997 is de Slag bij Beverwijk. Dit betreft een georganiseerd gewelddadig treffen tussen hooligans van Feyenoord en Ajax dat volledig uit de hand loopt. De vechtpartij vindt plaats in Beverwijk. Carlo Picornie, een Ajax-supporter van de F-side, sterft tijdens de gevechten; 45 aanhangers van Feyenoord en 8 van Ajax krijgen een gevangenisstraf of een stadionverbod opgelegd.

Op 24 februari 2005 speelt Feyenoord voor de Europacup tegen Sporting Lissabon. Dat is nadat Feyenoord op 15 februari in Lissabon al met 2-1 heeft verloren. Het wordt in De Kuip opnieuw winst voor de Portugezen, 1-2. Spelers van Sporting worden bekogeld met onder meer aanstekers en munten. Eén speler wordt daarbij geraakt, waardoor Feyenoord veroordeeld wordt tot een boete. Tevens moet Feyenoord in het UEFA Cup-seizoen 2005-2006 de eerste wedstrijd thuis zonder publiek spelen.

Tijdens de UEFA Cup-wedstrijd op 30 november 2006 tussen de Franse club Nancy en Feyenoord breken er fikse rellen uit. Feyenoord-supporters vernielen een hek en dringen het vak van de Franse supporters binnen. Ze gooien stoeltjes op het veld en belagen de politie. Voor de wedstrijd hadden de Rotterdammers in de stad ook al flink huisgehouden. Trams en ruiten van winkels werden daarbij vernield. In het stadion probeert de Franse politie de relschoppers rustig te krijgen door met traangas te spuiten. Van dit gas gaan je ogen tranen en krijg je veel snot in je neus. Het gas komt ook op het veld terecht en sommige spelers krijgen er last van. Doelman Henk Timmer zegt later: 'Ik zag niets meer. Ik had dat spul in mijn ogen en kon bijna geen adem meer halen. Ik viel bijna om.' De scheidsrechter legt de wedstrijd stil zodat de spelers door een arts kunnen worden behandeld. Na een halfuur pauze gaat de wedstrijd weer verder.

Ook vlak na de wedstrijd zijn er veel rellen en vernielingen. Kroegen en andere uitgaansgelegenheden moeten voortijdig de deuren sluiten. Feyenoord verliest de wedstrijd zelf uiteindelijk met 3-0.

Dat hooligans af en toe helemaal de weg kwijt zijn, blijkt op 17 september 2011. Er zijn al langer spanningen binnen de club. Supporters beschuldigen het bestuur van Feyenoord van wanbeleid en eisen dat de bestuurders opstappen. Dat doen ze niet, en honderden hooligans staan dreigend voor het Maasgebouw om dat te bestormen. Daar houden directie en bestuur kantoor. Uitgerust met vuurwerk en fakkels eist de harde kern van de voetbalclub het vertrek van algemeen directeur Eric Gudde. Met getrokken pistool kunnen agenten voorkomen dat de supporters het gebouw binnenkomen. De ME voert verscheidene charges uit. De rellen zijn een halfuur voor de wedstrijd Feyenoord-De Graafschap. Bij aanvang van de wedstrijd, om kwart voor negen, is de situatie weer rustig. Er worden in totaal 32 verdachten aangehouden door de politie.

Drie hooligans van Feyenoord worden vanwege de heftige rellen bij het Maasgebouw veroordeeld tot celstraffen. Van het drietal dat het grootste aandeel in het geweld heeft, zo meldt het Openbaar Ministerie, is de zwaarste straf uitgedeeld aan een 36-jarige inwoner van Uddel. De man, die een staaf door de deur van het Maasgebouw gooide, moet 12 maanden de cel in, waarvan 3 maanden voorwaardelijk. Een andere relschopper moet voor zes maanden de cel in.

In die tijd heb ik een gesprek met een verbolgen Feyenoord-supporter, een man van een jaar of zestig. Hij ziet er excentriek uit: hij draagt over een wit T-shirt een soort mouwloos vest van ruw gelooid schapenleer. Op de rechterkant daarvan prijkt het Feyenoord-embleem. Hij heeft lange grijze haren die tot op zijn schouders vallen en zijn gebruinde armen zijn vol getatoeëerd.

We kijken naar de training van het eerste en vanuit het niets zegt hij: 'Als ze het hebben over de Slag bij Nieuwpoort, bij Austerlitz, of bij Waterloo, dan moet ik direct denken aan de Slag bij Beverwijk. Dan gaan mijn gedachten altijd naar die verdomde klootzakken die op 23 maart 1997 een jonge jongen gewoon hebben doodgeslagen. Dan denk ik niet aan de strijd tussen twee legers, maar tussen de hooligans van Feyenoord en de F-side van Ajax. Ze hadden die dag afgesproken dat ze met vijftig tegen vijftig zouden knokken, maar de Feyenoorders kwamen met een paar honderd man en die jongens van de F-side met de afgesproken vijftig. Natuurlijk renden die vijftig voor hun leven toen de Feyenoorders aan kwamen stormen. En natuurlijk waren die lui van de F-side pissig dat we ons niet aan de afspraak hebben gehouden. Ze spraken af dat er een nieuw treffen zou komen. De politie had geen idee waar. Vanwege de door de politie afgezette wegen troffen de hooligans van beide clubs elkaar in een weiland. Nou, met elk een paar honderd man sterk. Met messen, honkbalknuppels, ijzeren staven, stroomstootwapens, klauwhamers en ander wapentuig gingen die twee groepen tekeer, maar die van Ajax werden door de onzen finaal onder de voet gelopen. Een paar jongens die waren ingesloten moesten vechten en rennen voor hun leven. Enkele hooligans van Ajax vochten door tot het eind. De rest verdween als hazewindhonden tijdens een race. De ME was verrast door de snelheid en hevigheid van het gevecht en greep veel te laat in, zodat er ter plekke geen aanhoudingen konden worden verricht. Alleen werden er wat wapens afgepakt. Was het nou maar bij een paar gebroken armen en benen gebleven, of wat blauwe plekken. Maar nee, een of andere klootmachochel slaat een van de Ajaxfans de hersens in met een klauwhamer. Het ligt niet alleen aan die klootmachochel, het ligt aan beide groepen, die niet met elkaar op de vuist gingen, maar met allerlei wapens op elkaar in sloegen. De jongen die die slag heeft gegeven, kreeg vijf jaar cel, en nog een paar andere Rotterdamse jongens moesten ook de bajes in.'

De man vervolgt: 'Je mag wel weten dat ik er in die tijd echt ziek van was. Niet dat ze die straf kregen, maar wel dat ze de enigen waren. Ook al die andere gasten dragen schuld aan de dood van die arme Carlo Picornie. Ze hadden geen van allen moeten gaan. Een strijd tussen Ajax en Feyenoord moet op het veld uitgevochten worden. Kijk, als het bestuur van Feyenoord een beetje ballen had gehad, dan hadden ze een gedenkplaat op een zuil voor de ingang van het stadion moeten plaatsen ter herinnering aan de dood van Picornie. Dan waren het voor mij echte kampioenen geweest.'

Het zijn niet alleen de hooligans die met de rechter te maken krijgen. Er bestaat ook nog zoiets als de penoze en criminelen die aan het Rotterdamse voetbal gelieerd zijn; niet alleen bij vechtsport komt de criminaliteit weleens om de hoek kijken, maar ook bij de voetbalsport. Voetballers worden goed betaald, zeker meer dan modaal, maar dat neemt niet weg dat er links en rechts penozeachtige activiteiten plaatsvinden, en zelfs criminele, zoals moord.

Laten we met een vrij onschuldige zaak beginnen, die van Ulrich van Gobbel, die zeven interlands speelt en bekendstaat om zijn enorme snelheid. Ooit liep hij de 100 meter in 10.40 seconden. Maar financieel heeft hij de zaken niet op een rijtje. In 2003 komt hij samen met John Veldman en Glenn Helder in het nieuws door een conflict met het pensioenfonds voor profvoetballers, het CFK. De spelers eisen onmiddellijke uitbetaling van hun opgebouwde pensioen. Van Gobbel zit aan de grond. Zijn wintiwinkel in Rotterdam gaat al snel failliet. Winti is een traditionele geloofsovertuiging van de Afro-Surinamers, die afstammelingen zijn van Afrikaanse slaven. Deze religie wordt vooral in Suriname en in Nederland beoefend.

In 2006 wordt Van Gobbel verdacht van het verduisteren van lease-auto's. Omdat hij onvindbaar is, wordt er een opsporingsadvertentie in een krant geplaatst om hem bij de rechtszitting te krijgen. Eind maart 2006 wordt Van Gobbel, op wiens bezittingen beslag is gelegd, veroordeeld tot vier maanden celstraf. In april 2008 wordt deze straf door het gerechtshof in Den Haag omgezet in een voorwaardelijke taakstraf van 120 uur.

Glenn Helder maakt in het seizoen 1989-1990 zijn profdebuut voor voetbalclub Sparta. Na 4 jaar in Rotterdam te hebben gevoetbald en in 93 wedstrijden 9 keer het net te hebben gevonden, volgt Vitesse.

Helder speelt ook 4 interlands voor Oranje; hierin komt hij echter niet tot scoren. Glenn krijgt schulden door zijn gokverslaving, raakt aan lagerwal en probeert, naar eigen zeggen, in 1999 zelfmoord te plegen. Hij overwint zijn verslaving, maar het talent maakt zijn belofte op het veld nooit meer waar. Sterker nog: in 2007 wordt Helder gearresteerd. Hij zou zijn ex-vriendin hebben lastiggevallen en haar nieuwe vriend hebben mishandeld. Toch wordt Helder vrijgelaten. De reden: hij houdt zich netjes aan de regels van de reclassering. Helder wordt op 3 april 2008 veroordeeld tot 373 dagen cel, waarvan 180 voorwaardelijk, wegens bedreiging, belaging, mishandeling en vuurwapenbezit.

George Boateng, alias Beng Beng Boateng, een bijnaam waarop voormalig-Feyenoord voetballer Boateng niet trots zal zijn, gaat ook de fout in. Wanneer de speler in 1995 de toegang wordt geweigerd tot een discotheek, zwaait de middenvelder met een revolver rond als John Wayne in een cowboyfilm. Via zijn kenteken komen ze uiteindelijk bij Feyenoord terecht maar Boateng wordt niet vervolgd.

Theo Lucius, ook al een oud-speler van Feyenoord, levert jarenlang rond oud en nieuw vuurwerk aan vrienden en aan medespelers. Op oudejaarsdag 2003 gaat het helemaal mis. Een man uit Breda verliest een oog terwijl hij de gillende keukenmeiden van Lucius uitprobeert. Lucius krijgt 240 uur werkstraf.

Dan hebben we Jorge Lima, een 32-jarige zwager van voetballer Patrick Kluivert uit Vlaardingen. Die wordt op een zaterdagavond in november 2011 op de Noordsingel in Rotterdam bij een schietpartij in zijn buik geraakt. Lima, broer van stiliste Rossana Lima, wordt naar het Erasmus Medisch Centrum gebracht en overleeft de aanslag. Lima kwam in het verleden in aanraking met justitie wegens witwaspraktijken. De politie kan niets zeggen over de toedracht en het motief van het schietincident.

Barney Sanders, een crimineel die samen met zijn partner-in-crime Cock Steenbergen hasj smokkelt vanuit Marokko voor onder anderen Klaas Bruinsma, raakt door zijn activiteiten zeer gefortuneerd.

Beide kompanen zijn gek op voetbal. Steenbergen is in zijn woonplaats Schiedam de suikeroom van een voetbalclub die in de volksmond FC Hasj heette. Sanders is in de jaren tachtig een echte Feyenoord-supporter die vaak in het stadion te vinden is, ook bij trainingen. De masseur bij Feyenoord Gerard Meijer is bevriend met hem en zo kent Willem van Hanegem Barney ook. Johan Cruijff en Willem kregen weleens dure cadeaus van hem. Tscheu La Ling, die in het seizoen 1985-1986 bij Feyenoord speelde, heeft in die tijd acuut geld nodig omdat zijn kledingzaak op de fles dreigt te gaan. Willem van Hanegem stelt de voetballer voor aan Barney Sanders. Ling vraagt of hij een bedrag van anderhalve ton kan lenen en Barney gaat akkoord.

'Ik sta garant met mijn leven!' zou Willem volgens mevrouw Sanders hebben gezegd toen hij samen met Ling de honderdvijftigduizend gulden kwam lenen van Sanders. Mevrouw Sanders was ertegen, omdat beide voetballers potje los waren in die tijd en erg onbetrouwbaar overkwamen. Maar Barney beval haar om het geld (zwart) op te halen bij het grenswisselkantoor op het Centraal Station in Rotterdam. Hoe tragisch, want Barney Sanders overlijdt op 20 augustus 1988 in de gevangenis in Arnhem, waar hij een straf uitzit voor de handel in softdrugs.

Jaren gaan voorbij zonder dat Ling volgens mevrouw Sanders een cent terugbetaalt. Zelf beweert Ling dat hij het geleende geld later heeft teruggegeven. Wie zal het zeggen?

Dan hebben we nog Jan Mulder, en dan bedoel ik niet zijn naamgenoot die schrijver, columnist en bovenal Bekende Nederlander is geworden. Deze Jan Mulder, eveneens ex-voetballer, wordt in het weekeinde van 11 juli 1999 met zijn gezin uitgenodigd door de Rotterdamse autohandelaar Jan Baas om een dag te gaan varen op zijn kruisertje *Scarface*. Aan het eind van de dag vaart het gezelschap de jachthaven aan het Brielse Meer binnen, om even daarna te gaan eten in een Chinees restaurant.

Daar wordt een drinkgelag aangericht, dat tot middernacht duurt. Nadat de families het restaurant hebben verlaten wordt gevraagd of Jan Baas zijn jacht wil verplaatsen om ruimte te maken voor een ander jacht. Op de steiger verliest Jan zijn evenwicht, grijpt in paniek de vrouw die naast hem loopt en beiden plonzen in het water. Het duo wordt door omstanders gered. Ex-profvoetballer Mulder rent daarop als een dolle stier op de redders af. 'Wie aan mijn vriend Jan komt, komt ook aan mij!' schreeuwt hij. Daarop begint hij andere plezierschippers en hun familieleden te slaan, schoppen en bedreigen. Jan Baas probeert zijn vriend te kalmeren door hem te zeggen dat er niets aan de hand is. Mulder is geheel buiten zinnen en er ontstaat een worsteling tussen de twee, waarbij de ex-linksback van Sparta en Feyenoord zijn goede vriend Baas tegen de vlakte slaat en hem drie tot vijf keer op lichaam en hoofd trapt. De Rotterdamse autohandelaar Jan Baas overlijdt ter plekke.

Officier van justitie A. de Beer eist op 10 november 1999 voor de Rotterdamse rechtbank 7 jaar celstraf tegen de 38-jarige oud-voetballer voor doodslag op zijn vriend, de 45-jarige Rotterdamse autohandelaar Jan Baas. Volgens justitie staat vast dat de Spijkenisser Mulder in juli van dit jaar aan de jachthaven van Brielle zijn maatje in een dronken bui heeft doodgeschopt. Raadsman mr. Seebregts pleit voor vrijspraak. Hij hamert erop dat Jan Mulder door alcoholmisbruik een black-out zou hebben gehad. 'Mulder heeft Baas niet met opzet doodgeschopt. Alles gebeurde in een roes.' Officier van justitie De Beer had daar geen enkele boodschap aan: 'Wat men dronken misdoet, moet nuchter beboet.' Jan Mulder wordt conform de eis veroordeeld.

14

Charlois

Moord in de Sint-Janshaven in Charlois

Ook de moord op Milly Fernandes, een mooie 44-jarige vrouw, houdt de gemoederen in het Rotterdamse een tijdlang bezig.

Milly gaat op zaterdagavond 4 januari 2013 samen met haar 36-jarige vriend Rein, uit Krimpen aan den IJssel naar een café om wat te drinken. Milly is een schat van een vrouw, maar ze heeft een groot probleem: ze is verslaafd aan alcohol en drugs. Die avond is ze wat stil en teruggetrokken. Wat haar metgezel niet weet, is dat Milly genoeg heeft van haar relatie met Rein. Ze heeft zich voorgenomen die avond een eind aan hun verhouding te maken.

Als ze 's nachts thuiskomen, zegt ze: 'Rein, dit was de laatste keer dat we zijn uitgegaan. Ik stop ermee, het is afgelopen tussen ons.'

De man kijkt haar aan, ziet dat ze het meent en dan schiet zijn vuist uit, die met een dreun op haar neus terechtkomt. Hij gaat helemaal door het lint en hij blijft de huilende en kermende Milly stompen, tot ze buiten westen tegen de grond slaat. Hij loopt daarna naar de keuken, pakt een metalen grillpan en slaat haar nog ettelijke keren op haar hoofd. Daarna bukt hij zich en voelt of ze nog een hartslag heeft. Die voelt hij niet en trillend van de adrenaline laat hij zich op de bank zakken. Hier blijft hij minutenlang zitten en denkt na wat te doen.

Plotseling staat hij op, pakt een stuk karton, houdt het bij een punt vast en steekt het met zijn aansteker aan. Wanneer het goed brandt, laat hij dat op Milly vallen. Even wacht hij om te zien of haar kleding vlam vat. Daarna loopt hij naar de keuken, draait alle gaspitten open en verlaat haar huis.

Die zondagochtend vroeg, 5 januari om drie minuten voor vijf, krijgt de politie een melding van brand in de woning gelegen aan de aan de Sint-Janshaven 284 in Rotterdam-Charlois ㉞. Wanneer ze arriveren, wordt de toegangsdeur van de portiek geopend door een bewoner. De politie ziet dat er brand is in de woning van Milly: er is veel rook en ze ruiken een sterke brandlucht. Er wordt meerdere malen op de deur en ramen gebonkt, waarop geen reactie komt. Om zeven minuten over vijf komt de brandweer ter plaatse en forceert de toegangsdeur van de woning. Er gaan drie brandweerlieden naar binnen. Enkele minuten later komen deze weer naar buiten en zeggen dat medische hulp onnodig is. Milly is dood.

De politie betreedt de woning en in de woonkamer op de vloer naast de salontafel wordt haar levenloze lichaam aangetroffen. Een bovenbuurvrouw verklaart dat zij die zaterdagnacht, tussen half drie en kwart voor drie, gebonk uit de woning van het slachtoffer heeft horen komen. Op camerabeelden van de centrale hal van het flatgebouw is te zien dat die nacht Milly samen met een man bij de flat komt en dat beiden naar boven gaan. Deze man verlaat diezelfde nacht om tien voor drie het flatgebouw.

Ter plaatse van het misdrijf meldt zich een man genaamd Rein P., die wordt herkend als de vriend van het slachtoffer. Hij wordt vervolgens overgebracht naar het politiebureau om een getuigenverklaring af te leggen. Tijdens dit overbrengen verklaart hij dat hij met Milly die avond het café The Buccaneer op de Doklaan heeft bezocht. Naar aanleiding van deze verklaring getuigt een van de medewerkers van het café dat hij Milly in de nacht van 4 op 5 januari 2013, omstreeks één uur, het café heeft zien verlaten in het gezelschap van Rein P. Ook deelt hij de politie mee dat Rein een relatie heeft met Milly. Rein had toen woorden met haar.

Naar aanleiding van deze bevindingen en de opmerkingen van Rein, gecombineerd met dat Rein mank loopt en verwondingen aan zijn vingers heeft, wordt contact opgenomen met de officier van justitie, die vervolgens beveelt om Rein als verdachte aan te houden.

Al tijdens de rit naar het politiebureau begint Rein aan de politie te vertellen wat er is gebeurd. Dat er in de woning ruzie ontstond met Milly, dat zij tijdens de ruzie zijn mes van de tafel heeft gepakt. Dat hij daarop het mes uit haar handen heeft geslagen en haar met zijn rechtervuist hard in het gezicht heeft geslagen, waarna een worsteling ontstond. Dat Rein toen een grillpan heeft gepakt en haar daarmee een paar keer op het hoofd heeft geslagen, tot Milly stil op de grond bleef liggen. De verdachte vertelt verder dat hij vervolgens voelde of zij nog een hartslag had en nog ademde. Omdat hij niets meer voelde en hoorde, dacht hij dat Milly dood was. Hierop heeft hij een stuk karton van de tafel gepakt en dit met zijn witte aansteker in brand gestoken. Dit brandende stuk karton heeft hij naast Milly op de grond laten vallen, omdat hij zijn sporen wilde wissen. Ook vertelt hij dat hij in de keuken de rechterknop van het gasstel heeft opengedraaid om zijn sporen te wissen.

Tijden de rechtszitting vertelt Rein heel wat anders, namelijk dat wat hij in eerste instantie tegen de politie heeft verteld niet op waarheid berust. Hij beweert dat hij die verklaringen over het in brand steken van Milly onder druk heeft afgelegd, omdat hij 'gek werd in dat celletje'. Rein verklaart nu dat hij Milly uitsluitend in één sessie van vier tot acht klappen met zijn vuist in haar gezicht heeft geslagen, omdat zij hem probeerde met een mes te steken en hem met een pan tegen de ribben sloeg.

Daarna heeft hij de pan in de keuken gezet, zijn handen gewassen, zijn tas met spullen gepakt en is hij, zonder nog te hebben onderzocht hoe Milly eraan toe was, weggegaan. De verdachte ontkent ter rechtszitting dat hij Milly meerdere malen met een pan op of tegen het hoofd heeft geslagen, haar vervolgens in brand heeft gestoken en een knop van het gasfornuis heeft opengedraaid.

Op het lichaam van Milly is door Pieter van Driessche, arts en patholoog bij het Nederlands Forensisch Instituut, sectie verricht. Uit dit sectierapport van 3 april 2013 blijkt dat Milly nog moet hebben geleefd toen ze in brand werd gestoken. Hierna volgt in het rapport een duidelijk gemotiveerde uitleg hoe Van Driessche tot deze conclusie is gekomen, en de rechtbank neemt de bevindingen en conclusies van de deskundige over en maakt deze tot de zijne.

De Rotterdamse rechtbank legt Rein P. zestien jaar celstraf op. Het Openbaar Ministerie had achttien jaar geëist, maar de rechters vinden dat er geen sprake is van moord, maar van het juridisch minder zware vergrijp doodslag. Bij moord heeft iemand de tijd gehad om na te denken over de gevolgen van zijn handelen, in tegenstelling tot doodslag.

De verdachte heeft, onder invloed van alcohol en drugs, in de nacht van 4 op 5 januari 2013 opzettelijk en op een uiterst brute en volstrekt zinloze wijze zijn vriendin tijdens een ruzie gedood en aldus een 44-jarige vrouw haar kostbaarste bezit – het leven – ontnomen, zo luidt het oordeel.

Verdachte Rein P. wordt bij het verlaten van de rechtszaal uitgescholden voor moordenaar en lafaard.

Jeugdbendes in de Millinxbuurt

Tegen het eind van 2005 maken politie, gemeente en het jongerenwerk in Rotterdam zich grote zorgen over de opkomst van jeugdbendes in Rotterdam. Aan het begin van dat jaar vinden er verschillende schietpartijen en geweldsincidenten plaats, waarbij steeds dezelfde groepen jongeren betrokken zijn. Deze groepen jeugdcriminelen hebben namen als Thug Blood Soldiers, Millinxsysteem, Pendrecht Soldiers of Cabo Pimp Unit. Ze presenteren zich op internet en in hun buurt als bendes, met alles wat daarbij hoort: kledingcodes, een eigen territorium, inwijdingsrituelen en gewelddadig gedrag.

Het Millinxsysteem bestaat uit 26 jongens van overwegend Antilliaanse komaf. Een deel van de in de Millinxbuurt opererende groep, dat wil zeggen een tiental straten in de deelgemeente Charlois, is minderjarig. In de buurt en bij de politie staan ze bekend als gewelddadig en er is sprake van 'een zekere vorm van organisatie of structuur'.

Een andere Rotterdamse bende, Thug Blood Soldiers, is een groep van 25 met veel Antilliaanse en Kaapverdische jongens. Ook bij deze groep, die actief is in de buurt Katendrecht in Rotterdam-Zuid, is het merendeel minderjarig. Drie leden van de Soldiers zijn veroordeeld voor doodslag op hun 15-jarige plaatsgenoot Fabian Mahadio, die in december 2004 om het leven werd gebracht. In januari 2005 pakte de politie zestien jongens van de Soldiers op, onder wie een van 9 jaar oud, voor de verkrachting van 3 jonge meisjes. Ze liepen tegen de lamp toen een 13-jarig slachtoffer de politie vertelde dat ze in de maanden daarvoor in kelderboxen en in een huis verschillende keren was verkracht door leden van de bende. Een groot deel van de groep wordt veroordeeld voor (betrokkenheid bij) groepsverkrachtingen van minderjarige meisjes.

De Pendrecht Soldiers kennen als stempel PDT, die ze met witte verf overal op kalken of in graffiti op de muren spuiten, en dat voor PenDrechT staat. Het toont aan hoe verknocht en trots de jongens zijn op hún wijk.

Ook in andere wijken tonen de jongeren hun verbondenheid. Als bendes zichzelf een naam geven, klinkt hier vaak hun woonplek in terug. Niet alleen met de naam, maar ook met postcode 3086 of netnummer 010. Het wijst op territoriumdrift, waarbij de ene groep de andere uitdaagt door hun tags, een soort tekening of letters bedoeld als handtekening, die ze in de andere wijk plaatsen. Soms maken jongens het bij de politie zo bont dat een gedwongen verhuizing volgt. En dat komt dan hard aan. Zo'n gedwongen verhuizing zorgt ook voor een schrikeffect voor de achterblijvers. Met het vertrek van de leiders staat de rest van de bende open voor hulp.

Dan heb je de Cabo Pimp Unit, ofwel de Kaapverdische Pooierbende. Hun liefhebberijen zijn: PlayStation spelen, pornofilms kijken en af en toe een meisje verkrachten in groepsverband. Drie bendeleden worden medio augustus 2005 in Rotterdam veroordeeld wegens het misbruik van een 11-jarig meisje. Het Openbaar Ministerie voerde in 2004 en 2005 al 5 grote onderzoeken naar verkrachtingen *en groupe* door jonge daders en met dito slachtoffers.

De feiten waarvoor de jongens van 17 en 19 voor de rechter zaten, zijn nochtans niet mals. In november 2004 nodigen ze een 11-jarig meisje uit om naar een huis in het Rotterdamse Spangen te komen. Hier komen ze na het voetballen samen om te gamen en pornofilms te kijken. Eerst neemt een 19-jarige jongen het meisje mee naar boven. Om te 'ballen', hun woord voor seks hebben. Daarna is het de beurt aan zijn vrienden. Een voor een, en als iedereen klaar is, mag het meisje naar huis.

De politie vangt geruchten op over groepsverkrachtingen, en bij buurtonderzoek komen de verhalen bij bosjes los, onder meer over de verkrachting van het 11-jarige meisje. Ze wordt verhoord, maar heeft nooit tegen de jongens kunnen of willen getuigen. De verdachten zelf vertellen dat ze geweld hebben moeten gebruiken en dat het meisje niet met al die jongens naar bed wilde. Deze verkrachting is niet de enige. Een maand later moeten andere leden van de Cabo Pimp Unit voor de rechter verschijnen. In totaal zou de bende 7 man sterk zijn geweest, allemaal jongens tussen 16 en 20 jaar. Hun

6 slachtoffers zijn allemaal tussen de 11 en 15 jaar.

Het is slechts het topje van de ijsberg, want in zowat alle wijken van de stad doen zich deze problemen voor. Zeker in de achterstandswijken. In maart 2005 dwingen 4 jongens tussen de 15 en 19 jaar een schoolgenootje van 14 om mee te gaan naar een kelderbox in Rotterdam-Zuid. Daar moet ze met de daders seks hebben terwijl ze constant door 3 jongens in bedwang wordt gehouden. De jongens verklaren achteraf dat het meisje eerder wel seks met hen wilde, en dat ze dus niet moet klagen.

Sinds 2005 worden de bendes steeds brutaler en harder in hun optreden. Nemen we de Scarfacebende. Dit is een groep criminelen die wisselt in samenstelling, van twee tot zes mannen en soms een vrouw. De naam, die zijn oorsprong in België heeft, vindt ook in Nederland opgang. De naam verwijst naar de film *Scarface*, waarin Al Pacino de gewelddadige drugsdealer Tony Montana speelt.

De Scarfacebende dankt zijn naam aan het feit dat een van de bendeleden op bewakingsbeelden van een tankstation te zien is verkleed als het personage Tony Montana, ofwel Scarface.

In april 2011 slaat de bende ook in Nederland toe. In Rotterdam wordt een deur van waardetransportbedrijf SecurCash opgeblazen en er wordt op medewerkers van het bedrijf geschoten. Daarbij raken twee medewerkers ernstig gewond. In december 2011 wordt gemeld dat de bende op sterven na dood zou zijn. Vier leden zijn opgepakt, twee gevlucht naar Marokko en van een ander is onbekend waar deze naartoe is gegaan.

Op vrijdag 28 juni 2013 pakt de politie acht jongeren op voor een aantal straatroven eerder op de dag in Rotterdam-Alexander. Drie straatroven vonden 's middags in een uur tijd plaats aan de Kramerstraat, de Weegschaalhof en het Lissabonerf. Het ging telkens om een groep van ongeveer tien jongeren. Ze maakten veel spullen buit, zoals een telefoon en horloge. Ook werden de slachtoffers mishandeld. Aan het begin van de avond weten agenten de verdachten te traceren op het Alicantepad. Bij de politie is een melding van een voorbijganger binnengekomen die de jongeren herkende van een

Burgernet-bericht. Het gaat om 8 jongeren tussen de 13 en 15 jaar oud. Een deel van de buit is bij de jongeren teruggevonden.

In Rotterdam zijn zeker 23 criminele straatbendes actief. De jongeren bezondigen zich aan allerlei misdrijven, zoals diefstal, woningoverval en straatroof. In totaal telt Rotterdam 88 jeugdgroepen. De politie en de gemeente onderscheiden 3 categorieën: hinderlijk, overlastgevend en crimineel. Een van de gruwelijkste feiten dateert van begin 2004, toen een meisje van 15 door minstens 12 tieners werd misbruikt in Rotterdam-West. Het meisje werd geschopt en geslagen en de daders staken haar haar in brand.

Van de daders is 35 procent van Nederlandse origine, 65 procent is allochtoon. Het gaat dan vooral om Antilliaanse en Afrikaanse jongeren. Het zijn kinderen die hier dikwijls zonder hun ouders verblijven, die helemaal aangewezen zijn op hun vrienden en zo in de criminaliteit belanden. Die jongens weten wat ze aan elkaar hebben en hoever de anderen willen en durven gaan. De meisjes kennen de daders meestal en zijn de enigen met wie ze echt contact hebben. Het zijn vaak kwetsbare meisjes, die nergens terecht kunnen, en daardoor blijven daders en slachtoffers elkaar nadien ook vaak zien, zodat het misbruik zich herhaalt.

De meesten van die jongens missen empathie en hebben een slecht ontwikkeld geweten. Ze beseffen wel dat ze iets doen wat eigenlijk niet door de beugel kan, maar tillen er niet al te zwaar aan. Het is voor hen een activiteit, zoals voetballen of naar de film gaan. Een spannende activiteit, dat wel. En een die hun de kans geeft hun kracht te tonen.

De hedendaagse strafvordering biedt niet altijd uitkomst. Wanneer een leider van een bende een halfjaar de cel in moet en de reclassering verder niets doet, keert hij daarna gewoon terug naar zijn eigen buurt en vrienden. Binnen een week is hij weer de leider, en met meer status zelfs, omdat hij lang in de bajes heeft gezeten. Wordt hij echter uit de buurt, lees ‘bende’, weggehaald en in een andere omgeving gezet, dan is een nieuwe start soms wél mogelijk en lukt het hem misschien zich te ontworstelen aan het bendemilieu. Bovendien is het voor een wijk soms een zegen als zo'n gezin helemaal verdwijnt, en zo'n win-winsituatie kan een oplossing bieden voor beide partijen.

Seriemoordenaar in Spijkenisse

De Spijkenissestraat in Rotterdam roept, niet zo vreemd natuurlijk, associaties op met de plaats Spijkenisse, waar veel Rotterdammers, met name havenarbeiders, in de jaren zestig naartoe verhuisd zijn. Spijkenisse werd jaren later ook het decor van – alweer – een seriemoordenaar: Patrick Soultana ㉟.

Soultana is een volledig gestoorde jongen, voortgekomen uit een relatie tussen een Marokkaanse vader en een Nederlandse moeder. Een kleine, infantiele maar beresterke man die vaak stijf van de drugs staat. Soultana fantaseert over het levend begraven van mensen en hij geniet ervan om anderen veel pijn te doen. Volgens zijn zus draagt hij af en toe haar laarzen met hoge hakken en hij wil het liefst als vrouw of travestiet gekleed gaan in een pak van huiden. Je zal maar bij zo'n idioot in de buurt wonen.

Dat geldt zeker voor de meisjes Farida Zargar, die van Russisch-Afghaanse afkomst is, en Nanda Kerklaan. De 21-jarige Farida stapt op donderdag 5 augustus 2010 's middags, rond kwart over vijf, op haar fiets om naar huis te gaan. Zij werkt bij een transportbedrijf aan de Malledijk, aan de rand van Spijkenisse. Ze komt die avond en ook de daaropvolgende weken niet meer thuis. Drie maanden later, op 9 november 2010, filmt een bewakingscamera een niet te identificeren persoon die Farida's bankpas en de bijbehorende e.dentifier door de brievenbus van het politiebureau in Spijkenisse gooit.

Bij werkzaamheden tegen het eind van het jaar wordt de fiets van Farida gevonden in een sloot in het Mallebos. Niet veel later wordt ook Farida's sleutelbos getraceerd. Er volgt bijna een jaar van stilte, maar dan, op 13 oktober 2011, wordt in Spijkenisse door twee mannen een aantal straatroven gepleegd. Een van de slachtoffers herkent onder de daders Patrick Soultana, waarop de politie naar diens woning in de Venusstraat in Spijkenisse gaat. Daar wordt Patrick aangehouden op verdenking van betrokkenheid bij de straatroven.

In de woning van Patrick wordt tussen honderden andere spullen de tas van Farida Zargar gevonden. Niet veel later wordt na een anonieme tip onder de vloer van een schuur bij het huis van Patrick Soultana een glazen pot gevonden met daarin de voet van Farida. Op aanwijzingen van Patrick wordt dan, op 11 november 2011, het stoffelijk overschot van Farida Zargar in het Mallebos opgegraven. Zij blijkt met messteken om het leven te zijn gebracht.

Na langdurig onderzoek blijkt dat Patrick Soultana ook de 43-jarige Nanda Kerklaan uit Spijkenisse om het leven heeft gebracht. Het lichaam van de licht verstandelijk beperkte vrouw was op 28 januari 2010 om kwart over acht in de morgen gevonden in een sloot langs de Malledijk in Spijkenisse, zwaar gewond en onderkoeld. Haar fiets lag een stuk verderop. Nanda Kerklaan overlijdt niet veel later aan haar verwondingen.

Samen met zijn kompaan in het verderf, Timothy S., ontmoet Soultana in maart 2011 de 41-jarige dakloze Pool Kristof. Hij belooft de man een slaapplaats voor die nacht, maar op een afgelegen plek aangekomen slaat hij de man met een ijzeren staaf op het hoofd; zo hard dat Timothy het gekraak van de schedelbreuk hoort. Hierna berooft hij de man voor duizenden euro's en laat hem voor dood achter.

Op donderdag 25 juli 2013 wordt Patrick Soultana uit Spijkenisse door de rechtbank in Rotterdam tot een levenslange gevangenisstraf veroordeeld voor de gewelddadige dood van Farida Zargar en Nanda Kerklaan in 2010, en een poging tot moord op de Poolse man. Soultana gaat in hoger beroep tegen die veroordeling, maar blijft vooralsnog veroordeeld tot levenslang.

In het huis van Patrick wordt door de politie een enorme hoeveelheid spullen gevonden die bij andere mogelijke slachtoffers horen. Het lijkt erop dat Soultana van al zijn slachtoffers spullen bewaarde.

Samen met een handlanger heeft Patrick meermalen goud verkocht bij opkopers. In het opkoopregister van een van hen staat de opmerking geschreven dat er een gouden ring is opgekocht met de inscriptie 'Jeroen 16-6-95'. Deze ring is zeker niet van Farida of Nanda afkomstig, maar de politie is nieuwsgierig van wie hij dan wel is. In de gevangenis vertelt Patrick aan een politie-infiltrant dat hij in totaal vijf moorden heeft gepleegd.

Ook is er een houten sieradenkistje met een dubbele bodem en een schuiflade gevonden, waarin enkele sieraden zitten, waaronder een ketting, een manchetknopen en hangertjes. In de gevangenis vertelt Patrick aan een politie-infiltrant dat hij in totaal vijf moorden heeft gepleegd.

Patrick Soultana is mogelijk ook de dader van de moord op de 50-jarige Joke Lorsé, die op dinsdag 11 augustus 2009 werd doodgeslagen toen ze samen met haar man Ernst Lorsé door het bosgebied in de buurt van Spijkenisse liep. De twee woonden al enige tijd gescheiden van tafel en bed; dat speelde ongetwijfeld mee toen Ernst door de rechtbank werd veroordeeld tot twaalf jaar gevangenisstraf voor de moord op zijn vrouw, ondanks dat hij altijd heeft gezegd dat hij onschuldig is.

Ook wordt Patrick verdacht van de verdwijning van de 63-jarige Adri Knops in 2001.

Een Curaçaose criminele familie

Op zaterdag 11 mei 2013 stond ik op het Zuidplein, waar een lawaaimanifestatie werd gehouden naar aanleiding van de moord op de Curaçaose politicus Helmin Wiels. Op die manier konden de Curaçaoënaars in Rotterdam zich uitspreken voor rechtvaardigheid in Curaçao en tegen het monddood maken van mensen. Ik dacht ook aan de minder goed bekendstaande Curaçaoënaars Siegfried en Melfrim Saez, die aardig wat op hun geweten hebben.

Begin jaren zestig emigreert de 38-jarige May Dolores Saez met haar 2 dochters en 8 zonen van Curaçao naar Schiedam. Zo'n 10 jaar later komen al haar zonen regelmatig in aanraking met de politie, voor grote en kleine vergrijpen. Melfrim, Felix, Percy en Siegfried hebben alles in zich om crimineel te worden.

In december 1972 plegen de gebroeders hun eerste grote gewapende overval, waarbij ze tachtigduizend gulden bij een bank buitmaken. De jongens Saez worden na vijf dagen ingerekend. Nog voordat hij wordt berecht weet Melfrim Saez, alias Papi, te ontsnappen uit het Schiedamse politiebureau. Als een slang weet hij zich tussen de spijlen van zijn politiecel door te wurmen. De tot vier jaar cel en tbs veroordeelde Siegfried Saez weet in de zomer van 1973 in de gevangenis van Groningen de spijlen van het raam in zijn cel door te zagen en via de klassieke weg van aan elkaar geknoopte lakens naar beneden te klimmen, maar verder dan dat komt hij niet: hij wordt gepakt. Enkele maanden later zaagt hij in de gevangenis in Veenhuizen eveneens de tralies door, maar ook nu wordt hij weer opgepakt. Later weet hij alsnog te ontsnappen. Pas vijf jaar na de bankoverval in 1977 wordt Melfrim gearresteerd in een ziekenhuis in Schiedam, waar wordt hij behandeld aan een beenwond.

In de zomer van 1979 zal het leven van Melfrim een dramatische wendig nemen. Hij zit in de gevangenis en terwijl zijn vrouw bij hem op bezoek is, verdrinkt hun vijfjarige dochtertje. De bronnen vermelden niet waar dat gebeurt; mogelijk terwijl zij thuis buiten aan het spelen is en er 'een tante Sjaan' een oogje in het zeil zou houden in afwezigheid van de moeder.

Begin jaren tachtig heeft Siegfried een van zijn vriendinnen laten verkrachten door een paar vrienden na een ruzie met haar. Ze zoekt bescherming bij Melfrim en die krijgt een liefdesrelatie met die ex-vriendin van zijn broer. Siegfried voelt zich hierdoor door Melfrim verraden en zo is er ruzie ontstaan tussen die twee.

Siegfried is geen lieverdje, maar de politie heeft moeite hem daadwerkelijk op iets te pakken. Hij geldt lange tijd als hoofdverdachte bij de vermissing van de 47-jarige Jan van Wanrooy in november 1985. In februari 1986 wordt de 40-jarige Rotterdammer René Heeren gevonden op het ijs van het Tienhovense Kanaal, doorzeefd met 8 kogels. Die avond had René een afspraak met Siegfried, zijn broer Felix Saez en een aantal criminele kompanen om te praten over een schuld die hij niet kan kon betalen. Volgens de politie hebben de verdwijning van Van Wanrooy en de moord op Heeren met elkaar te maken. Heeren stond op het punt de politie informatie te verschaffen over Siegfrieds rol bij de verdwijning van Van Wanrooy.

Siegfrieds naam duikt ook op tijdens het onderzoek naar de moord op een onbekende vrouw in Teteringen, een dorpje tussen Oosterhout en Breda. In 1990, op eerste kerstdag, vindt een wandelaar langs een bospad een dode vrouw in een opgerold tapijt. Autopsie geeft aan dat de vrouw is gemarteld. De politie kan niet bewijzen dat Siegfried hier iets mee te maken heeft. In de jaren negentig, als Siegfried al ver in de veertig is, duikt zijn naam weer op als in Antwerpen diamantair Hennie Shamel en diens vriendin Anne de Witte in hun auto worden geliquideerd. Tijdens het liquidatieproces in 2006 wordt Siegfried door Giuseppe la Serpe als een van de twee verdachten aangewezen. Maar er worden voor die moord ook andere namen genoemd.

Van verschillende kanten komen er aanwijzingen dat Melfrim op een partij wapens is gestuit die zijn broer Siegfried ergens had verstopt. Wapens die zeer waarschijnlijk bij zware misdrijven zijn gebruikt en die – als ze in handen van justitie vallen – Siegfried kunnen linken aan die misdrijven. Melfrim zou de wapens hebben verstopt op een geheime plek, als een soort levensverzekering.

Niettemin wordt Melfrim Saez op donderdag 29 september 2005 geliquideerd in de wijk Koraal Tabak op Curaçao. Melfrim wordt aangetroffen bij zijn huurauto en er zijn tekenen dat hij is gemarteld vóór hij werd doodgeschoten. Melfrim was sinds een paar weken op Curaçao op familiebezoek. Als dader van de moord op Melfrin wordt 'Ukkie de Pool' genoemd. Deze Ulrich Eduard is tevens eigenaar van het verhuurbedrijf Jo-Anny waar Melfrim de dag van de moord zijn auto heeft gehuurd.

De Pool wordt op zijn beurt op 13 februari 2007 neergeschoten bij wegrestaurant La Place, langs de A4. Melfrims broer Siegfried staat hiervoor terecht en wordt veroordeeld tot gevangenisstraf.

Misdaadverslaggever Peter R. de Vries krijgt in 2008 een handgeschreven 'testament' onder ogen dat van Melfrim blijkt te zijn. Hierin geeft Melfrim inzicht in de moorden die zijn broer Siegfried op zijn geweten zou hebben. Zijn broer is volgens Melfrim bij diverse moordzaken betrokken, maar wordt door hem ook in verband gebracht met bankovervallen, verdwijningen, verkrachting en schietpartijen.

Het eerste misdrijf waar Melfrim over schrijft is de moord op Soraida Maxwell. Melfrim beweert dat Siegfried de 36-jarige Soraida Maxwell, een moeder in Rotterdam-Hoogvliet van wie 2 kinderen op Curaçao wonen, om het leven heeft gebracht. Het lichaam van de vrouw, die sinds 1994 als vermist staat geregistreerd, wordt nooit gevonden. Er bestaat twijfel met wie Soraida op het moment van haar verdwijning samenwoonde. Melfrim heeft het over Kenny Rampenburg, die in 2003 op Curaçao bij een achtervolging door de politie dodelijk verongelukte, maar anderen beweren dat ze op het moment van verdwijning samenwoonde met een andere Antilliaan.

Bij de huiszoeking in Hoogvliet wordt een pitbull door de politie doodgeschoten. De politie vindt daar erg weinig, totdat er een specialist 'sporenonderzoek extern' wordt ingeschakeld.

Surveillerende agenten treffen een Antilliaan aan die op de Belgisch-Nederlandse grens in een sloot langs de weg iets van zijn armen staat af te spoelen, waarschijnlijk bloed. Er vindt daarop een vuurgevecht plaats en de verdachte ontkomt. De wagen wordt in het water gedumpt gevonden en blijkt later gestolen te zijn. In de achterbak van de wagen worden bloedsporen van Soraida gevonden.

De vermoedelijke plaats delict is een autozaak in een buitenwijk van Schiedam die geheel is uitgebrand. Melfrim schrijft onder andere dat Siegfried tijdens zijn gevangenschap een relatie met Soraida begon. En volgens hem is Soraida met een pistoolschot door haar hoofd omgebracht, om de vriendschap met Rampenburg niet op het spel te zetten. 'Ze heeft niet geleden, want ze zag het niet aankomen,' zou hij hebben geschreven. Verder schrijft hij dat Siegfried het lichaam begraven heeft in België. Een F16 en Harry Jongen, bijgenaamd De Neus, assisteren de Belgische recherche bij het zoeken naar haar lijk, maar zonder resultaat. Het spoor leidt naar een Nederlandse parkeerplaats.

Voor de verdwijning van Soraida wordt Siegfried Saez wegens gebrek aan bewijs vrijgesproken. De wagen van Soraida is teruggevonden in een zijstraat parallel aan de Dorpsweg in Rotterdam-Zuid en werd op sporen veiliggesteld. Ook de politie heeft altijd gedacht dat Siegfried voor deze verdwijning verantwoordelijk was, maar hard bewijs ontbrak. In 2009 wordt Kenny Rampenburg, de 'beweerde' man van Soraida, ook aangewezen als verdachte.

De tweede moord waarover Melfrim in zijn testament een boekje opendoet, is de nooit opgehelderde liquidatie van Helio Stewart. Die wordt in 1994 vermoord kort nadat hij een serie belastende verklaringen heeft afgelegd over Siegfried. Hij zou in detail hebben uitgewijd over de hulp van Siegfried bij de ontsnapping van een Colombiaanse drugsbaas uit gevangenis De Schie in Rotterdam. Helio zou hiervoor tweeënhalve ton aan guldens en smaragden van de Columbiaan hebben ontvangen en daarvoor ook een bewaarder hebben omgekocht om een pistool aan de Colombiaan te geven. Maar meerdere mensen hadden baat bij de dood van Helio, die een dubbelspel speelde met de politie. Hij legde ook zeer belastende verklaringen af over Kobus Lorsé, alias Kobus de Kamper.

Op 10 november 2012 wordt Siegfried Saez in hoger beroep veroordeeld tot zeventien jaar gevangenisstraf voor de moord op 13 februari 2007, samen met twee anderen, op Ulrich Eduard, oftewel Ukkie de Pool, van Curaçao. Ukkie werd door zijn hoofd geschoten op het parkeerterrein van het brugrestaurant La Place over de A4 in Haarlemmermeer.

Siegfried Saez ontkent ook in hoger beroep dat hij iets met die moord te maken heeft, maar de magistraten zien hem als de leider van de groep. Ukkie was toevalligerwijze de eigenaar van autoverhuurbedrijf Jo-Anny aan de Bereheinweg 15 op Curaçao. Melfrim Saez reed in een auto van dat bedrijf toen hij 29 september 2005 op Koraal Tabak te Curaçao vermoord werd. De moord op Ukkie is door een groot aantal bewakingscamera's opgenomen, waarop Saez op video is te zien. De witte bestelbus waarin de moordenaars zaten stond op naam van de vriendin van Saez.

Op 29 januari 2013 wordt Siegfried Saez, die nog steeds zit voor de moord op Ukkie, in de zogenoemde Passage-zaak tot levenslange gevangenisstraf veroordeeld. Levenslang geldt in Nederland tot de dood; slechts gratie van de koning kan dit opheffen.

De bekendste Rotterdamse huurmoordenaar

Soms dwaal ik even rond in Winkelcentrum Zuidplein, dat in schril contrast staat met het 'Brabants Dorp' dat hier ooit gevestigd was. Dat was een arme maar unieke wijk die bestond uit naoorlogse noodwoningen, die in de jaren zestig weer werden afgebroken.

In de Waspikstraat woont Hendrikus Sylvester Boom jr., roepnaam Henk(ie) ㊲. Hij is geboren op 26 juli 1953, als zoon van Hendrikus Sylvester Boom sr. en Lena Barendina van Bokkem, die uit de Seringenstraat in de Bloemenbuurt komt.

De buurt waar Henkies wieg stond, ligt in de Charloise Polder, bij het Zuidplein. Hier zijn na het bombardement in de oorlog 525 noodwoningen gebouwd. Omdat de getroffen groep uit de krottenwijken van het centrum komt, kleeft het stigma van asocialiteit aan de bewoners van het nooddorp. Henkie is een echte straatjongen en een fanatieke fan van Coen Moulijn. Als tienjarige draagt hij een bril en net als honderdduizend andere Rotterdammers staat Henkie in mei 1963 aan de oever van de Nieuwe Maas om de *Groote Beer* uit te zwaaien. Dat schip vaart met duizenden supporters naar Lissabon, waar Benfica tegen zijn Feyenoord voetbalt.

Wie had in die tijd nu kunnen voorspellen dat die jongen een huurmoordenaar zou worden. Henk, die door de criminelen Schele Henk wordt genoemd, is een man die zich op contract laat inhuren voor het plegen van moorden: het koud en gevoelloos liquideren van hem onbekende personen. Henk doet dat niet voor een vaste opdrachtgever, maar leeft van contract tot contract bij verschillende opdrachtgevers.

Hij begint als lijfwacht van Ton van Dalen, bijnaam De Grijze, directeur van Triton Cleaning Service, die een van de grootste koppelbazen is in het Rotterdamse havengebied en later een organisatie runt die zich heeft gespecialiseerd in de productie en distributie van ecstasy.

Hierna komt Henk in het Amsterdamse terecht, wordt bodyguard van Stanley Hillis en behoort later tot de gewelddadige tak van de groep rond Jan Femer. Dan is Henk al helemaal het rechte pad kwijt en raakt hij betrokken bij diverse moorden, waaronder mogelijk die op Danny Leclère. Voetbalsupporter is Henk dan nog steeds. Op 19 juni 1994 reist hij samen met andere leden van de Delta-groep naar Detroit. In de Verenigde Staten vindt op dat moment het WK voetbal plaats. Maar hun criminele imago is de groep vooruitgesneld. Ze worden geweigerd en moeten terugkeren naar Nederland. Het reisje is georganiseerd door Jan Femer en bedoeld als cadeau voor Donald Groen, die gaat trouwen.

Zo'n feestreisje laat de clan zich niet ontnemen, want in juli van dat jaar reist het gezelschap alsnog samen af; dit keer naar Benidorm. Op 9 maart 1995 schiet Henk in een overvol café de 29-jarige Surinamer Richard Abdala dood. Het slachtoffer is tussen een ruzie gesprongen van de broers Boom. Na uit het café verwijderd te zijn komt Henk Boom gewapend terug en schiet Richard zonder dralen neer. Hij wordt hiervoor in 1996 in hoger beroep tot tien jaar cel veroordeeld.

In april 2002 komt Henk weer op vrije voeten. In juli van dat jaar wordt hij weer opgepakt, nu voor stalking, bedreiging en mishandeling van zijn toenmalige vriendin. Begin februari 2003 komt Boom weer vrij uit het huis van bewaring in Capelle aan den IJssel.

Een maand later, op zondag 16 maart 2003, wordt Henk zelf geliquideerd in de Van der Pekstraat in Amsterdam-Noord. Boom staat 's morgens tegen half twaalf eerst een tijdje met huurmoordenaar Giuseppe la Serpe te praten. Op een zeker moment ontaardt dit gesprek in een beginnend vechtpartijtje, waarbij La Serpe plotseling zijn wapen trekt en Henk omlegt. La Serpe rijdt vervolgens weg op een grijze motor.

De advocaat verklaart dat Boom al voor zijn leven had gevreesd. Wanneer op 14 januari 2003 zijn criminele vriend George Plieger wordt doodgeschoten, zegt Henk tijdens een gesprek met zijn advocaat dat hij bang is ook te worden vermoord. Boom zou er erg mee hebben gezeten waar hij na zijn vrijlating naartoe moest gaan. 'Ze schieten elkaar maar neer, waar moet ik in godsnaam heen? Straks kom ik er ook een tegen. Dan is het een kwestie van wie het eerste dat ding trekt, de ander is dan de sigaar.'

15

Rotterdamse haven

Poort naar de Wereld

Als ik op een wolkeloze dag, achter een versnapering, op het terrasje zit, dan kan ik intens genieten van de veelkleurige containers op de kade, die me doen denken aan de Line of Form *van Piet Mondriaan, die worden geflankeerd door tientallen schepen die daar elke dag in de Rotterdamse haven liggen.*

Dat Rotterdam een van de grootste havens van de wereld heeft, weet iedere Rotterdammer. Meer dan elf miljoen containers worden jaarlijks in de Rotterdamse havens verwerkt. Als daartussen een paar containers met cocaïne, heroïne of andere geestverruimende middelen zitten, is het een hele kunst die tussen het enorme aantal containers uit te vissen en de drugs tussen de lading te ontdekken. Maar er zitten professionals bij de douane die een systeem hebben ontwikkeld waarbij de pakkans het grootst is. De Rotterdamse douane heeft de beschikking over een van de snelste containerscanners ter wereld: de *drive through scan*, die in één uur een container scant, waarbij het transport van de terminal naar het scangebouw en terug is meegerekend.

Maar niet elke container wordt gescand, zo hoor ik van mijn vriend Harry, die in de Rotterdamse haven werkt. Voordat het containerschip de haven bereikt, worden de containers geselecteerd die gescand moeten worden. Dat gaat via een elektronisch systeem dat verdachte kenmerken, zoals vaarroute, afzender, het soort goederen en eerdere vangsten in de computer heeft opgeslagen. Van bepaalde goederen weet je dat ze vaak als deklading worden gebruikt en er zijn bijvoorbeeld zendingen uit Colombia die een omweg maken via Afrika voordat ze hier aanmeren. Ladingen uit Zuid-Amerikaanse landen gelden sowieso als risicovolle zendingen.

Eén miljoen kilo cocaïne wordt er volgens de Verenigde Naties jaarlijks geproduceerd in Colombia, Peru en Bolivia. De drugs uit Zuid-Amerika bereiken Europa en gaan via Spanje of Portugal naar Nederland. Als verdeelcentrum voor de distributie komt een groot deel van de 'witte olie van de misdaadeconomie' via Antwerpen en

Rotterdam binnen. Als cocaïne hét misdaadproduct is en Antwerpen en Rotterdam de belangrijkste havens van Europa, dan moet de georganiseerde misdaad een behoorlijke voet aan de grond hebben in Rotterdam.

En dat blijkt. Niet alleen zit de douane niet stil, maar ook krijgt ze tips van de recherche. Die komen vaak met namen van criminelen die getapt zijn in een onderzoek. Ook krijgt ze tips van buitenlandse inlichtingendiensten en van bijvoorbeeld de laatste haven waar een schip in dok heeft gelegen – overal vandaan.

Op 22 mei 2013 meert een containerschip aan in de haven van Rotterdam. Het schip komt uit Santos in de Braziliaanse staat São Paulo, de grootste haven van Brazilië, en heeft een container met limoenen aan boord van een firma die op de lijst van verdachte firma's staat.

Het lossen van het containerschip gaat snel en efficiënt. Ook hier geldt het gezegde 'tijd is geld', en binnen een kwartier rollen drie kranen over de rails naar hun positie. De verdachte container belandt, net als de andere, op een onbemand karretje, dat met elektronische ogen zijn weg zoekt over het bewaakte haventerrein. Hij wordt apart gezet, en een halfuur later pikt een truck de container op en vervoert deze over een interne baan van de terminal naar het scangebouw. Hij sluit aan in een rij van zeven vrachtwagens.

Een klein uur later rijdt de wagen de liftbar op, een soort van lopende band, en de chauffeur stapt uit. Terwijl hij in de wachtruimte praat met enkele collega's en een kop koffie drinkt, fotografeert in de scanstraat de 9,3 mega-elektron-volt-scanner dwars door de wanden van de stalen laadbak. De scanner klikt en binnen enkele seconden verschijnen er röntgenfoto's van opzij en van boven op de monitoren van de ervaren beeldschermanalist.

De contouren van de kisten met limoenen zijn in negatief duidelijk zichtbaar. Algauw heeft de analist in de gaten dat er iets niet pluis is met de lading. Tussen de kisten ontdekt hij enkele lichter getinte pakjes, die op verschillende plaatsen tussen de kisten liggen. 'Bingo', mompelt hij en hij pakt de telefoon en informeert zijn chef. Die op zijn beurt informeert de Fiscale Inlichtingen- en Opsporingsdienst, de FIOD, die weer contact opneemt met het Openbaar Ministerie.

De chauffeur krijgt orders om de container tegen de Douane Controle Loods te zetten en af te koppelen.

Onder het toeziend oog van twee douanebeambten wordt de lading limoenen gelost en op vorkheftrucks terzijde gezet. Algauw vinden ze de in bruine tape gewikkelde blokken tussen de kisten en die worden veiliggesteld. De twee douaniers krijgen onderwijl gezelschap van rechercheurs van het HARC-team, het Hit and Run Containerteam, een samenwerkingsverband tussen douane, de FIOD-ECD en de Zeehavenpolitie Rotterdam. In overleg met het OM neemt het HARC-team de regie over. Het OM is benieuwd wie die afnemer is en wil de volledige smokkelorganisatie oprollen. De limoenen worden weer in de container gezet en men laat de handel transporteren naar de geadresseerde. Daar worden een 57-jarige man uit Kesteren, een 65-jarige man uit Rhoon, een 28-jarige man zonder vaste woon- of verblijfplaats en een 67-jarige en een 58-jarige Rotterdammer als verdachten opgepakt. Een 61-jarige man uit 's-Gravendeel wordt in afwachting van het onderzoek vrijgelaten. Hij blijft wel verdachte in deze zaak.

De kostbare blokken coke met een totale waarde van 16 miljoen euro worden dezelfde dag onder escorte van het HARC-team of 'Het Team' naar de afvalverwerker gebracht, waar ze in blauwe zakken tussen het andere afval worden fijngemalen. En dan naar de verbrandingsoven, waar de coke letterlijk in rook opgaat.

Opsporingsdiensten en het havenbedrijfsleven slaan de handen ineen om drugssmokkel tegen te gaan, want die smokkel tast de integriteit en het imago van de Rotterdamse haven aan en kan gevaarlijk zijn voor mensen die in de haven- en transportsector werken. Daarom worden risico's in kaart gebracht, tracht men de bewustwording te vergroten en wordt de opsporing geïntensiveerd.

Daartoe wordt samengewerkt in het programma 'Integere Haven'. Het eerste doel van het programma is het terugdringen van de zogenoemde rip-off-partijen, drugs die bij een reguliere lading worden 'bijgepakt'. De laatste jaren is een stijging van dergelijke vangsten geconstateerd.

Er is een goed samenwerkingsverband tussen de haven van Rotterdam en Antwerpen. Begin oktober 2012 nadert een containerschip uit Ecuador de haven van Antwerpen na het vallen de duisternis. Op de brug ontvouwt zich voor de loods een toverachtig nachtgezicht. Tussen de donkere silhouetten van de kerken, torens en andere gebouwen fonkelt het van de lichtjes van de stad. Slank en rank, als waarschuwende vingers naar de kapitein, die deze hint van boven niet onderkent. De ervaren schipper heeft namelijk geen idee dat tussen de grote partij bananen die zich in een van de containers bevindt, cocaïne verstopt zit. De container is bedoeld voor een firma in het Nederlandse Zoetermeer en wordt door de douane ongecontroleerd doorgelaten.

Vreemd, want normaal gesproken wordt zo'n container gescand en de douane zet daarbij drugshonden in op schepen die uit risicogebieden afkomstig zijn. Ecuador is zo'n risicogebied. Maar wegens het enorme personeelstekort bij de dienst en door het omkopen van beambten lukt het regelmatig om zo'n container door de controle te sluizen. De douane komt de lading cocaïne op het spoor via documenten die gevonden zijn bij een corrupte douanier tegen wie al enige tijd verdenking bestaat.

Op donderdag 4 oktober 2012 worden er 3 mensen opgepakt, onder wie Tim Deelen, een 31-jarige havendouanier afkomstig uit Stabroek, maar die woont en werkt in Antwerpen. Deze douanier zou de containers met harddrugs tegen betaling ongecontroleerd hebben doorgelaten. Uit onderzoek blijkt dat hij tevens containers van een bepaald expeditiekantoor telkens ongecontroleerd laat vertrekken. Deelen verdient ongeveer 1500 euro per maand bij de Belgische douane, maar logeert maanden in de Ambassador Suite van het Radisson Blu Hotel in Antwerpen. Daarna verhuist hij naar een duur appartement, vol exclusieve designmeubelen, waar hij met de 27-jarige Hongaarse stripteasedanseres Dóra Horváth gaat samenwonen. Ook Dóra wordt bij zijn arrestatie in de boeien geslagen, maar ze beweert zo slecht Nederlands te verstaan dat ze geen idee heeft wat Tim allemaal heeft bekokstoofd. Er vindt een huiszoeking plaats in de woon- en werkplaats van Deelen. Door de politie wordt vastgesteld dat hij een levensstijl heeft die hij moeilijk kan verantwoorden met zijn normale inkomen van douanier. Zo worden enkele peperdure horloges, maar ook luxewagens als Bentleys, Porsches en BMW's in beslag genomen.

Ook wordt de 35-jarige Anthony van der List gearresteerd, uitbater van 't Vervolg en Den Doedelzak, twee bekende Antwerpse studentencafés.

Na de arrestatie scant de Douane & Accijnzen in de Antwerpse haven de container uit Ecuador die Deelen heeft doorgelaten. De douane ontdekt maar liefst 8032 kilo cocaïne tussen de dozen bananen. Er wordt ruim 7800 kilo door de douane geconfisqueerd en de container wordt vrijgegeven voor transport. Met de Nederlandse autoriteiten wordt een plan opgezet om de bende die hiervoor verantwoording draagt, te arresteren.

Dan volgt de tocht van de twee mannen in de mistige morgen door de dokken, om de handel op te halen. Het rijden is onzeker, terwijl ze dichter en dichter bij de haventerminal komen. Rechts weten ze het water van de Westerschelde. Zien kunnen ze het niet, want de mist bedekt als een witte deken het water en de kaai. Er steekt een bries op, eerst is het slechts een ademtocht, maar algauw wordt het sterker. De mist trekt op met grote, langwerpige grijze strepen, onder het doorbrekende zonlicht.

Een van de mannen gaat na aankomst het rederijkantoor binnen en verricht de benodigde formaliteiten voordat de mannen met de container de haventerminal mogen verlaten. Verbazend vlug wordt de zaak afgehandeld en de rederij geeft elektronisch een release op kaai. De container met bananen, waarin een enorme hoeveelheid cocaine heeft gezeten, met een straatwaarde van meer dan een half miljard euro, is onderweg naar Nederland. Wat de chauffeur en bijrijder niet in de gaten hebben is dat ze op afstand door twee personenauto's met politie in burger worden gevolgd. Op dinsdagmiddag 5 februari 2013 rijdt de vrachtwagen met de container het Rotterdamse industrieterrein Spaanse Polder op. De politiemannen wachten tot er met het uitladen van de container wordt begonnen en dan houden ze de chauffeur, een 46-jarige Belg aan en 4 Turkse mannen die de container uitladen, aan. Zij worden op vrijdag 8 februari 2013 voorgeleid aan de rechter-commissaris in Rotterdam. De bananen, die als deklading van de cocaïne hebben gediend, krijgt dierentuin Blijdorp in Rotterdam: daar kunnen de apen de cocaïnevangst mee vieren.

Het onderzoek van de Belgische politie brengt aan het licht dat de verdachten in deze zaak grofweg in twee categorieën kunnen worden opgedeeld. Enerzijds douanier Deelen, zijn vriendin en nog een kompaan; anderzijds verdachten die een beroep hebben gedaan op de douanier om cocaïne in te voeren. Over de precieze functie van de douanier wordt voorlopig niet gecommuniceerd, maar volgens justitie is Deelen geen man die deel uitmaakt van het drugsteam dat op het terrein controles uitvoert. Bij huiszoekingen in Nederland die in het kader van het onderzoek worden uitgevoerd, vindt de politie naast cocaïne ook allerlei documenten, bivakmutsen, vuurwapens met geluidsdempers, kogelwerende vesten en voertuigen. Dit alles wordt in beslag genomen.

Wanneer Deelen wordt verhoord, sleurt hij heel wat mensen mee in zijn val. Bij het onderzoek worden zo'n 25 personen gearresteerd die worden verdacht van deelname aan deze drugszaak. Het gerechtelijk onderzoek naar de douanier brengt ook een aantal andere wetsdienaren in opspraak. Op de lijst met verdachten prijken niet alleen drugscriminelen; ook twee collega-beambten en twee politieagenten komen in opspraak, omdat zij al te nauwe banden onderhouden met de criminelen. Zo smokkelt een agent van de politie drugsgeld van Tim Deelen naar Bulgarije, en een directeur van de douane vraagt op verzoek van een crimineel adresgegevens op in de databank.

De naam die derhalve het meest in het oog springt, is die van Danny Maes, een van de directeuren van de douane in Antwerpen. Maes wordt in het dossier niet beschuldigd van drugsfeiten, maar wel van schending van zijn beroepsgeheim. Maes zou een liefdesrelatie onderhouden met de Marokkaanse uitbaatster van een bekend café op het Eilandje in Antwerpen waar veel douaniers komen. Die uitbaatster onderhoudt op haar beurt contacten met verschillende onderwereldfiguren. Tijdens het afluisteren van de telefoon van de uitbaatster, ontdekken de rechercheurs dat Maes op verzoek van een voortvluchtige crimineel adresgegevens van een 'getuige' heeft opgevraagd in het Rijksregister.

Politieagent Luc K. wordt ervan beschuldigd dat hij op verzoek van de vriendin van een van de hoofdverdachten honderdduizend euro drugsgeld naar Bulgarije heeft gebracht. K. gaat niet alleen naar Bulgarije; hij wordt vergezeld door privédetective Jan H. Dit is een gewezen lid van de speciale politie-eenheid POSA. Beide mannen beweren niet te weten dat ze een groot geldbedrag hebben overgebracht. En dan is er nog Alain Voet, een wijkagent uit Edegem die op verzoek vanbendelid Vitas D. kentekengegevens heeft opgevraagd. Vitas heeft Voet wijsgemaakt dat hij zou uitzoeken of een bepaald kenteken op naam van een vrouw staat die een buitenechtelijke relatie met zijn vader zou hebben. In werkelijkheid heeft Vitas de informatie nodig voor zijn criminele activiteiten. Politieman Alain Voet weet dat hij daarmee de fout in gaat, want tegenover Vitas benadrukt hij meermalen dat hij die informatie eigenlijk niet mag geven. Het onderzoek naar het criminele netwerk rond douanier Tim Deelen, dat verantwoordelijk is voor de smokkel van vele tonnen cocaïne, is zo goed als afgerond. Op 24 januari 2014 veroordeelde de correctionele rechtbank Tim Deelen tot 14 jaar cel en 38.500 euro boete. Anthony V.D.L., de eigenaar van cafés 't Vervolg en Den Doedelzak, werd veroordeeld tot 5 jaar en een boete van 550.000 euro. De andere betrokkenen in het dossier liepen straffen tussen 4 maanden en 10 jaar op. Dora H., de toenmalige vriendin van Tim Deelen, werd veroordeeld tot 2 jaar cel en 27.500 euro boete. Deelen en 15 andere beklaagden, die op het proces verstek lieten gaan, kunnen nog verzet aantekenen tegen hun veroordeling.

De verleidingen liggen op de loer in de haven en op zee, en dat weet iedereen. In het Arrondissementsparket Rotterdam werd in de eerste elf maanden van 2013 liefst 4052 kilo cocaïne onderschept. De cocaïne zat onder andere tussen zink, bananen, garnalen, metaal en limoenen verstopt, in tassen of pakjes. Ook was er cocaïne opgelost in flessen sojasaus.

De recherche van de Zeehavenpolitie Rotterdam richt zich op havengerelateerde criminaliteit die de veiligheid, het belang en de integriteit van de Rotterdamse haven raken. Daarnaast doet de recherche internationaal onderzoek naar criminele organisaties of netwerken in de havens die zich bezighouden met zware, georganiseerde criminaliteit. Dit betreft onder meer drugshandel, (zware) milieucriminaliteit, witwassen, en container- en ladingdiefstallen. Door vervalste vrachtbrieven worden vaak hele containers gestolen.

Ook al zijn de vangsten slechts een beperkte hoeveelheid van het totaal aan drugs die in Nederland worden ingevoerd, toch boekt de Zeehavenpolitie Rotterdam, in samenwerking met de douane, de FIOD-ECD, het HARC-team en het OM goede resultaten. Met die geruststellende gedachte keer ik huiswaarts.

16

Pendrecht

Gewelddadige straatrovers

Straatroof komt vrij veel voor in Rotterdam. Dat gaat van jongens op een scooter die een oude vrouw het tasje uit de handen rukken tot impulsieve rovers die waardevolle spullen, zoals een laptop, uit een wachtende auto grissen, en geraffineerde overvallers die precies lijken te weten wat je bij je hebt. Helaas zijn er steeds meer straatroven waarbij geweld niet geschuwd wordt.

Ongeveer zeventig procent van de straat-roven wordt door meer dan één dader gepleegd; veelal zijn daders met zijn tweeën. De ene dader bedreigt het slachtoffer (soms met een wapen) terwijl de ander het slachtoffer van zijn of haar bezittingen berooft. Bij dergelijke berovingen valt het gebruik van excessief geweld op: geweld dat niet nodig is voor het bemachtigen van de buit. Volgens onderzoek zijn er meer straatroven in straten met een verscheidenheid aan allochtonen, met veel eenpersoonshuishoudens en in de buurt van een school. Dat de daders geen 'onschuldige' penozejongens zijn blijkt wel uit de aard van de roven.

Zo wordt op 6 januari 2013 een 8-jarig meisje met haar vader slachtoffer van een gewelddadige straatroof in de wijk Pendrecht. Bij die roof zijn 3 daders betrokken. Een van de mannen rukt een gouden ketting van haar vaders nek. Ondanks het feit dat het indringende en aangrijpende incident grote indruk op haar maakt, registreert haar oog alle kenmerken van de dader. Volgens het meisje heeft de man die de ketting roofde kort, donker kroeshaar en een negroïde uiterlijk, lichte ogen en is hij 25 tot 35 jaar oud. Hij heeft een normaal postuur. Met een fijn oog voor detail ziet ze niet alleen een tatoeage boven zijn linkersleutelbeen, maar vertelt ze ook dat het een doodshoofd is waar een gifgroene slang omheen kronkelt. Deze straatrover heeft volgens het meisje ook een vlek of litteken bij zijn linkeroor. Ondanks de alertheid van de 8-jarige Miss Marple, die tijdens de gruwelijke roof huilde: 'Papa, papa wat gebeurt er met jou?' is het niet bekend of de dader is opgepakt. Na het gebeuren is ze een heel ander meisje geworden en op straat is ze nu bang en schrikachtig.

Een zeer geraffineerde straatroof vindt plaats op 12 april 2013. Die dag observeert een vijftal personen de bezoekers die het ING-filiaal in het winkelcentrum Binnenhof in Ommoord ingaan. Het zijn een ongeveer 30-jarige vrouw met een bril en een rood hoedje op, een wat corpulente man met een gebreide muts op en een even mollige vrouw, ogenschijnlijk een echtpaar, en een jongeman. De vijfde is een vrij lange, goed geklede man met een opvallende ring om de ringvinger van zijn rechterhand. De vijf drentelen wat rond bij en in de bank. Niet dat ze zelf geldtransacties willen doen, nee: ze hebben enkel aandacht voor wat de bankmedewerkers uitbetalen.

Een oudere dame neemt die middag een groot geldbedrag op en laat de stapel in briefjes van honderd aan de balie uitbetalen. Zorgvuldig stopt ze die, staande voor de kas, in een buidel die ze onder de boord van de pantalon die ze draagt steekt en waaroverheen ze haar trui trekt. Zo, dat is goed opgeborgen, denkt ze. Hierna gaat ze nog boodschappen doen bij de supermarkt. Ze heeft niet in de gaten dat ze door de vijf personen wordt gevolgd, die als een roedel hongerige wolven om haar heen zwerven terwijl ze inkopen doet. Plotseling komt een van hen in actie. Het is een jonge man die langs de vrouw loopt, die bij een koelvitrine staat; hij spuugt terwijl hij passeert wat tomatenketchup over haar jas. Een oude zakkenrollerstruc: ze hebben het voornemen de vrouw aan te spreken, haar te attenderen op de vuile vlek op haar jas en haar heel behulpzaam te helpen, terwijl het geld wordt gerold. Dit plan mislukt, want voor ze in actie kunnen komen attendeert een winkelmeisje haar op de vlek en maakt de jas schoon.

De roedel verdeelt zich. Een van de wolven parkeert een witte bestelbus naast de zwarte auto van de oudere dame en steekt een van de achterbanden lek. De vrouw, die klaar is met de boodschappen, loopt naar wagen, zet haar tas met boodschappen op de passagiersstoel en wil wegrijden. Een van de vijf gebaart naar haar en roept *mechanic*, maar omdat de oudere dame het niet vertrouwt, rijdt ze door. Hun plan B was waarschijnlijk dat ze de vrouw wilden beroven wanneer ze zou uitstappen om naar haar lekke band te kijken. De roedel achtervolgt de vrouw tot aan haar huis. Ze stapt uit en bij de voordeur grijpen de jonge man en een vrouw haar vast, leggen een hand op haar mond zodat ze niet kan schreeuwen en beroven haar van het geldbedrag.

Steeds vaker worden er wapens gebruikt, zoals een stroomstootwapen, een zogenaamde taser. Zo'n ding wordt ingezet op 30 november 2013, als een 16-jarige Rotterdammer en een 17-jarige jongen uit Ridderkerk op de Groeninx van Zoelenlaan, net voorbij het viaduct over de A16 en ter hoogte van een tankstation, aangesproken worden door 2 jonge mannen op een scooter. De mannen vragen of ze even mogen bellen met de mobiele telefoon van een van de slachtoffers. Wanneer de jongens aangeven geen beltegoed te hebben, moeten ze onder dreiging van een taser hun telefoons afstaan. De daders rijden vervolgens op de scooter weg.

Een dag later wordt rond half acht 's avonds een 14-jarige jongen op de Roelantweg beroofd van zijn elektrische fiets onder dreiging van een taser. Ook hier gaan de daders er op een scooter vandoor.

Misschien is dit de moderne variant van de penoze, maar ik word erg treurig van de gewetenloze manier waarop deze straatrovers te werk gaan.

17

Beverwaard

Meester-ontsnapper of psychopaat

Als vader van vier kinderen en negen kleinkinderen heb je toch te doen met ouders die één zoon op de wereld hebben gezet, die van zijn leven een rotzooitje maakt. Daaraan denk ik als ik me verdiep in wat Ernst Christiaan van Oossanen ㊳ *allemaal heeft uitgehaald.*

Deze Rotterdammer wordt op 31 juli 1948 geboren. Hij komt voor het eerst in het nieuws als hij in mei 1970 ontsnapt uit de Van Mesdagkliniek in Groningen. Na zijn vlucht pleegt hij verscheidene inbraken en overvallen, onder meer op een weduwe in het bij Zutphen gelegen Eefde. In de nacht van 15 op 16 september 1970 dringt hij met twee anderen de slaapkamer van de vrouw binnen. De buit is een paar honderd gulden en de vrouw wordt bij die beroving ernstig mishandeld.

Op woensdagochtend 24 november 1971 wordt Van Oossanen met een maat op heterdaad betrapt bij een inbraak in een benzinestation in Rotterdam-Zuid. Zijn maat geeft zich over, maar Van Oossanen voelt zich zo in het nauw gedreven dat hij de 29-jarige hoofdagent Jan van Hattem bedreigt en hem als gijzelaar meeneemt. Een wilde rit volgt, waarbij nogal wat schoten vallen. In verscheidene auto's gaat de rit van Rotterdam naar Gouda, weer naar Rotterdam, naar Oosterhout en naar Roosendaal. In de buurt van Oosterhout laat de hoofdagent zich uit de auto rollen. Van Oossanen bedreigt daarop een andere automobilist en gaat er in diens witte Mercedes vandoor. Die wagen laat hij achter in de Wouwse Plantage. Daarna ontbreekt van hem elk spoor. Wel vermoedt de Rotterdamse politie dat hij, gezien zijn contacten daar, naar Duitsland is gevlucht.

De Rotterdamse recherche weet wie de inbreker is die woensdag urenlang hoofdagent Jan van Hattem heeft gegijzeld. De dan ongeveer 26-jarige verdachte is een goede bekende van de Rotterdamse politie. Hij heeft verschillende keren in de gevangenis gezeten, maar het is niet bekend waar hij momenteel verblijft. Ernst van Oossanen is ongeveer 1 meter 90 lang, heeft donker, halflang haar en heeft op dat moment een kogelwond aan een vinger van zijn linkerhand. De politie wil bovenal voorkomen dat de man verder opgejaagd wordt, omdat hij levensgevaarlijk is. De ontvoerder is die woensdag aanvankelijk nog van plan geweest zijn nog steeds zwijgende kompaan, de bij de inbraak van het Zuidplein gearresteerde 26-jarige Arnhemmer J. v. B. — uit handen van de politie te bevrijden. Maar de ontvoerde hoofdagent Van Hattem heeft hem dat uit het hoofd weten te praten.

Van Oossanen wordt in de nacht van zaterdag op zondag 22 februari 1972 bij een verkeerscontrole aangehouden door de politie in het Duitse Neurenberg. Met nog twee inzittenden rijdt hij in een oud Volkswagentje. De West-Duitse federale politie heeft een arrestatiebevel tegen hem uitgevaardigd op grond van de misdrijven die hij in Nederland heeft gepleegd. Voor zover bekend heeft Van Oossanen in West-Duitsland niets op zijn kerfstok. De Neurenbergse politie heeft ook de twee andere inzittenden van de Volkswagen aangehouden, maar zij staan niet in het opsporingsregister.

In mei 1972 wordt Ernst van Oossanen aan Nederland uitgeleverd en ondergebracht in een cel in het huis van bewaring in Rotterdam. Nog geen twee weken later, op 16 juni, ontsnapt hij op spectaculaire wijze, zoals hij ook enkele maanden voor het gijzelingsavontuur uit de Van Mesdagkliniek in Groningen is ontsnapt. In het opsporingsbericht van de Rotterdamse politie wordt Van Oossanen omschreven als een 'levensgevaarlijke psychopaat'.

Op 22 juni 1972 ontvangt minister van justitie Dries van Agt een open brief van de ontsnapte gevangene Ernst Christiaan van Oossanen. In die brief vraagt Van Oossanen om kwijtschelding van zijn gevangenisstraf en terbeschikkingstelling van de regering. Dit in ruil voor de uitvinding die hij heeft gedaan: een brandstofvrije motor, die volgens de ontsnapte gevangene 'van grote praktische waarde is voor de hele mensheid en de milieuhygiëne'. Wanneer minister Van Agt weigert op zijn verzoek in te gaan, zal Van Oossanen zijn uitvinding aan het buitenland verkopen en ziet hij af van zijn bereidheid om zich vrijwillig te melden. De brief is op handschrift en vingerafdrukken onderzocht en bij deskundigen bestaat geen enkele twijfel: Van Oossanen is de schrijver ervan. Minister Van Agt heeft de brief ter afhandeling overgedragen aan de Rotterdamse officier van justitie, mr. L. Jansen, die zal overwegen of en hoe hij tegenover Van Oossanen zal reageren. Dat is niet nodig: de Rotterdammer wordt woensdagavond 10 juli 1972 in Amsterdam aangehouden, nadat hij begin juni met nog drie anderen uit het huis van bewaring in zijn woonplaats is ontsnapt.

Onder zware bewaking wordt hij van het Amsterdamse huis van bewaring naar Rotterdam vervoerd.

Op 20 juni 1973 staat de 24-jarige Van Oossanen voor de rechter en hij zegt dat dodelijke angst voor tbr (de voorloper van tbs) het motief was voor de gijzeling van een Rotterdamse politieagent, die het land in 1971 bijna 5 uur lang in spanning heeft gehouden. Hij beweert dat hij zo'n waanzinnige toer nooit had uitgehaald als het alleen maar om de inbraak was geweest. 'Maar ik heb sinds 1964 vastgezeten en ik heb er schoon genoeg van.' Van Oossanen hoort een gevangenisstraf tegen zich eisen van 3 jaar en 4 maanden met aftrek van voorarrest. De officier van justitie zegt bij het bepalen van zijn eis rekening te hebben gehouden met de drie maanden 'zware tucht' in de cel in West-Duitsland en met het geïsoleerde voorarrest in Rotterdam. De opmerkelijkste mededeling van de officier is echter dat hij de verdachte niet kan vervolgen voor de gijzeling van de politieagent. De reden hiervoor: de West-Duitse justitie heeft Van Oossanen niet uitgeleverd voor dit feit, omdat gijzeling niet wordt vermeld in het uitleveringsverdrag tussen de Bondsrepubliek en ons land.

Ernst van Oossanen overlijdt op 24 december 1992 in Rotterdam. Hij wordt niet ouder dan 44 jaar.

Woonwagenkamp De Kievit in de Beverwaard

'Woonwagenbewoners' en 'zigeuners' zijn termen die vaak als synoniemen worden gebruikt – ten onrechte. Ten eerste: een 'kamper' is iemand van Nederlandse komaf. Ten tweede: de geschiedenis van woonwagenbewoners begint in 1850. Dit in tegenstelling tot de zigeuners, of Roma, die een eeuwenlange geschiedenis hebben. Omdat veel zigeuners in woonwagens wonen, worden vaak alle woonwagenbewoners over één kam geschoren.

Van oudsher zijn de verhalen en vooroor-delen over zigeuners en nomaden niet van de lucht. Het zouden allemaal bandieten zijn die niet vies zijn van stelen. Al snel worden alle woonwagenbewoners in dat hokje geplaatst. Alles wat rondreist, deugt niet: die mensen zijn asociaal, vies en crimineel, over het algemeen zwartwerkers die geen belasting betalen, zich niet aan de wet houden en van de sociale uitkeringen trekken.

Hoe kon deze onverkwikkelijke situatie ontstaan? Afgezien van de zigeuners kent Nederland tot het einde van de negentiende eeuw geen woonwagenbevolking. Die ontstaat rond de eeuwwisseling en ontwikkelt zich pas in de loop van de 20e eeuw tot een vrij belangrijke bevolkingsgroep. Het zijn mensen die trekkend met een woonwagen aan de kost komen als ketellapper, stoelenmatter of scharensliep. Na de oorlog probeert de overheid het rondreizen te ontmoedigen.

In 1978 worden de rondtrekkende reizigers gedwongen om in centra te gaan wonen op afgelegen plekken, ver van de bewoonde wereld met zijn 'brave burgers'. Hier staan de woonwagens bij elkaar en dit wordt een 'woonwagenkamp' genoemd, vandaar de bijnaam 'kampers' voor de bewoners van zo'n kamp.

Vanaf het moment dat de kampers zich in de stad vestigen, vaak als handelaar in auto's of beheerder van een autosloperij, zijn er problemen met politie en justitie. Een deel van de vroegere en hedendaagse kampers maakt van meet af aan deel uit van de lokale penoze en woont nog altijd in één wijk of een klein kamp; voor burgers een no-go-area. Criminoloog Bovenkerk wijst, sprekend over de georganiseerde criminaliteit, op het verband tussen georganiseerde misdaad en woonwagenkampen. De kampen zijn vrijplaatsen waar controlerende instanties, waaronder de politie, zich niet wagen zonder duidelijke overmacht.

In rapporten van de overheid is tot dan toe met geen woord gerept over criminaliteit onder kampbewoners. Off the record willen politiemensen en ambtenaren van justitie wel zeggen dat kampers een probleem voor de openbare orde vormen. Maar niemand zal openlijk iets over criminaliteit en kampers durven te beweren; daarvoor zijn ze te bang. Echter, wat er vaak gebeurt, en ook hier, is dat de criminaliteit van een minderheid van woonwagenbewoners maar al te vaak wordt misbruikt om de hele groep te criminaliseren. Het is niettemin een feit dat kampers in de jaren zestig en zeventig met diefstallen, inbraken en overvallen ontzettend veel geld hebben verdiend. Die criminelen waren bereid dat geld in de ontluikende handel in hasj te investeren en deze ontwikkeling zette zich in de jaren tachtig en negentig door.

De Nederlandse wietteelt wordt voor een belangrijk deel gedomineerd door woonwagenbewoners. Met de productie van softdrugs weten sommige kampers jaarlijks miljoenen te verdienen. Meerdere woonwagencentra in Nederland zijn uitgegroeid tot een soort criminele vrijstaat, waar het openlijk telen van marihuana en hennep de gewoonste zaak van de wereld is.

In woonwagenkamp De Kievit in de Beverwaard worden in 2004 bij een massale inval door de politie 34 hennepplantages opgerold. Er wordt fraude geconstateerd met uitkeringen en er worden pistolen aangetroffen, evenals 5 illegale aftappunten voor stroom.

Een klein aantal kampers krijgt in de jaren erna belangrijke delen van de groothandel in softdrugs in handen. Tot de geruchtmakende drugszaken die in 2012 voor de rechter kwamen, behoren die tegen de Rotterdammer Kobus Lorsé. Op 9 oktober 2012 wordt de door justitie als criminele topman bestempelde Rotterdammer Johan Verhoek gearresteerd, eveneens een kamper.

Op vrijdag 5 oktober 2012 worden bij twee verschillende acties in een loods en een woning op het woonwagenkamp aan het Terbregsehof in Rotterdam ruim 80 kilo drugs, een vuurwapen en ongeveer 140.000 euro aan contant geld gevonden. Op dat moment zijn 14 mensen aanwezig met het verwerken van 70 kilo hennep. Zij worden allemaal aangehouden. Drie van hen zitten bij het ter perse gaan van dit boek nog vast. De andere 11 kregen een boete van 600 euro.

In de nacht van woensdag 10 oktober 2012 wordt opnieuw een inval gedaan in een woning. Daar wordt de 30-jarige bewoner aangehouden op verdenking van drugshandel, wapenbezit en witwassen. Bij de doorzoeking van de woning worden een vuurwapen, ruim 10 kilo hasj, ruim 5 kilo amfetaminen, hennep en wederom een groot bedrag aan contanten gevonden. Deze man wordt vrijdagmiddag voorgeleid aan de rechter-commissaris. Op aanwijzingen van de FIOD zijn in de woning ook waardevolle zaken in beslag genomen die de man gezien zijn inkomen niet kan betalen. Het gaat om een auto, een motor, dure flatscreens en nog duurdere meubelen.

Op 14 mei 2013, bij een gezamenlijke actie van de politie op woonwagenkampen in Rotterdam en Den Haag, worden in totaal 5 mannen en een vrouw aangehouden. Zij worden onder meer verdacht van drugshandel, witwassen en deelname aan een criminele organisatie. De aangehouden verdachten zijn 4 mannen van 31, 36, 56 en 61 jaar oud uit Rotterdam, een 36-jarige vrouw uit Rotterdam en een 37-jarige man uit Amsterdam. De politie heeft onder meer 2,5 miljoen aan contant geld, 19 dure auto's, een jetski en 3 vuurwapens in beslag genomen. De personen zijn gearresteerd op verdenking van het op grote schaal exploiteren van wietkwekerijen. Zij zouden volgens justitie bij het bedrijf PG World-Wide in Zoetermeer producten hebben afgenomen die bestemd waren voor de kwekerijen.

Het bedrijf in Zoetermeer wordt ook verdacht, want het stond ingeschreven als handelaar van producten in de agrarische sector.

In de praktijk blijkt het volgens de politie te gaan om een leverancier aan growshops.

De afgelopen 2 jaar zijn 33 wietkwekerijen opgerold waarvan het vermoeden bestaat dat ze door de organisatie werden geëxploiteerd. Drie van de aangehouden mannen worden verdacht van het organiseren van wiettransporten naar Engeland. Met de illegale handel zouden de verdachten miljoenen euro's hebben verdiend. De Rotterdamse politie werd bij de doorzoekingen geassisteerd door Defensie. Die bracht speciale apparatuur mee, waarmee ze door muren konden kijken om bijvoorbeeld verborgen ruimtes te ontdekken. In Moerdijk werd zo een ondergrondse hennepkwekerij gevonden. Ook wordt er in Rotterdam in appartementen of op zolders, als lucratieve maar verboden bijverdienste, aan hennepteelt gedaan, zo komt naar voren.

En zo blijkt dat een relatief kleine groep woonwagenbewoners het aloude stigma van geboefte in woonwagenkampen eigenhandig in stand weet te houden...

18

Kop van Zuid

Een Rotterdamse vrouwenoplichter

De bewoners in het appartementencomplex op de Laan van Zuid aan de voet van de Erasmusbrug, waar Marco Vuijk woont ㊴, menen dat hij een of andere hoge piet is bij een multinational, of misschien een topfunctie heeft bij een ministerie, want elke morgen wordt hij door een privéchauffeur in een dure wagen opgehaald. Mis! Marco Vuijk, die zich naar believen ook van de namen Marc Muntz, Marco van Delft, Marco Laan, Marco Bladt of Martin Vuijk bedient, is een oplichter die zijn slachtoffers zoekt bij het zwakke geslacht. Marco Vuijk is een echte Rotterdammer, die oogt als een geslaagde zakenman.

Na de laatste eeuwwisseling begint de in 1974 geboren Vuijk zijn smerige spelletjes te spelen. Via datingsites speurt hij naar geschikte vrouwelijke slachtoffers. In 2002 en 2007 is er een kort intermezzo: in deze jaren wordt hij persoonlijk failliet verklaard. Bij het laatste faillissement heeft hij een schuld van ruim 77.000 euro. Hij heeft dan al 7 vrouwen financieel uitgekleed. In november 2009 wordt Vuijk veroordeeld tot een werkstraf van 240 uur en een proeftijd van 2 jaar. Ook moet hij van de rechter 2 ondernemers die hij heeft opgelicht, terugbetalen. Dat terugbetalen lapt Vuijk gewoon aan zijn laars; dat geld zijn de betreffende ondernemers kwijt. Vuijk trekt zich ook weinig aan van zijn proeftijd van 2 jaar: hij gaat gewoon door met zijn praktijken.

Deze charmant ogende man met zijn rustige houding en blauwe ogen speurt op datingsites gewoon verder naar slachtoffers. Daar komt hij in contact met vrouwen die hun grote liefde zoeken. Het begint altijd met gezellig chatten. Dan maakt hij een afspraak met de in zijn ogen geschiktste slachtoffers.

Die dames worden geconfronteerd met een goed geklede, beschaafde man die in een woning in een duur appartementencomplex woont en in een auto uit de hogere prijsklasse rijdt. Dat de wagen is gestolen tijdens een proefrit weet de betreffende dame niet. Ze is verblind door de man, zijn huis en de in de fantasie van Vuijk gecreëerde goedbetaalde baan.

'Was je al eerder getrouwd?' is vanzelfsprekend een vraag tijdens de eerste date.

Natuurlijk is Vuijk al eerder getrouwd geweest en die periode wil hij graag achter zich laten want hij heeft tijdens zijn huwelijk een kind verloren aan een dodelijke ziekte.

'Jemig, wat verschrikkelijk.'

Dan vertelt hij aan de betreffende vrouw dat hem dat bepaald niet in de kouwe kleren is gaan zitten en dat hij daardoor hartklachten heeft en zelfs een lichte beroerte heeft gehad.

Al deze verhalen van de geslaagde zakenman van wie het leven toch zoveel tragiek in zich draagt, wekken sympathie en medeleven bij haar op. Ze spreken vaker af en algauw komt haar liefde tot bloei en zijn de twee onafscheidelijk. Vuijk weet een huissleutel los te peuteren en hij spreekt met zijn vriendin af dat hij haar computer af en toe mag gebruiken voor zakelijke dingen.

Al snel weet Vuijk zich via haar computer ook toegang te verschaffen tot haar bankrekening. Op een gegeven moment is ze haar bankpas kwijt, die heeft Vuijk gearresteerd.

'Hoe kan dat nou, ik heb hem toch niet in de bankautomaat laten zitten?'

'Misschien is hij wel gestolen. Ik zal hem gelijk laten blokkeren,' zegt Vuijk bereidwillig. Hij draait het betreffende telefoonnummer en voert een gefingeerd gesprek waarin hij de vermissing meldt en de pas laat blokkeren.

'Over een paar dagen heb je een nieuwe pas.'

Dan begint hij de rekening leeg te halen, en doordat hij op de computer alle informatie ter beschikking heeft, sluit hij op haar naam verschillende leningen af. Doordat hij altijd zorgt rondom de postbezorging bij haar thuis te zijn en zij dan werkt, onderschept hij aanmaningen en betalingsherinneringen.

Met kleine varianten is dit de werkwijze van Vuijk. Zijn laatste slachtoffer is, voordat Vuijk op dinsdag 4 december 2012 opgepakt wordt door de politie, op deze wijze ruim 43.000 euro armer gemaakt.

Vuijk heeft nog een celstraf van veertig dagen openstaan en moet een aantal van zijn slachtoffers de eerder door de rechter opgelegde schadevergoeding betalen. Bovendien zijn er nieuwe aangiften tegen Vuijk gedaan wegens oplichting, waaronder een familielid bij het korps Rotterdam-Rijnmond. Ook bij een ander korps in Nederland liggen meerdere nieuwe aangiften tegen de man. Dat Vuijk de vrouwen financieel en emotioneel ruïneert en hun daarbij een levenslang trauma bezorgt, zal de rechter hopelijk mee laten wegen bij zijn vonnis.

Het fortuin van Jan-Dirk Paarlberg

Jan-Dirk Paarlberg is net als Frans de Wit een witteboordencrimineel. Toen ik las dat de Belastingdienst beslag had laten leggen op zijn appartement, nam ik uit pure nieuwsgierigheid de watertaxi naar Hotel New York, aan de overkant. Vanaf mijn terras kan ik de ruim 152 meter hoge Montevideo zien staan, ooit de hoogste skyscraper van de Benelux (de Maastoren, ook in Rotterdam, heeft die positie inmiddels ingenomen). Maar toen ik aan wal stapte, werd ik overdonderd door de grootte. Paarlberg heeft de 41e, 42e en 43e verdieping als penthouse en ook nog een eigen zwembad ⑩. Het is echt te verwachten van een man die van niets iets is geworden en vindt dat zijn rijkdom getoond moet worden.

Jan-Dirk wordt geboren op 17 februari 1957 in een familie van eenvoudige komaf. Zijn grootvader en vader zijn aardappelhandelaars. Jan-Dirk doet als veertienjarige zijn eerste zaken in tweedehandsstripboekjes, die hij uitleent. Op zijn zeventiende koopt hij met geld van zijn oma al zijn eerste pandje. Jan-Dirk is een hoogbegaafde jongen die zich op het gymnasium verveelt en een klas overslaat. Na zijn examen vertrekt hij, net zeventien jaar oud, naar New York. Daar wordt hij uiteindelijk de jongste bediende bij zakenbank Bear Stearns. Van de bank krijgt hij de gelegenheid te studeren. Na een korte periode terug in Nederland – hij werkt Paarlberg achtereenvolgens voor Bear Stearns en de Rabobank – verhuist Paarlberg naar Londen, waar hij opklimt bij zakenbank Salomon Brothers. Hier werkt hij zich op tot bankier in de Londense City en wordt rijk.

Als dertiger beschikt Paarlberg over een vermogen van twintig miljoen gulden en hij begint voor zichzelf. Voor het symbolische bedrag van één gulden koopt hij in 1990 het noodlijdende buitenreclamebedrijf Mediamax. Tien jaar later is dat in Nederland een van de grote spelers in deze branche en Paarlberg kan het bedrijf voor honderden miljoenen euro's overdoen aan het Amerikaanse Viacom. Zijn persoonlijk vermogen wordt dan geschat op 275 miljoen euro. Hij heeft luxueuze appartementen in Londen en New York – daar woont hij naast Yoko Ono – en buitenhuizen in Portugal en Saint Tropez, en op Curaçao. Paarlberg bezit een groot aantal panden in 'de PC Hooft', de glamourstraat van

Amsterdam, en aan de Rotterdamse Lijnbaan. Exclusieve eetgelegenheden als Groot Paardenburg in Ouderkerk aan de Amstel, Tante Koosje in Loenen en de Kloosterhoeve in Harmelen zijn ondergebracht in de dochtermaatschappijen van zijn Merwede Group.

De horecaportefeuille eist te veel aandacht; nu heeft hij alleen nog de gebouwen in eigendom. Dat geldt echter niet voor de exploitatie van het chicste guesthouse van Amsterdam, Seven One Seven aan de Prinsengracht, met acht smaakvol ingerichte kamers vol Engels antiek, waar à raison van 660 euro kan worden overnacht. Kantoor houdt hij in het kasteeltje Bolenstein aan de Vecht, vanwaaruit ook oud-minister Neelie Kroes haar managementfirma bestuurt. Hij heeft haar zelfs als goede vriendin een hypotheek verstrekt voor de koop van twee gebouwen, lucratieve beleggingsobjecten.

In het najaar van 2003 rinkelt de bel in een huis aan de Londense Grove End Road. Jan-Dirk Paarlberg opent de voordeur en kijkt in het pokdalige gezicht van een grote, blanke man. Type uitsmijter of kickbokser, zo zou de heer des huizes zich later bij de politie herinneren. De onverwachte bezoeker wil een kort gesprekje met hem hebben en Jan-Dirk stemt daarin toe. Ze lopen samen naar een nabijgelegen parkeerterrein. Het gesprek is kort en krachtig.

'Je moet niet zoveel druk op Willem Endstra uitoefenen,' zo bijt de man Paarlberg toe. 'Anders kunnen er weleens erg vervelende dingen gebeuren.'

'Volgens mij doe ik dat niet,' antwoordt Paarlberg rustig. 'Waarmee en hoe zou ik dat dan doen?'

'Dat weet je zelf ook wel. Ik bedoel natuurlijk dat gezeik met betrekking tot Seaport IJmuiden.'

'Ik ben me van geen kwaad bewust,' zegt Jan-Dirk minzaam, terwijl hij de man recht in de ogen kijkt.

'Nou, je hebt gehoord wat ik je heb gezegd en je draagt zelf de consequenties als je met dat gezeik door blijft gaan.' Daarna draait de man zich om en beent weg.

Op 17 mei 2004 wordt Willem Endstra, om kwart over twaalf, vlak bij zijn kantoor aan de Apollolaan in Amsterdam Oud-Zuid neergeschoten wanneer hij in zijn BMW wil stappen. David Denneboom, zoon van een collega-vastgoedhandelaar, raakt gewond. Beiden worden met spoed naar een ziekenhuis overgebracht, waar Endstra korte tijd later overlijdt.

Paarlberg wordt tot veler verrassing enkele weken na de liquidatie aangehouden als verdachte in het Amsterdamse onderzoek naar de moord op Endstra. Hij brengt drie dagen in een politiecel door, want de recherche wil hem uitvoerig aan de tand voelen over zijn miljoenentransacties met het slachtoffer.

Hierdoor raakt hij in opspraak en Neelie Kroes verdwijnt van het ene op het andere moment uit Bolenstein. 'Ze is zomaar vertrokken, zonder wat te zeggen,' moppert Paarlberg. 'Op zo'n moment leer je je vrienden kennen.'

Jan-Dirk betrekt dan zijn penthouse in een woontoren langs de Nieuwe Maas in Rotterdam. Hij wordt al geruime tijd verdacht van banden met het criminele milieu en van het witwassen van crimineel geld. Onder andere zou hij 17 miljoen euro hebben geïnvesteerd, die Willem Holleeder zou hebben afgeperst van Willem Endstra. Een andere mogelijkheid zou kunnen zijn dat Paarlberg zelf is afgeperst, dan wel onder druk geld heeft witgewassen.

Eind oktober 2006 wordt door de erven-Endstra beslag gelegd op het landgoed Bolenstein van Paarlberg en op zijn bankrekeningen. Drie dagen later wordt bekend dat justitie Paarlberg gaat vervolgen voor witwassen en fraude. Paarlberg zou bij de verkoop van Viacom een vals document hebben opgesteld waarin staat dat de overnamesom in zes jaarlijkse termijnen zal worden betaald. Daarmee heeft hij bij twee banken ten onrechte een lening gekregen. Ook dient de Belastingdienst een claim van 47 miljoen euro in omdat Paarlberg sinds 2000 in Nederland geen inkomstenbelasting heeft betaald. Paarlberg wordt bijgestaan door de Amsterdamse advocaat Gabriel Meijers.

In januari 2009 verschijnt Paarlberg voor de rechter als getuige in het proces tegen Willem Holleeder. Hij is ook verdachte in de afpersingszaak, maar zijn proces is afgesplitst van het proces tegen Holleeder. Justitie verdenkt hem van het innen en witwassen van 17 miljoen euro afpersingsgeld afkomstig van Endstra. Maar Paarlberg beweert dat het bedrag zakelijke achtergronden heeft.

Medio april 2010 bekent Paarlberg voor de rechtbank dat hij in 2003 valsheid in geschrifte heeft gepleegd bij de overname van zijn reclamebedrijf Mediamax in 2000. Hij zette in 2003 zijn handtekening onder een vals opgemaakt stuk om een banklening van anderhalf miljoen euro te kunnen krijgen. Hij wil niet zeggen wie het stuk heeft opgemaakt. Daarin staat ten onrechte dat hij nog inkomsten verwacht van de verkoop van Mediamax. Op 8 juni 2010 wordt Paarlberg veroordeeld tot 4,5 jaar onvoorwaardelijke gevangenisstraf, onder meer wegens witwassen, valsheid in geschrifte en oplichting.

In juni 2011 verkoopt Paarlberg zijn appartement in New York. Dit is gevestigd op de begane grond van het Dakota Building, op 1 West 72nd Street vlak bij Central Park. Het appartement telt zes ruime kamers met plafonds op vier meter hoogte en nog een studio op de negende verdieping. De koopster is Bettina Caiola, weduwe van Benny Caiola, alias Ferrari. Ze betaalt Paarlberg daarvoor 4,6 miljoen dollar. Een aardige winst voor hem, want in 2001 heeft hij het gebouw voor 4,5 miljoen gulden gekocht. Op de stoep van dat gebouw werd de bewoner John Lennon doodgeschoten en Yoko Ono woont er nog altijd. Het gebouw kent een zeer strenge vereniging van eigenaren. De ballotage is berucht: Leonard Bernstein, Lauren Bacall, John Lennon en Jan-Dirk Paarlberg mochten een appartement kopen. Maar Billy Joel, Cher en het acteurspaar Melanie Griffith en Antonio Banderas, plus nog een aantal beroemdheden, kwamen er niet in.

Het geld van de verkoop vloeit overigens niet naar Paarlberg maar naar de US Marshalls Service. Dat komt doordat er in strafrechtelijke vervolging van Paarlberg wegens witwassen beslag ligt op veel van zijn bezittingen.

Een afvaardiging van het Nederlandse Openbaar Ministerie reist naar New York om bij de rechter in Manhattan een *restraining order* voor elkaar te krijgen. Dat betekent dat hij zonder rechterlijke goedkeuring het appartement niet mag verkopen. Dat is wel gebeurd nadat Paarlberg met het Amerikaanse Openbaar Ministerie overeenkwam dat de opbrengst van de verkoop bij de US Marshalls Service in bewaring komt, hangende de verdere juridische procedure tegen Paarlberg.

In mei 2012 wordt Paarlberg In hoger beroep veroordeeld tot vier jaar gevangenisstraf.

Op vrijdag 03 augustus 2012 komt het bericht dat Paarlberg een aantal jaren geleden een overeenkomst heeft gesloten met de in 2010 overleden horecamagnaat Sjoerd Kooistra. Hij betaalde een voorschot van 1 miljoen in de vorm van een lening, met de Euromast als onderpand. Door de dood van Kooistra ging de verkoop niet door. Paarlberg heeft meerdere malen toegezegd het voorschot terug te storten, maar heeft dat niet gedaan. De curator van het failliete bedrijf van Kooistra wil daarom de Euromast BV failliet laten verklaren. Nu wil ook Paarlberg de Euromast verkopen. Maar Willem Tieleman, die de horeca in de mast exploiteert, blokkeert de verkoop. Er zou eerst een arbitragezaak moeten worden afgerond tussen Tieleman en Paarlberg. Waar de zaak precies over gaat, is niet duidelijk; beide betrokkenen willen er niets over zeggen. Wel is duidelijk dat Tieleman zegt dat hij de Euromast van Paarlberg heeft gekocht, terwijl de vastgoedhandelaar dit ontkent.

Medio maart 2013 beslist de Haarlemse rechtbank dat Paarlberg aan de staat 25,7 miljoen euro moet betalen. Het betreft een uitspraak in de ontnemingsprocedure die het Openbaar Ministerie had gestart na het arrest in hoger beroep van het Amsterdamse gerechtshof in de witwaszaak. Paarlberg kreeg daarin vier jaar celstraf voor het witwassen van 17 miljoen euro die Willem Holleeder zou hebben afgeperst van Willem Endstra, zijn voormalige zakenpartner.

Paarlberg moet ook ontnemingsvordering betalen voor gelden die hij zou hebben verdiend met valsheid in geschrifte en een belastingfraude. De zakenman gaat in beroep tegen het vonnis van de rechtbank.

Ik wenk de serveerster en betaal mijn drankjes. De zon is al lang achter de Montevideo verdwenen. Hoogste tijd om naar huis te gaan.

19

De Erasmusbrug over: Delfshaven

Echte liefde bestaat... niet (deel 2)

Nelleke van Straten, het onschuldige meisje van Jamin dat een beetje teut werd van de kersenbonbons, komt terecht in een dure club, waar ze piccolootjes drinkt van mannen voor wie ze niets voelt. Jaren later ontmoet ik Nelleke weer op de Westzeedijk.

Samen met Willem Donker, die het boek *Een* *lijfelijk bestaan* van me uitgaf, bezoek ik in 1995 zijn buurman, de eigenaar van seksclub White's ㊷. We zijn daar niet voor ons erotische genoegen: Willem wil me kennis laten maken met een paar animeermeisjes die daar zitten. We nemen een drankje en ik voel me wat ongemakkelijk als ik Nelleke daar ontdek.

Enkele dagen later bezoek ik de seksclub van de Vlaamse Jean-Paul met zijn zus Christine opnieuw. Ook nu zit Nelleke van Jamin daar aan de bar mooi te zijn. De veertigjarige vrouw heeft nu een dochtertje van twintig, een prachtig figuur en lang zwart haar met grijsblauwe ogen. In Crooswijk heb ik al gehoord dat ze getrouwd is geweest en na drie jaar bij haar vent weg is gevlucht. De ellendeling sloeg en was aan de drugs. Dat is Nelleke *in a nutshell.*

Ik ga naast haar zitten en vraag of ze wat wil drinken.

'Mag het een Margrietje zijn?'

'Ja hoor, dat mag.'

De blonde bardame met de uitpuilende borsten heeft het gehoord en gaat handig te werk. Even later wordt het glas whisky voor mij en het kristallen glas op ranke voet voor haar neergezet.

Nelleke heft de margarita en proost met een glimlach op de liefde – iets waar ze zelf waarschijnlijk al lang niet meer in gelooft.

Ook al zijn de cirkel zout op de rand van het glas en het schijfje citroen in de kelk echt, wat erin zit zal wel gekleurd water zijn. Maar het is mijn zorg niet of er tequila in is geschonken of gewoon water. Ik mag toch niet verwachten dat alles hier alcohol is, anders zit Nelleke aan het eind van de avond ladderzat aan de bar.

De Crooswijkse is haar milieu ontgroeid en kletst geanimeerd over vroeger. Ik vertel haar over enkele belevenissen tijdens mijn reizen. Haar lach klatert met een beroepsijver die bijna echt aandoet.

In de buurt heb ik gehoord dat ze na Jamin, als jonge moeder, is gaan studeren en ik vraag ernaar.

'Antropologie,' zegt ze, verbaasd door de interesse die ik in haar toon.

'Is daar nog wat in te verdienen?'

'Nee, anders zat ik hier niet.'

Zodra ze in de gaten krijgt dat ze bij mij niet kan voldoen aan wat ze als haar beroepsmatige plicht acht, merk ik dat ze een *take-off* voorbereidt. Dat komt door een grijze heer die ook aan de bar is neergestreken en haar al enkele keren nadrukkelijk heeft aangekeken.

'Sorry, Gerhardt, Jean-Paul heeft me een seintje gegeven. Ik moet verkassen.'

'Blijf zitten, drink nog wat. Je zult er geen spijt van hebben.'

'Je hebt geen idee wat mijn spijt kost.'

Ik denk aan het budget dat ik voor research heb uitgetrokken.

'Tweehonderd als je blijft zitten en spijt als je verkast.'

De blonde achter de bar, die het hoort, kijkt afgunstig naar Nelleke.

'Waar wil je over praten?'

'Ik heb gezien dat Jop Pannekoek een film over je heeft gemaakt. Daarin vertel je dat de historie van de prostitutie in Rotterdam je interesse heeft.'

Ze knikt. 'Ik heb er zelfs een boek over geschreven.'

'Uitgegeven?'

'Nee, ik ben een uitgever aan het zoeken.'

'Je hoeft niet ver te zoeken. Uitgever Donker woont hiernaast, tussen de seks en de bisschop in.'

Ze lacht en ditmaal klinkt het een stuk echter.

'Nelleke, ik wil met je praten over de hoeren in Rotterdam.'

'Als je over de meisjes praat, dan heb je het over een wereldwijde negotie die overal zo ongeveer hetzelfde is. In onze stad gebeurt hetzelfde als bij mijn collega's in Hamburg of Parijs. Al ligt de laatste stad wel aan de basis van hoe het werk mag worden uitgeoefend in ons land.'

Ik maak de blonde bardame met een handbeweging kenbaar dat we graag nog wat willen drinken.

'Hetzelfde?'

'Ja, lekker.'

Nelleke gaat verder: 'Zo'n tweehonderd jaar geleden werd door de Franse regering een speciale wet ingevoerd. In een van die wetsartikelen wordt uitgelegd waaraan de meisjes en pooiers zich moeten houden en welke straffen er op overtredingen staan.'

'En hielden de hoeren zich daaraan?'

'Dat weet ik niet. Maar op een gegeven moment werd door de politie gesteld dat de meisjes zich om het halfjaar moesten laten keuren door een dokter. Deden ze dat niet, dan zouden ze in de gevangenis belanden.'

'Dus ze deden dat wel?'

'Jazeker. Zo'n meisje wil geen gezeik met de politie, die hielden ze graag te vriend, en van beide kanten werd goed misbruik gemaakt van die wet.'

'Hoe bedoel je dat?'

'Wat dacht je? Als een politieman z'n kwakje kwijt moest, ging die naar de meisjes en als het meisje geen zin had om naar de dokter te gaan, dan keek de politie de andere kant op. Het was ook de politie die aan de basis stond van de abnormale wensen van de klanten. Het bleef niet alleen bij beentjes wijd of pijpen, maar letterlijk alle wensen van de mannen werden door de meisjes vervuld. Je moet weten dat ze in die tijd geen droog brood te eten hadden. Dus de meisjes deden alles om de mannen aan hun gerief te laten komen. Door die evolutie, die zelf door de heren op touw werd gezet, begonnen die rijke klerelijers de meisjes als geestelijk ziek te beschouwen.'

Nelleke drinkt wat geagiteerd uit de nieuwe kristallen kelk die de blonde voor haar heeft neergezet en ze vergeet het glas te heffen.

'Kijk, die hotemetoten vonden de meisjes in de peeskamertjes te min, maar lieten zich destijds op het Haringvliet verwennen, waar het luxe bordeel Palais Oriental stond. Ze zeiden wel dat de meisjes geestelijk ziek waren, maar ze vonden dat dit vrouwelijke beroep zo omvangrijk was geworden, dat ze geen nut zagen in maatregelen om het voor die meisjes beter te maken.'

'Had je toen zoveel hoeren in Rotterdam?'

'Hier in onze stad had je zo'n honderd jaar geleden, buiten de meisjes die in het Zandstraatkwartier aan de deur stonden en de tippelaarsters, zo'n tachtig "huizen van ontucht", zoals die genoemd werden, en vijf geregistreerde bordelen op het Haringvliet.'

'Wat verdiende zo'n meisje in die tijd?'

'Je kent Zwarte Alie uit de Rubroekstraat ㉗ toch wel? Met haar heb ik vaak gesproken over hoe het vroeger was. Die vertelde dat ze van haar moeder had gehoord, die ook in het leven heeft gezeten, dat ze in haar tijd klappers maakten.'

'Klappers, hoe bedoel je?'

'Als er marktdag was, kwamen de boeren naar de stad en die wilden, nadat ze zaken hadden gedaan, ook weleens met zo'n mooie stadse juffrouw van bil. Zo'n boer vond dat hij op zo'n meisje wel recht had, in plaats van achter de gebreide broek van zijn vrouw te gaan liggen. De moeder van Alie zei dat ze aan zo'n boer vroeg om de deur goed af te grendelen, omdat je "nooit kon weten met dat gespuis op straat". Die boer deed dan de knip op de deur en draaide ook de sleutel nog eens extra om. Hij betaalde wat ze hadden afgesproken en hij werd verwend totdat hij zijn zaakje geloosd had. Als de boer later weer op de keien stond, zocht hij in paniek naar zijn volgepropte tiet met geld, die nu hartstikke leeg was. De klapper had zijn taak gedaan.'

'De klapper, was dat de pooier?'

Nelleke lacht, blijkbaar door het gezicht dat ik erbij trek.

'Indirect wel. De deur had de boer wel goed op slot gedaan. Maar het paneel in de deur, waaraan de boer zijn kleren aan de haak had gehangen, scharnierde in het midden. Terwijl de boer zijn best lag te doen, klapte de pooier het paneel om en nam op zijn dooie gemak al het geld uit zijn portefeuille.'

'Tegenwoordig gaat het toch wel heel anders?'

'Ja, Gerhardt, tegenwoordig is alles veel harder geworden. Als meisje ben je pure koopwaar. Heb je niet gelezen wat er vorige week is gebeurd?'

Ik schud mijn hoofd. '*Tell me.*'

'Bram Peper heeft de club Je t'aime gesloten, en weet je waarom? De pooier Kaan is een Turk en die had een jaar geleden meisjes nodig; 42 meisjes uit het voormalige oostblok liet hij naar Holland komen om als “hulp in de huishouding” te gaan werken. Kaan nam ze de paspoorten af, verkrachtte de meisjes zelf regelmatig en liet ze in zijn club werken. Als ze zich verzetten, bedreigde hij ze, sloeg ze in elkaar of chanteerde ze met vieze filmpjes die hij van ze had gemaakt. Ze moesten dag en nacht werken, ook als ze gewond waren geraakt. Een meisje dat zwanger was en ontsnapte werd met een pistool tegen haar hoofd teruggehaald. Ze werd zo mishandeld dat ze haar baby verloor. Ieder meisje moest van die ploert zeshonderd gulden per dag verdienen. Lukte dat niet, dan moesten ze achter de ramen in Den Haag klanten lokken. Pooiers hielden daar de meissies continu in de gaten en weglopen was onmogelijk.’

Nelleke hijgt inmiddels van verontwaardiging en kijkt me woedend aan, alsof ik er iets mee te maken heb.

‘In de rechtszaal vroeg het befgajes hem waarom hij de meisjes had verkracht, en wat zei die klote Turk? “Het klopt wel wat u zegt. Maar een hoer kun je niet verkrachten”.’

‘Ja, Nelleke, dat is werkelijk verschrikkelijk,’ beaam ik.

‘Verschrikkelijk,’ zegt ze woedend. ‘Ze hadden die smeerlap zijn ballen af moeten snijden en daarna dood moeten schoppen.’

Met een spijtig gevoel trek ik even later mijn jas aan. Ik had Nelleke graag een ander leven gegund. Wie weet gaat het haar lukken met haar boek. Na een zoen op haar wang zwaai ik bij de deur nog even naar haar, maar Nelleke lijkt alweer verdiept in een nieuwkomer aan de bar.

De ondergang van Chalet Suisse

De wat ouderen onder ons herinneren zich de E55 nog wel: de tentoonstelling die van 18 mei tot 3 september 1955 werd gehouden in het Park, de Ahoyhal en de nieuwe Energiehal in Rotterdam – een evenement dat door koningin Juliana werd geopend. Die heuglijke dag werden er televisie-uitzendingen op het terrein gemaakt die door Mies Bouwman werden gepresenteerd. De E55 had verschillende paviljoens, waaronder een Zwitsers paviljoen, dat in het lommerrijke Park lag ㊶.

De Weinstube met een buffet deed het zo goed dat men deze na afloop van de tentoonstelling laat staan. Op initiatief van de latere eigenaar, de Zwitser Rolf Wüthrich, wordt de Weinstube omgebouwd tot het restaurant Chalet Suisse.

In 1981 wordt Karel Louis van Dijk eigenaar-directeur en die brengt het restaurant tot grote bloei. De vriendelijke restauranthouder leidt het Chalet tot 10 juli 1992. Op die dag komt er een abrupt einde aan zijn uitstekende gastheerschap, want hij overlijdt op 59-jarige leeftijd.

Op 1 maart 2007 wordt het restaurant, na verschillende andere bestemmingen, weer heropend door niemand minder dan Armand van den Bosch, kleinzoon van de toenmalige Zwitserse eigenaar Wüthrich. Maar ruim een jaar later is het restaurant alweer failliet: de eigenaar is opgelicht door zijn bedrijfsleider. Die flikt dat op de volgende manier.

Van den Bosch, die het Chalet in augustus 2007 probeert te verkopen, vindt in de bedrijfsleider een gegadigde. Ze komen een prijs overeen en Armand zet het bedrijf op diens naam. Echter, het ontvangen van de koopsom geeft nogal wat problemen. De bedrijfsleider beweert dat hij het geld nét niet rond krijgt bij de bank. Eind oktober is de betaling nog steeds niet gedaan, dus laat Armand het bedrijf weer op zijn naam zetten. De bedrijfsleider verdwijnt hierop met de noorderzon. Van den Bosch ontdekt dan pas de grote schulden bij leveranciers en personeel. De bedrijfsleider heeft de zaak geplunderd en laat Van den Bosch achter met een schuld van 200.000 euro. Aangifte doen bij de politie kan Van den Bosch niet, omdat de bedrijfsleider formeel eigenaar was toen hij de oplichting pleegde. De zaak is niet meer te redden en medio december 2008 wordt het ooit roemruchte Rotterdamse restaurant Chalet Suisse failliet verklaard.

Op 10 oktober 2009 vindt er wederom een heropening plaats. De Rotterdamse onderneemster Jeanine van Vliet-Stevens, aandeelhouder en manager van de Zwitserse Alpina Engelberg GmbH, wordt de zakelijke leider van het Chalet. Het is haar speeltje, dat ze samen met haar man Bas van Vliet heeft gekocht. Jeanine is vroeger getrouwd geweest met de Rotterdamse horecatycoon Willem Langstraat sr., die bekende zaken als Rumours en Melief Bender uitbaatte. Je zou denken dat Jeanine een gewiekste onderneemster is. Ze is net terug uit Dubai na enige zakelijke escapades en ze heeft het schoonmaakbedrijf Dutch Cleaning Company en brasserie Taste in Rotterdam in haar bezit.

Het begin lijkt goed. Jeanine trekt Willem Reimers aan, bekend als *side-kick* in tv-programma's van topkok Herman den Blijker, om het etablissement weer op de culinaire kaart te zetten.

Twee dagen later, maandag 12 oktober 2009, ontslaat Jeanine de pas aangestelde en gerenommeerde chef-kok Mafiyar Dazmiri. Daarnaast wordt bedrijfsleider Kin Man Kan de wacht aangezegd en zakenpartner en algemeen directeur Willem Reimers wordt de laan uitgestuurd. Aan alles is te merken dat Jeanine totaal geen verstand heeft van de horeca, en ook niet erg professioneel is, aangezien zij en al haar vrienden dagelijks aan het drinken zijn in de bar.

Op de gerenommeerde waarderingssite 'Vorkje Rotterdam' lees je dan ook dat het nu al een puinhoop is en dat hadden ze bij Jeanine beter niet kunnen doen. In de twee maanden na de recensie wordt de eigenaar van Vorkje Rotterdam meerdere malen telefonisch benaderd en er wordt door Jeanine geëist dat deze de recensie van internet haalt. Er wordt door haar constant met een rechtszaak gedreigd. Jeanine meent dat zij in haar goede naam en eer is aangetast.

Uiteraard geeft Vorkje Rotterdam op geen enkele wijze gehoor aan de eis tot verwijdering, aangezien de geschreven recensie uit eerste hand en eigen ervaringen is opgesteld. Dit wordt ook nog door een openbaar artikel in het *Algemeen Dagblad* door de ontslagen chef-kok Mafiyar Dazmiri bevestigd. Meerdere journalistieke bronnen spelen Vorkje Rotterdam informatie toe over het bedroevende personeelsbeleid van mevrouw Jeanine, zoals het niet of te laat uitbetalen van ontslagen personeelsleden. Ook het plaatsen van neprecensies ten faveure van Chalet Suisse, in de hoop zo een positiever beeld te schetsen, is de redactie van Vorkje Rotterdam niet ontgaan. Deze worden dan ook allemaal wél van de site verwijderd.

Tot slot heeft de website van Chalet Suisse de copyrightregels inzake het gebruik van foto's van Vorkje Rotterdam geschonden. Dit doet Jeanine door het delen van de foto's zonder hiervoor toestemming te vragen: ze plaatst de foto's op haar eigen website. Het duurt niet lang of Jeanine gooit het bijltje erbij neer.

In april 2010 huurt restaurantketen Praq het restaurant Chalet Suisse van Jeanine en koopt het complete meubilair. De inrichting zal geen grote wijzigingen ondergaan; wel wordt er een pizzaoven gebouwd.

Op een mooie zomerdag wandel ik langs de Kralingse Plas en denk terug aan mijn 65e verjaardag, toen ik hier een barbecue voor mijn kinderen en kleinkinderen had georganiseerd. Al mijmerend wandel ik verder en stop bij Taste. Ondanks het prachtige weer is het terras slechts matig bezet. De achtergrondmuziek past goed bij de sfeer, vind ik, een zangeres met een geweldige, licht hese bluesy stem probeert de wandelende en fietsende passanten te verleiden om wat te komen drinken. Ik laat mijn ogen over het terras dwalen en zie het echtpaar Van Vliet daar ook zitten, omringd door een gezelschap dat duidelijk tot hun intimi behoort. Naast deze clan zitten er nog zeven mensen op het terras, mijzelf meegerekend.

Na twee glaasjes Four Roses bestel ik een portie bitterballen. Na vijftien minuten, onderwijl heb ik opnieuw een drankje besteld dat wel redelijk snel werd uitgeserveerd, is de portie bitterballen er nog steeds niet. Ik roep een ober en die verontschuldigt zich, maar nog altijd geen bitterballen. Ik krijg gratis een bittere smaak in mijn mond als ik zie dat er schalen vol bittergarnituur rondgaan bij de tafels van de Van Vliets. Als ik de rekening vraag, komt er een excuus. Maar een verontschuldiging is zo goedkoop, die krijg je alleen in navenante restaurants.

Weemoedig en gedesillusioneerd wandel ik naar huis.

Van portier bij Villa Parkzicht tot een berucht crimineel

Niet ver van Chalet Suisse staat in de jaren tachtig de statige Villa Parkzicht ㊸. Hier gaan we in die jaren dansen op de new wave en punk die daar worden gedraaid. In de jaren negentig krijgt de villa vooral naamsbekendheid door de wilde feesten voor liefhebbers van gabberhouse. Onder andere de harde kern van Feyenoord is daar kind aan huis. Na twee schietpartijen in 1996, waarbij een portier een Marokkaanse bezoeker doodschiet, worden de deuren op last van burgemeester Bram Peper twee jaar gesloten.

Maar terug naar eind jaren tachtig. Dan staat Adrianus Haverkamp, roepnaam Adje, geboren in 1972, daar aan de deur. Een jongen die jarenlang met zijn ouders en broertje met de kermis heeft rondgereisd en die wegens joyriding zes maanden gevangenisstraf heeft uitgezeten. Na zijn ontslag wordt hij op zijn achttiende verdacht van een bankoverval. Hiervoor zit hij zes weken in voorarrest, maar hij wordt door de rechter vrijgesproken.

Adje handelt aan de deur bij Parkzicht in xtc-pillen en zal later uitgroeien tot een grote crimineel. In die jaren rijdt hij al in dure auto's en zoekt contact met Klaas Bruinsma, die hij ontmoet in een gokhal op het Damrak in Amsterdam. Ad heeft al snel in de gaten dat hun karakters botsen: beiden zijn dominant en hij ziet af van samenwerking.

In 1996 wordt Haverkamp tot acht jaar gevangenisstraf veroordeeld omdat hij een wapenhandelaar van wie hij nog geld te goed heeft, zou hebben ontvoerd in de kofferbak van diens eigen auto.

Vanaf 1999 is Haverkamp regelmatig in Colombia, hij heeft daar vrienden en gaat er regelmatig heen om te vissen. Althans dat beweert hij.

Zondag 22 oktober 2000 is geen geluksdag voor Haverkamp. Hij heeft veel gedronken en provoceert en bedreigt de portiers van dancing Bruin de Beer aan de Vossekotstraat in Sint-Niklaas. Haverkamp heeft een niet-doorgeladen pistool achter zijn broekriem gestoken en trekt het wapen, laadt het door, schiet in de lucht en vergeet het hendeltje op 'veilig' te zetten, waardoor de trekker en/of de slagpin mechanisch wordt geblokkeerd. Daarna loopt hij verder naar Bell's Café op de Heidebaan. Op de parking vuurt hij meerdere keren in de lucht en de mannen aan de deur willen hem oppakken, maar Haverkamps vriend komt daarop met zijn auto aanscheuren om de Nederlander te ontzetten. Die stopt zijn pistool terug achter zijn broekriem, springt in de auto, maar tijdens de sprong haalt Haverkamp, die stomdronken is, per ongeluk de trekker over. De kogel gaat door de lies, doorboort de balzak en gaat door zijn been weer naar buiten. De portiers van de dancing vinden het nu welletjes en overmeesteren de Nederlander. Hierbij gaat een tweede schot af, waarvan de kogel hem in het onderbeen treft, en Haverkamp verkeert aanvankelijk in levensgevaar. Het slachtoffer beweert later dat het heel anders is gegaan, maar dat hij de film van die nacht niet helemaal kan terugdraaien. Hij zegt een hartstilstand te hebben gehad van vijftien minuten, gereanimeerd is en vier dagen in coma heeft gelegen.

In 2003 veroordeelt de Strafrechtbank in het Belgische Dendermonde Ad Haverkamp, die in Nederland gevangenzit, tot 6 jaar effectieve celstraf. Hij wordt door hen gezien als de spilfiguur in een internationaal drugsnetwerk. Zijn 39-jarige Nederlandse kompaan Marck van K. krijgt 40 maanden. Een derde betrokkene, de 39-jarige Stephan V. uit Sint-Niklaas, krijgt 18 maanden. Stephan koopt zijn cocaïne voor eigen gebruik in een café in Hoensbroek van een zekere Nonkel, maar helpt Haverkamp van november 2001 tot begin 2003 ook bij de internationale drugshandel tussen Nederland en Spanje.

In 2003 zit Haverkamp in gevangenis Bankenbosch in Veenhuizen. Wanneer hij terugkomt van weekendverlof vraagt hij of hij het volgende weekendverlof eerder op mag nemen omdat zijn vriendin, die een tumor in haar hersenen heeft, geopereerd moet worden en hij daar graag bij wil zijn. Dit wordt geweigerd en daar wordt Haverkamp woedend over. Samen met een medegedetineerde weet hij te vluchten, door het gaas van een omheining door te knippen. Een ingeseinde vriend van hem staat met een vluchtauto klaar. De hersenoperatie van zijn vriendin slaagt. Haverkamp gaat echter niet terug naar de gevangenis, maar duikt onder bij zijn moeder in Dordrecht. Na enkele dagen meldt hij zichzelf aan bij de politie, omdat hij zijn bange en zenuwachtige moeder van haar zorg wil ontlasten.

Op 22 augustus 2005 scheurt Haverkamp in een zwarte BMW vanuit Nederland naar de luchthaven van Zaventem. Hij heeft haast, want hij moet het vliegtuig naar Portugal halen. De politie doet een poging om hem te achtervolgen, maar Haverkamp is te snel. Op de Ringweg zet hij een blauw zwaailicht op hun auto en met het knipperen van zijn lichten waarschuwt Haverkamp het verkeer, zodat hij wat sneller door kan rijden. Dat vindt de Belgische Rijkswacht niet zo'n goed idee en hij wordt aangehouden, samen met zijn passagier Ludwig P., een lid van de beruchte Juliet-bende.

In 2006 wordt Haverkamp in België bij verstek veroordeeld tot zes jaar voor betrokkenheid bij xtc-smokkel. Zolang hij zich niet bij onze zuiderburen laat zien, is er niet veel aan de hand. Maar hij staat wel internationaal geregistreerd.

In begin 2007 wordt Haverkamp in Frankrijk opgepakt en door de rechtbank van Marseille in juli 2007 veroordeeld tot 8 jaar cel voor het feit dat hij de contactpersoon is geweest tussen Colombiaanse kartels, de French Connection en de Italiaanse familie Ruimi, die banden heeft met de Napolitaanse Camorra. In totaal staan er 38 verdachten terecht; onder hen 2 leiders van de nieuwe French Connection en een 54-jarige kompaan van Haverkamp, de Serviër Dragomir Ivkovic, die eveneens wordt veroordeeld. Haverkamp en Ivkovic hebben elkaar in de gevangenis in Antwerpen leren kennen.

Haverkamp komt terecht in de gevangenis van Bapaume, een plaatsje in de regio Pas-de-Calais, niet zo ver van de Belgische grens. Zijn cel ziet eruit als een zwijnenstal, waar ratten en kakkerlakken vrij spel hebben. Gelukkig krijgt hij een cel voor zich alleen, want om een cel te delen met een junk, moordenaar of verkrachter, is een strafverzwaring die hem bespaard blijft.

'Iets te veel naar Miami Vice gekeken zeker?' vroeg een Belgische rechter in 2006 aan Adje. Ik denk dat die edelachtbare gelijk had.

Een traumatische inval

Graag dwaal ik door het Nieuwe Westen en meestal beëindig ik zo'n dwaaltocht op een terrasje in Delfshaven, een van de laatst overgebleven stukjes 'oud' Rotterdam. Hier kun je heerlijk eten in een authentiek pandje, met uitzicht op andere historische huizen, de ouderwetse ophaalbrug en de platbodems die daar liggen. Soms ga ik op een bank bij de molen zitten en denk aan al die vrachtschepen die eeuwenlang specerijen uit het Oosten hier hebben gebracht. Dan sluit ik weleens mijn ogen en kan de pittige aromatisch geuren bijna zien en ruiken.

Wanneer ik over de Voorhaven terugloop, denk ik terug aan de avond van vrijdag 10 februari 2012 en realiseer me dat hier bijna altijd een vredige rust heerst. Maar niet op die koude avond. Het vriest tien graden en het is echt weer om thuis te zitten bij de open haard of in het gezellige café van Jos Gommers ㊹ op de Voorhaven, achter een hartversterkertje, terwijl je gezelligheid bij elkaar zoekt.

Er heerst die avond een roezige, vrolijke sfeer bij de twintig gasten. Een paar mannen aan de bar discussiëren over het onzinnige beleid van de KNVB, die vanwege de vorst een streep heeft gezet door de wedstrijd FC Eindhoven-Sparta.

Ik zit gezellig te kletsen met Tommie.

Plotseling wordt de deur opengegooid en meer dan tien agenten in ME-uitrusting, gewapend met knuppels en schilden, vallen op een barbaarse manier het café binnen onder luid geschreeuw: 'Politie!' Een overbodige mededeling, want welke andere groepering zal op zo'n manier de rust en gezelligheid van het café verstoren?

'Ik schrik me de pleuris,' zegt Tommie en ruw wordt iedereen naar buiten geduwd.

Bibberend van de bijtende kou en de plotselinge emotie worden we tegen de muur gezet. Een aanwezige hartpatiënt met pacemaker laat, overweldigd door angst, met trillende handen zijn medische kaart zien. Een 50-jarige vrouw, net ontslagen uit het ziekenhuis, met een open wond aan haar been en die op krukken loopt, kan nauwelijks staan en van angst geen woord uitbrengen. Ze kwam enkel een kopje koffie bij Jos drinken. Enkele ouderen hebben een flashback naar hun jeugd en verwachten het bevel: '*Dreh dich um, das Gesicht gegen die Wand!*' Ze herinneren zich dat dit meestal werd gevolgd door een nekschot.

Jos, die niet op zijn mondje is gevallen en liever als een held wil sterven dan zijn bezoekers zo schofterig te laten behandelen, wil om legitimatiebewijzen vragen. Niet onverstandig, want het kunnen wel neonazi's zijn die een nieuwe Gestapo hebben opgericht. De manier van handelen van zij die zich als politie voordoen lijkt erop. Maar driemaal wordt Jos bevolen zijn mond te houden; het Duitse synoniem voor '*Maul halten!*'

Ik sta naast een architect, een uiterst beschaafde heer op leeftijd.

'De politie is je vriend,' mompel ik tegen de pensionado, die ondanks de situatie glimlacht en me over de glazen van zijn gouden brilletje aankijkt. 'Het zijn nitwits' zegt hij terug. 'Moet je nou toch eens zien. Ieder voor zich denkt blijkbaar dat hij Bruce Willis is die in *Die Hard* meespeelt. Het is pure frustratie omdat ze thuis van moeder de vrouw pantoffelheld moeten spelen.'

Achteraf bezien heeft de politie niet alleen een gezellige avond verknald en de bezoekers een trauma bezorgd, maar Jos Gommers ook opgezadeld met een aanzienlijke financiële schade en verlies aan goodwill. Vele bezoekers van die avond hebben nooit meer de gezelligheid van Gommers' café gezocht.

Aan de basis van dit onnodige, brute geweld ligt een besluit van een paar jaar eerder. Op 17 januari 2009 besluit burgemeester Ahmed Aboutaleb om weer regelmatig preventieve fouilleeracties te houden in de deelgemeente Delfshaven. 'Het is niet voor niets een risicogebied in Rotterdam,' zegt hij. Wie hem dat ingefluisterd heeft is onbekend, want de dan kersverse burgemeester benadrukt dit tijdens een kort exclusief interview met Wouter Engler van *De Researcher*. Dit gebeurt vlak voordat hij zijn speciale toespraak houdt voor de burgers van Rotterdam-Noord in Diergaarde Blijdorp.

'Ivo Opstelten heeft een goede start gemaakt, maar ik wil toch op sommige punten een ander soort veiligheidsbeleid. We zullen straks wel zien hoe dat allemaal precies vorm gaat krijgen, want ik loop nog maar twee weken rond in Rotterdam. Ik ben nu in elk geval in overleg met verschillende mensen die met veiligheid van doen hebben. Delfshaven wil ik zeker keihard gaan aanpakken, want dat besluit heb ik van de week nog genomen. Regelmatige preventieve fouilleeracties zullen zeker noodzakelijk zijn. Want het is niet voor niets een risicogebied in Rotterdam. We hebben daarnaast ook te maken met een aantal onwenselijke erupties naar aanleiding van het geweld in het Midden-Oosten. Maar daar moeten we op passende wijze ook mee leren omgaan.'

Dat de burgemeester de beweerde overlast in Delfshaven associeert met de problemen in het Midden-Oosten, dat geeft te denken.

20

Spangen

Hennepteelt in Spangen

In Spangen loopt de corpulente officier van justitie de smalle, kale trap op naar boven. Op de gang van de eerste etage rolt een bal, die hij per ongeluk wegschopt. Een pop met maar één arm staart hem met heldere, lichtblauwe ogen aan, vanaf een schoenendoos die op een kast staat. Alles straalt hier armoede uit. Zwaar ademend volgt hij Hans, een ervaren lid van het hennepteam van de politie, die een volgende trap opgaat. Hij schrikt van het piepende geluid wanneer Hans op een rubberen poppetje stapt dat op de trap ligt.

De tussenwoning in de Toussaintstraat is krap en het trappenhuis evenzo. Zonder veel aan te raken klimt het duo naar de tweede etage, voorzichtig, want eventuele sporen willen ze niet door achteloosheid onbruikbaar maken. De zware, penetrante lucht en de warmte geven duidelijk aan dat hier hennep verbouwd wordt – vermoedelijk achter het plastic gordijn dat de ruimte van de tweede etage afschermt.

Hans schuift in het midden de dikke lagen plastic uit elkaar en daarachter ligt, op een oppervlakte van zo'n twintig vierkante meter, een vakkundig opgezette hennepkwekerij. De stervormige hennepplanten met de fraaie, smalle bladeren staan er gezond bij.

'Het doet me aan de jungle denken,' zegt de officier, die tijdens de rit naar Spangen aan Hans heeft verteld dat hij die zomer in Indonesië is geweest. 'De felgroene bladeren en de hoge temperatuur geven echt het sfeertje van Borneo weer.'

'Dan maar even goed opletten dat we geen orang-oetans zien,' grapt Hans. Hij kijkt naar de toppen van de planten, die bijna de warme lampen erboven raken.

De officier wijst naar enkele zakken oude potgrond waarin nog wortelresten zitten.

'Ze hebben hier al eerder geoogst.'

Hans knikt. 'Ja, dat denk ik ook. Jammer dat hier geen lege jerrycans van voedingsstof staan, dat zijn dan de stille getuigen van eerdere oogsten.' Hij maakt enkele foto's voor zijn proces-verbaal, al weet hij dat de technische recherche wel ondersteunend forensisch onderzoek zal doen.

Later, op het bureau, begint Hans aan het proces-verbaal. Terwijl hij bezig is achter de computer denkt hij aan de ellende die hun ontdekking heeft veroorzaakt.

In de huurwoning, waarin de hennepkwekerij is gevestigd, woont een gezin met twee kinderen. De man en vrouw zijn die morgen gearresteerd en een driejarig jongetje en vijfjarig meisje zijn door de politie ondergebracht bij Jeugdzorg.

Hij was erbij toen ze die morgen de woning binnenvielen. Het was erg vroeg en ze troffen een hevig geschrokken moeder aan, die twee kleine kinderen rustig probeerde te houden toen er plotseling zoveel agenten tegelijk de trap op stormden. Met grote ogen en huilend van schrik verscholen de kleintjes zich achter hun moeder.

'Waar is je man?'

'Die is er niet.'

'Waar is hij dan?'

'Dat weet ik niet, maar ik bel hem wel even.'

Volledig overstuur belde ze hem. Met deze overval had ze duidelijk geen rekening gehouden.

'Je zei dat het geen kwaad kon,' mopperde ze tegen haar man, toen die na enkele minuten arriveerde.

'Ach, je kon toch niet rondkomen en wilde wat extra geld. Nou, dat is dan misgegaan,' antwoorde hij flegmatiek. 'Deze mannen vangen een goed loon om arme werkloze sloebers op te pakken, die wat bij willen verdienen.' De man had zich naar Hans en zijn collega's omgedraaid. 'Ik durf te wedden dat jullie vroeger zelf ook weleens een joint hebben gerookt.'

'Ja, maar niet verbouwd,' merkte een van zijn collega's te bijdehand op.

'Helen is net zo erg als stelen,' was de reactie van de man.

Nu Hans erover nadenkt, kan hij niet anders dan erkennen dat de man gelijk had. Hijzelf heeft vroeger ook weleens een joint gerookt en een pilletje geslikt.

Terwijl hij verder tikt, denkt hij aan de misère die de ouders en kinderen nu moeten doormaken. Meestal zit er een criminele organisatie achter een hennepkwekerij. In dit geval is het gewoon een armlastig gezin dat met hulp van die criminelen een hennepkwekerij heeft opgezet om er wat geld aan te verdienen. Wat zulke mensen zich vaak niet realiseren, is dat ze de katvangers zijn als het misloopt, terwijl de criminelen buiten schot blijven.

Ze zijn deze kwekerij op het spoor gekomen door een melding van een familielid dat ruzie heeft met haar zwager, van het bestaan wist en op deze manier wraak nam.

Volgens de officier van Justitie zijn er in Spangen geen of slechts heel weinig kwekerijen, maar Hans gelooft dat niet; hij vermoedt dat de echte Rotterdammers elkaar niet verlinken en solidair zijn met elkaar. Hij heeft op het bureau gehoord dat uitkeringsinstanties, de Belastingdienst, leerplichtambtenaren, bouw- en woningtoezicht en andere gemeentelijke diensten in Spangen actief zijn. Dat er besloten is een taskforce Spangen op te zetten om gezamenlijk op te treden om eventuele hennepkwekerijen op het spoor te komen. Er ligt zelfs een plan om onbemande verkenningsvliegtuigjes, Ravens genaamd, uit te rusten met speciale warmtebeeldcamera's en vast te leggen in welke woningen de temperatuur hoger is dan in andere: een hotspotmeting, die, gecombineerd met informatie over ongebruikelijk elektriciteitsverbruik van de energieleverancier, een indicatie kan geven van plekken waar weleens een hennepkwekerij zou kunnen zijn.

Van een medewerker van Eneco hoort Hans dat het een extreem gevaarlijke situatie was in het huis. Er waren twee kabels om de zekering heen doorgetrokken. Een normale zekering in een stoppenkast is 25 ampère; gaat het mis, dan slaat de stop door. Maar als de kabels buiten de zekering om gaan, heb je alleen de zekeringen op straat en die zijn 160 ampère. Als er boven brand uitbreekt, kun je blussen wat je wilt, maar de kabels blijven vonken, die krijg je niet uit. Gelukkig zie je zo'n situatie als in deze meterkast niet vaak. Brandgevaar is levensgroot aanwezig, want volwassen planten groeien tot aan de warme lampen.

Omdat Hans zich enigszins aangesproken voelt omdat hij vroeger regelmatig met zijn vrienden joints heeft gerookt, wil hij weten hoe dit afloopt en houdt hij de rechtszaak in de gaten. De rechter veroordeelt de man tot een taakstraf van 120 uur en 3 maanden voorwaardelijke celstraf voor een opiumgerelateerd misdrijf.

Nadat ik dit droeve relaas van Hans heb aangehoord, drinken we samen wat in het café De Schouw op de toekomst van de twee kinderen, die aan jeugdzorg zijn toevertrouwd. 'Dat zijn de rotdingen die ik in mijn werk meemaak,' zegt hij wat geëmotioneerd. 'De kinderen zijn in dit soort zaken altijd de dupe.'

Van professionele musici tot grote gok- en seksbazen

Wandelen door Spangen, wereldwijd beroemd onder architecten en stedenbouwkundigen, is voor mij altijd een plezier. Niet omdat de wijk is verworden tot – in sociaaleconomisch opzicht – een van de armste stadswijken van het land. Maar door de allochtonen die er wonen voel ik me een toerist in mijn eigen stad. Toch kom ik er graag want midden in Spangen staat het oudste voetbalstadion van Nederland, het Kasteel van Sparta, dat in 1916 is gebouwd. Ik was erbij toen op 15 november 1970 Sparta tegen Feyenoord speelde en Eddy Treijtel met een hoge uittrap een arme meeuw raakte, die dood op het veld neerviel.

Gezeten op een bankje aan het water van de Delfshavense Schie gaan mijn gedachten naar Henk Smol, die in zijn jeugd op de Spangensekade woont en met zijn bandje speelt in het Wester Volkshuis. Later wordt hij een van de bandleden van de Misterys, die in de jaren zestig regionaal succes hadden. Henk Smol speelt in de band basgitaar en Ger van Driel Vis slaggitaar. Dat duurt maar twee jaar; dan wordt de band opgedoekt.

Henk Smol gaat dan in de Rotterdamse groep Freddy Scott and The Condors spelen. Dat duurt ook maar een jaartje, want Henk krijgt een meningsverschil met Freddy. Daarna is Smol een paar jaar beroepsmuzikant bij Hank Peterson and The Four Strangers. Met die band speelt hij in Frankrijk, Duitsland en Engeland. Mooie tijd is dat. Ook uit die laatste groep vertrekt Smol vanwege een ruzie.

'Niet zo vreemd hoor,' zegt hij zelf. 'Ik was niet zo'n makkelijke kerel. Toen ik een keer niet kwam opdagen bij een optreden, gewoon doordat ik het domweg vergeten was, was het ook met die band afgelopen.'

Smol komt geleidelijk in het gokcircuit terecht. Niet als speler maar als uitbater. In 1971 is het Rotterdamse casino in handen van gitarist Ger van Driel Vis. Hij en zijn muziekvriend, compagnon en latere concurrent Henk Smol zijn rond 1974 de absolute heersers van het Rotterdamse goksyndicaat.

Het is een ruw wereldje, want hun heerschappij gaat gepaard met brandstichting, schietpartijen, intimidaties en mishandeling. Ze beheren jarenlang een tiental goktenten.

Daarnaast heeft Van Driel Vis een flink aandeel in de illegale gokmarkt van Amsterdam, met begin jaren tachtig de Femina, 747 en 't Pleyn. Van de laatste is hij eigenaar, samen met Maup Caransa.

Het financiële reilen en zeilen rond zijn goktenten leaset hij, zodat de boel niet in beslag genomen kan worden. Katvangers nemen tegen een stevige vergoeding de eventuele consequenties van invallen voor hun rekening.

Van Driel Vis is niet alleen een grote jongen in de casino's, maar ook in de stadslotto, waarvoor hij tevens kredieten en leningen met woekerrentes verstrekt. Hij staat hoog op de hitlijst van criminele zakenlieden in Rotterdam.

Vanaf het midden van de jaren zeventig probeert de politie tevergeefs het duo Henk Smol en Ger van Driel Vis ㊺ de pas af te snijden. Vooral uit de manier waarop die laatste handelt, blijkt dat hij bepaald niet van de zwartekousenkerk is. Ruzies worden door middel van brandstichting en schietpartijen beslecht.

Zijn maatje uit de stichting, Henk Smol, is volkomen thuis in de sekswereld. Tot dan toe heeft Van Driel Vis daarmee weinig van doen gehad. Hij heeft zich weleens op de markt van schijnhuwelijken begeven, maar een verzoek van een seksclub om lilliputters te regelen voor een act met honden, gaat zelfs hem te ver.

Henk Smol houdt zich dus voornamelijk bezig met de sekswereld. Daarnaast leidt hij ook de illegale stadslotto, disco Parkzicht en doet daarbij in gokautomaten.

Henk heeft, zoals hij zelf zegt, schijt aan de politie. Op een druilerige herfstdag wordt hij weer eens uitgenodigd op het bureau voor een gesprek, en die conversatie kan niet als 'gezellig' worden gekenschetst. De rechercheur tegenover hem probeert de sfeer wat te verbeteren door, net als de befaamde Sherlock Holmes, een pijp te roken. Hij moet even naar het toilet en laat in zijn naïviteit zijn pijp op de rand van de asbak liggen.

Henk pakt de pijp, laat zijn broek zakken en steekt het mondstuk in de opening waaruit normaal zijn feces een weg naar buiten plegen te zoeken. Vervolgens deponeert hij de pijp weer op de rand van de asbak en kijkt vergenoegd toe hoe de rechercheur even later aan zijn pijp lurkt.

In zijn geboortestad Rotterdam sluit de politie tussen 1978 en 1981 veertig gokhuizen. Maar dit is weinig doeltreffend. De illegale casinomarkt wordt er niet mee teruggedrongen. De straffen zijn veel te laag en de exploitanten dekken zich in met katvangers. Wanneer de politie ergens een club sluit, staat ergens anders al een nieuwe gelegenheid voor opening klaar.

De aandacht van de politie is voornamelijk gericht op overlast gevende gokhuizen in woonwijken. Van Driel Vis leidt hieruit af dat justitie een casino dat geen overlast geeft, wel zal gedogen.

Zijn opvallendste casino is Sportingclub Victoria in het havengebied, met vier roulette-, drie golden ten-, vier blackjack- en twee baccarattafels. Verder staat er een tafel voor het dobbelspel kippetje en zijn er enkele gokautomaten. De Sportingclub, die wordt bestuurd als een min of meer professioneel bedrijf, trekt elke dag vele klanten; al doen de ondemocratische behandeling van het personeel en de emotionele reacties op speelverliezen wel wat afbreuk aan de professionele sfeer. Begin 1986 doopt Van Driel Vis Sportingclub Victoria om tot Mata Hari. Om een legaal aanzien te verwerven draagt deze onderneming sociale premies en belasting af voor het personeel.

Het casino van Van Driel Vis raakt echter omstreden door het grootschalige en openlijke karakter ervan en tegelijk door de lankmoedige houding van het publieke gezag. Journalist Robert van de Roer, die in een kubuswoning bij het horecagebeuren rond de Oude Haven woont, hekelt in zijn analyses niet alleen Van Driel Vis als een van de invloedrijkste criminelen van Nederland, maar klaagt ook de politie en vooral het gemeentebestuur aan omdat zij zo naïef en weinig doortastend optreden.

Begin jaren zeventig besluit burgermeester Wim Thomassen, samen met de Rotterdamse raad, de bordelen op Katendrecht te sluiten. Het plan is dat de Rotterdamse hoeren hun aloude beroep in een soort eroscentrum in het Poortgebouw gaan uitoefenen. Door de protesten van de bewoners rijzen er steeds meer twijfels over het nut van zo'n hoerenreservaat. De hoeren zoeken daarop de geborgenheid van het eigen huis en worden thuiswerksters. De plannen van de gemeentelijke overheden en exploitanten zijn een invitatie aan de georganiseerde misdaad om de uitvoering van het prostitutiebeleid ter hand te nemen. Het gemeentebestuur kiest Van Driel Vis nota bene als zakenpartner voor het op te richten eroscentrum aan de Keileweg.

In 1980 nemen de al jaren gesettelde gokkoningen Ger van Driel Vis en Henk Smol zitting in de Stichting. De eerste verdient in die tijd met zijn gokimperium gemiddeld een ton per week. In de fantasie van de beleidsmakers is het eroscentrum onderwijl verhuisd naar de Keileweg, een afgelegen industriegebied, waar later de tippelzone zou worden gevestigd. De directies van de aldaar gevestigde bedrijven, waaronder Chefaro Nederland B.V., steken daar echter een stokje voor. Gokbaas Smol verweert zich met de woorden: 'Seks is een levensbehoefte en dat geldt niet voor de aspirines en kalmerende middelen die Chefaro produceert. Wanneer die bedrijven zoveel last van ons hebben, nemen ze maar een handje pillen uit eigen keuken.'

De partijen vechten het uit voor de rechter en de bedrijven worden door de Hoge Raad in het gelijk gesteld.

Bram Peper is ondertussen burgemeester geworden en hij zit net als zijn voorgangers met de hoeren in zijn maag. In het geheim zet de gemeente daarom de onderhandelingen met Van Driel Vis voort. Henk Smol heeft dan al afgehaakt. Van Driel Vis en de zijnen ontwerpen een grootschalig eroscentrum waar 750 prostituees de winkels en nachtclubs moeten opluisteren. Aan alles is gedacht. Twee artsen, hoogleraren in wording, nemen de medische verzorging voor hun rekening. Er is zelfs een stalletje gepland waar schuldbewuste bezoekers een bloemetje voor moeder de vrouw kunnen kopen. De miljoenen die nodig zijn om dit project te realiseren, ontbreken echter. Van Driel Vis kan alleen zwart geld op tafel leggen. Dat mag echter niet al te openlijk gebeuren, maar hij weet er wel wat op. Hij speelt de voorlopige koopakte door naar een in het buitenland residerende rentenier, die het geld legaal kan aanleveren. De gebeurtenissen komen daarna in een stroomversnelling. Bouw- en woningtoezicht geeft zonder dralen een bouwvergunning af. Drank- en logementvergunningen vormen evenmin een probleem. Wel waarschuwt de politie wethouder Wim van der Have dat Van Driel Vis een onderwereldfiguur is tegen wie een strafrechtelijk onderzoek loopt.

De toenmalige wethouder reageert, zo lees ik terug in de notities van Jim Postma: 'Ik heb met Van Driel Vis en Henk Smol gesproken, hier op mijn kamer. De gemeente doet niet echt zaken met de onderwereld. Maar in de sekswereld kom je niet bij dominees terecht'.

Topambtenaar Porrey maakt het nog bonter en zegt: 'Van Driel Vis is betrouwbaar en komt zijn afspraken altijd strikt eerlijk en zakelijk na'.

Bram Peper kan het allemaal niet zoveel schelen. 'Ik weet wel dat Van Driel Vis in het gokwezen zit, maar ik heb daar nooit over doorgevraagd.'

Van Driel Vis wordt op het stadhuis uitgenodigd. In het politiebureau aan de overkant worden ondertussen zijn telefoonlijnen afgetapt. Het bevalt de politie helemaal niet dat de gemeente met hem in zee gaat.

Wanneer politiefunctionarissen op het bureau een bestemmingsplan onder ogen krijgen waarin voor 'een koffiehuis annex hotel voor vrachtwagenchauffeurs' een overlastvergunning wordt aangevraagd, zien ze hun kans schoon. Ze laten het plan uitlekken; 'ter oriëntatie' vraagt de politie hoe de bedrijven over hun nieuwe buurman denken.

Dat leidt tot een flinke rel. Wethouder Henderson zegt op grond van de informatie van de politie de samenwerking met Van Driel Vis op en in 1986 valt men de gokhuizen binnen. Als de politie 26 september 1986 de Rotterdamse club Mata Hari van Ger van Driel Vis binnenvalt, blijkt deze net het vliegtuig naar Brazilië te hebben genomen na getipt te zijn door een brigadier. Een poging om de bedrijfswinst in beslag te nemen, strandt op Zestienhoven. De politie komt net te laat, het geld is de douane gepasseerd en kan niet opnieuw worden ingevoerd. Van Driel Vis verdwijnt uit beeld – met achterlating van een flinke belastingschuld.

21

Blijdorp

Moord op Robin Hood

In december 1983 staat de 37-jarige Roderick Raap ㊻ – roepnaam Roddie en bijnaam Robin Hood – voor de Rotterdamse rechtbank terecht voor een afpersingszaak waarvan onder anderen Henk Smol de dupe is. Samen met de criminele familie Saez ㊱ uit Schiedam worden Roddie ook andere afpersingszaken ten laste gelegd. Hij wordt daarvoor in 1984, in hoger beroep, veroordeeld tot drie jaar gevangenisstraf. Zowel Melfrim Saez, alias Papi, als Roddie ontkent iets met deze afpersingen te maken hebben.

In een latere verklaring zegt Henk Smol dat hij niet is afgeperst, maar wel bedreigd. Na zijn veroordeling vraagt Roddie revisie aan van zijn vonnis, maar zit wel zijn straf uit. Ben van der Wolf, die als getuige à decharge op zal treden tijdens de aangevraagde revisie van het vonnis, wordt eind 1987 op de Nieuwe Binnenweg door een 33-jarige Duitser geliquideerd. Cock Touw, die een nauwe relatie onderhoudt met Roddie en ook wil getuigen, wordt enkele weken later in zijn kantoor op de Mathenesserlaan doodgeschoten door zijn compagnon. De daders van deze moorden krijgen respectievelijk vijf en zeven jaar gevangenis opgelegd.

Op 9 mei 1988 rijdt Roddie in zijn blauwe Mercedes door de Blijdorpse Borgesiusstraat. Hij is een van Rotterdams bekendste en kleurrijkste penozejongens, die vele vijanden, maar ook vele vrienden heeft. De eersten, mannen uit het milieu en in politiekringen, kunnen zijn bloed wel drinken. Die vinden hem een einzelgänger die voor niemand respect of angst heeft. Roddie heeft namelijk altijd beweerd dat er corrupte rechercheurs bij de afdeling Bijzondere Wetten zijn in Rotterdam. Vrienden vertellen over Roddie dat je niet direct kunt zeggen dat het een lieve jongen is, maar in zijn hart is hij goudeerlijk. Wel zit hij vol schelmenstreken, maar dat zat Robin Hood ook.

Op die dag in mei ziet Roddie, in de omgeving van de Borgesiusstraat, een 46-jarige Hagenaar op het trottoir lopen. Die is in gezelschap van zijn vrouw en kind. Roddie kent de man, met wie hij al jarenlang een vete heeft, uit zijn tijd op de Antillen. Wanneer hij uitstapt en op de man toe loopt, trekt die een wapen en schiet Roddie met vier kogels neer. Die valt naast het rechtervoorwiel van zijn wagen. De dader buigt zich over het slachtoffer heen en schreeuwt luidkeels: 'Roep de politie maar, hier heb ik vijftien jaar op gewacht.' Voor de familie van Raap is dit opnieuw een treurige gebeurtenis; een paar jaren eerder werd een broer van Roddie op ongeveer dezelfde manier geliquideerd.

De drie executies in nog geen jaar tijd, op Van der Wolf, Touw en Raap, alle drie bekenden in het drugsmilieu, doen vermoeden dat deze iets met elkaar te maken hebben. Volgens justitie houden de afrekeningen verband met berovingen en oplichting in de wereld van harddrugs, de zogenoemde *rip-offs*.

Viervoudige gruwelmoord op Chinees gezin

Niet alleen in Chinatown tiert de misdaad bij vlagen welig. Opzienbarend is de gruwelijke moordpartij op een Chinees echtpaar met twee kinderen, die plaatsvindt op 11 september 1987. Die dag logeert de Chinees Loi Wah Chung in de woning aan de Rotterdamse Statensingel bij de familie Tang ㊼*. De heer Tang is eigenaar van restaurant Wah Tong in Rotterdam-West. Chung, die als kok in het afhaalrestaurant van de vermoorde Tang heeft gewerkt, verkeert door gokschulden in de financiële problemen.*

Volgens een eerste verklaring laat Chung, wanneer iedereen slaapt, zijn vriend T. het huis binnen. Bij een andere lezing, die Chung op 23 maart 1988 bij de rechter-commissaris aflegt, laat hij die nacht tegen betaling twee andere Chinezen de woning binnen om Tang te beroven. Chung wordt daarbij in de logeerkamer opgesloten en wanneer hij wordt vrijgelaten, ziet hij dat de 34-jarige restauranteigenaar Tang, zijn 32-jarige vrouw, een 5-jarig dochtertje en een baby van 6 weken met messteken om het leven zijn gebracht. De moordenaar heeft zijn volwassen slachtoffers met 52 en 41 steken om het leven gebracht en hij heeft de kinderen de keel doorgesneden.

Op 7 april 1988 spreekt de rechtbank in Rotterdam een 29-jarige verdachte uit Harderwijk vrij van de moord op het Chinese gezin Tang. In de zaak van de tweede verdachte, de even oude Loi Wah Chung uit Almere, doet de rechtbank nog geen uitspraak. De zaak wordt aangehouden omdat de rechtbank nog een getuige ter zitting wil horen. Tegen beide verdachten eist de officier van justitie, mr. G. P. van der Beek, een levenslange gevangenisstraf. De rechtbank is er niet van overtuigd dat de vriend T. in de nacht van 10 op 11 september 1987 inderdaad in Rotterdam is geweest om daar, zoals hem ten laste is gelegd, het Chinese gezin Tang te vermoorden.

Uit verschillende getuigenverklaringen blijkt volgens advocaat Van der Griend dat Tang actief was in de drugswereld, problemen had in Hongkong en dat hij vreesde voor zijn leven. Volgens de overtuiging van de advocaat is er sprake van een afrekening en dat verklaart ook het feit dat zijn cliënt niets wil zeggen. Volgens de raadsman verdient zijn cliënt vrijspraak. T. heeft van meet af aan ontkend betrokken te zijn geweest bij de geruchtmakende viervoudige moord.

Wat betreft de zaak tegen Chung; die heeft bekend bij de moord betrokken te zijn geweest, maar daarvan zes verschillende versies gegeven. De rechtbank meent dat het onderzoek nog niet volledig is. Die wil op 3 mei 1988 een getuige horen die in de nacht van de moord twee mannen uit de woning aan de Statensingel naar buiten heeft zien komen. Volgens de verklaringen van 'de man met de hond' verschillen beide mannen vijftien centimeter in lengte. Bij meting in de rechtszaal blijken de verdachten vrijwel even lang te zijn. Bovendien heeft deze getuige een signalement gegeven dat niet overeenkomt met het uiterlijk van Chung en T. Om die reden besluit de rechtbank op 13 januari 1989 de zaak terug te verwijzen naar de rechter-commissaris voor een nader onderzoek.

Bij de voortgezette behandeling op 6 april blijkt een reconstructie met de bewuste getuige geen nieuw licht op de zaak te hebben geworpen.

Dan doet de rechtbank uitspraak en wordt Loi Wah Chung tot levenslang veroordeeld voor de viervoudige moord. Men twijfelt eraan of Chung inderdaad de dader is, hoewel het erop lijkt dat hij iets met het misdrijf te maken heeft. Deze twijfel wordt gedeeld door de behandelende advocaat-generaal, die de vertegenwoordiger is van het Openbaar Ministerie bij een gerechtshof, zo blijkt uit een notitie inzake een gratieverzoek van Chung uit 1996, aanwezig in het dossier van de advocaat van Chung.

Zijn gratieverzoek uit 2002 is in 2004 afgewezen. Ook al luidt het oordeel van de medisch adviseur, na afloop van dit onderzoek, dat verdere tenuitvoerlegging van de sanctie medisch onverantwoord is, Loi Wah Chung blijft zitten waar hij zit, in een gewone gevangenis met een gewoon regime. Dat betekent in zijn geval het regime voor een ongewenste vreemdeling, zodat hij slechts cursussen Engels en Nederlands mag volgen, talen die hij goed beheerst, en in beginsel uitgesloten is van alle andere opleidingen.

22

Het Nieuwe Westen

Johnny Aarden

Het is een bewolkte, ijskoude dag, die 31e december 1985. 's Nachts wordt er aangebeld bij het huis van Matthijs Kuijpers in Noordwijk. Matthijs komt uit de warme gezelligheid van de kamer en huivert door de koude windvlaag die naar binnen komt wanneer hij de deur opent. Op enkele meters afstand staat een man met een wapen in zijn hand. Er klinkt het geknal van enkele schoten en Matthijs valt zwaargewond neer in de deuropening.

Matthijs overleeft de aanslag en op basis van zijn aanwijzingen over het uiterlijk van de schutter pakt de recherche binnen drie weken de Rotterdammer Johnny Aarden (48) op, alias Mooie Johnny. Het is een Rotterdamse nachtclubeigenaar en voormalig dressman van modekoning en oud-wielrenner Theo Sijthoff. Ook de Delftse vastgoedhandelaar Jos van der Meer wordt opgepakt.

Matthijs Kuijpers is eveneens vastgoedhandelaar, en zakenpartner van Jos van der Meer. Ze hebben onderling een conflict over een stuk grond dat ze samen hebben gekocht, maar door een juridische list zou Kuijpers er met de opbrengst vandoor zijn gegaan. De daaropvolgende ruzie loopt zo uit de hand dat volgens Kuijpers zijn compagnon een huurmoordenaar op hem heeft afgestuurd. Dat moet Johnny Aarden zijn en politie en justitie geloven Kuijpers, die Van der Meer als de opdrachtgever voor de moordaanslag aanwijst. Er is namelijk een getapt telefoongesprek tussen Johnny en Mieke, de vrouw van Van der Meer. 'Ja, hij is dood!' zegt Aarden in dat telefoongesprek tegen Mieke. Maar ja, dat kan ook over een hond van de buren gaan of over een konijn dat ze op nieuwjaarsdag willen eten.

Aarden en Van der Meer zijn bekenden van elkaar en hebben financiele connecties. Precies een week voor de aanslag koopt de ondernemer voor twee ton de flat van Aarden. Dit op zichzelf is al vreemd, want Van der Meer verkeert op dat moment in surseance van betaling.

Van der Meer is hypernerveus als hij ervan wordt verdacht iets met de moordaanslag te maken te hebben, zo blijkt uit afgeluisterde telefoongesprekken van zijn vrouw Mieke. Tijdens het verhoor van Van der Meer vertelt hij de rechercheurs dat hij met Aarden wel over de kwestie Kuijpers heeft gesproken en dat Aarden hem toen heeft aangeboden de zaak op te lossen. Maar hij zou dit hebben afgewezen omdat hij er geen goed gevoel bij had. 'Ik wilde de zaak op een juridische manier oplossen,' beweert hij tegen Aarden te hebben gezegd. Hij is overigens niet te beroerd om Aarden te verlinken, want hij vertelt de politie dat Johnny Aarden een wapen heeft.

'Hij liegt!' briest Aarden woedend, wanneer de recherche hem met die uitspraak confronteert. 'De klootzak probeert zijn eigen paadje schoon te vegen.'

Behalve de beschuldigingen over en weer heeft justitie geen enkel bewijs dat Aarden, die bovendien een alibi heeft voor het tijdstip van de moord, de dader is. Aarden heeft op oudejaarsavond een kroegentocht gehouden en veel mensen hebben hem gezien. Het gevolg is dat Aarden door de rechtbank wordt vrijgesproken, en ook de vastgoedmakelaar niet wordt vervolgd. Twintig jaar na dato is Van der Meer dat akkefietje nog steeds niet vergeten. Wanneer iemand erover begint, briest hij: 'Die Matthijs Kuijpers is een gigantische oplichter. Die mag blij zijn dat Johnny Aarden is verongelukt, anders zou hij er nog een keertje echt aan gaan.'

Dan komen de eerste vingerwijzingen dat Van der Meer banden heeft met spelers in het criminele milieu. Er gaan geruchten dat hij belangen heeft in drugsleveranties. Zeker is dat hij in Den Haag en Delft panden bezit waarin coffeeshops zijn gevestigd. Hij ontkent dat laatste niet, maar beweert nooit iets met drugs te maken hebben gehad.

'Ik heb op een gegeven moment de hele Kromstraat in handen. Ik heb alleen de stenen. Dat er in sommige van die pandjes wel eens een stickie wordt gerookt, wat is daar mis mee?'

Van der Meer verdient naar eigen zeggen ontzettend veel geld met de handel in onroerend goed. Begin jaren negentig ontdekt hij een nieuwe goudader: luxe bordelen. Hij koopt de Rotterdamse club

Mayfair op de Mathenesserlaan en vanaf dat moment wordt het geven van gelegenheid tot betaalde seks zijn corebusiness. Hij wil van de panden af en wil die verkopen aan de huurders. Daarmee komt hij van een koude kermis thuis. 'Het zijn allemaal van die foute types met gouden kettingen, die nog geen twee maanden huur vooruit konden betalen. Gekken met tattoos en pooiers die hun wijf te huur aanbieden.' Van de weeromstuit besluit hij van sommige bordelen zelf de exploitatie ter hand te nemen. Van der Meer is een keiharde zakenman met goede advocaten.

De legalisering van de prostitutie, eind 2000, gecombineerd met de immer vloeiende geldstroom vanuit de seksbranche, brengt hem op het idee om zijn bezit te vervreemden. Van der Meer wil naar de beurs.

Dat gaat uiteindelijk niet door omdat hij weigert zijn business te legaliseren. Hij roomt de omzet af, betaalt de mensen zwart en betaalt nooit belasting. Dat er in de bedrijfsvoering in de seksindustrie af en toe een oogje wordt dichtgeknepen, blijkt wel als de gemeente Rotterdam bij de prostitutielegalisering in 2000 vergunningen verleent aan de lokale sekstenten. Drie gerenommeerde relaxhuizen vallen buiten de prijzen: de Mayfair, de Ritz en de Butterfly, alle drie van Van der Meer. Tezelfdertijd probeert 'de Wijk Ontwikkelings Maatschappij', waarin de gemeente Rotterdam voor 49 procent aandeelhouder is, om Van der Meer uit te kopen. Die vermoedt een verband tussen de sluiting van zijn tenten en de uitkoopactie en meent dat de gemeente op die manier de prijs van zijn panden wil drukken. De aanleiding voor de weigering is dat er in deze ondernemingen verschillende keren illegale dames zijn aangetroffen. Als we de regels niet nauwgezet handhaven, stelt een ambtenaar, steekt de vrouwenhandel de kop op.

Brandschoon kan een ondernemer in de seksindustrie niet zijn. Illegaliteit, drugs en criminaliteit zijn onlosmakelijk verbonden met de betaalde liefde. Van der Meer heeft ook een keer bemiddeld in een kwestie van de crimineel Marco Eijk. Dat gebeurde toen Bertus Lüske een dodelijke bedreiging tegen Eijk uitte. De kwestie ging over geld, waar Lüske zei recht op te hebben.

In 2007 voert het *NRC Handelsblad* een Delfts raadslid op dat een link legt tussen de aanslag op Jerry Rigters en Jos van der Meer. De laatste zou van de seks in de drugs zijn gegleden, en de bordeelhouder zou banden onderhouden met meerdere van de betrokken kopstukken uit de Delftse onderwereld.

Piet Pronk, een crimineel uit Delft, staat jarenlang als portier aan de deur van de nachtclubs van Jos van der Meer – tot ze ruzie krijgen om geld. Kort na middernacht op 17 mei 2007 ontploft op de parkeerplaats van het Campanila-hotel de Rolls-Royce Corniche van Jos van der Meer, die daar tijdelijk huist. De cabrio wordt opgeblazen met een lawinepijl. Het is niet de eerste keer dat vijanden het op de dan 55-jarige bordeelhouder en vastgoedmagnaat hebben gemunt; een paar weken ervoor explodeert zijn Mercedes ML. Ook zijn zoon Max is de dupe als op 20 juni zijn Mercedes SL500 met een handgranaat tot ontploffing wordt gebracht.

Op 8 januari 2008 ontploft op de A13 een bom onder een zwarte Peugeot 206, ter hoogte van Delft, vlak bij het Campanile-hotel. Achter het stuur zit Jerry Rigters, een bekende bodybuilder en crimineel met een slechte reputatie: hij zou drugs rippen van concurrerende handelaren. Rigters overleeft de aanslag, de zoveelste op zijn leven. Er lijkt een link te bestaan tussen deze oorlog in de Delftse onderwereld, waarbij criminelen met kleurrijke namen als Koos Drevijn, Friedrich Friebel en Piet en Karel Pronk, een rol spelen, en de nieuwjaarsviering. Ook daarbij zijn meerdere dodelijke slachtoffers gevallen en af en toe vliegt er een auto de lucht in.

We kunnen wel bezwaar hebben tegen dit vuurwerk, maar aan dit criminele vuurwerk is geen enkel plezier te beleven. Daarbij vallen enkel dodelijke slachtoffers.

Karim en Karima

Op de 's-Gravendijkwal, de belangrijke doorgaande weg ten westen van Rotterdam, blijf ik staan voor het huis waar het jonge Marokkaanse stel, de 33-jarige Karim Bouhmala en zijn mooie 25-jarige vriendin Sabah el Fadili ㊾, woonde.

Op zaterdag 24 juni 2006 wordt het liefdespaar rond het middaguur hier in Karims woning koelbloedig doodgeschoten. Dat blijkt uit forensisch onderzoek, want niemand heeft die dag de schoten gehoord. Pas op 3 juli vinden ze Karim en Sabah levenloos in de woonkamer.

De familieleden van de twee zijn dan al een tijdje naar hen op zoek en ze begrijpen er niets van. Goed, het paar is weleens moeilijk te bereiken, ze zijn dan onderweg, maar altijd kunnen ze wel telefonisch contact met hen krijgen. Zoals in bijna alle Marokkaanse families is hun band erg sterk. Een goede week na hun dood slaat de familie alarm en de politie gaat op onderzoek uit.

Karim, die al enkele jaren illegaal in ons land verblijft, is van het rechte pad af geraakt. Hij maakt deel uit van een wijdverspreid netwerk dat harddrugs smokkelt naar Zuid-Europa, onder meer naar Portugal. De laatste zes maanden voor zijn dood groeit de rol van Karim in de drugswereld. Hij gebruikt verschillende achternamen voor zichzelf, waaronder Badouche en Boudil.

De dag van de moord is Sabah rond elf uur in de morgen nog inkopen wezen doen in de supermarkt en dat is het laatste levensteken van haar. Waarschijnlijk wilde Karim, als voetballiefhebber, die avond kijken naar de WK-wedstrijden Duitsland-Zweden en Argentinië-Mexico.

De politie, die van de smokkelacties naar Portugal op de hoogte is, heeft al verschillende verdachten van deze criminele organisatie opgepakt. Vrienden vertellen dat Karim in de periode voor zijn dood erg angstig was. De Marokkaan vertrouwde niemand en er zou een grote hoeveelheid harddrugs in zijn woning liggen. Sabah, die misschien in het begin onwetend was van zijn activiteiten in het criminele milieu, moet op zijn minst intuïtief de bezorgdheid van Karim hebben gevoeld en zijn angst hebben gedeeld. Drugs heeft de politie in de woning niet gevonden en het is goed mogelijk dat het een *ripdeal* was en dat de moordenaars er met de hele handel vandoor zijn gegaan. Ook Karims auto, huissleutels en 'Audemars Piquet'-horloge zijn door de daders meegenomen.

De auto, een blauwe Volkswagen Golf, wordt twaalf uur na de moord door een bewakingscamera bij grensovergang Hazeldonk (naar België) gefilmd. Achter de gestolen auto van Karim rijdt een rode Toyota Carina en de inzittenden van die auto zouden ook met het misdrijf te maken kunnen hebben. De blauwe Golf wordt een aantal dagen later gevonden aan de Lange Winkelstraat in Antwerpen, en uit de datum op de parkeerkaartjes die in de wagen liggen is op te maken dat de wagen daar al stond sinds de dag na de dubbele moord.

De politie heeft gezocht naar mensen die de maandag rond half acht 's avonds bij 't Hoff-monument stonden en naar dit huis van Karim en Sabah hebben gekeken, bij de ontdekking van de lichamen. Tussen die toeschouwers stonden waarschijnlijk ook enkele nieuwsgierige verdachten, maar de politie heeft de daders niet kunnen vinden.

Door de naam Karim gaan mijn gedachten bijna als vanzelf naar het meisje Karima. Zij woonde hier ook in de buurt en kwam door eerwraak om het leven. Karima was een meisje van zestien jaar, mooi, aardig en een beetje verlegen. Ze was nog niet zo lang geleden vanuit Sidi Maaruf, een buitenwijk van de hoofdstad Casablanca, naar Rotterdam gekomen. In Marokko ging ze naar school. Ze respecteerde de Koran en de Profeet Mohammed, maar had moeite met de orthodox-islamitische opvattingen van haar vader en twee broers. Niet dat ze dat thuis kenbaar maakte, daarvoor had ze genoeg respect voor haar vader.

Maar op school, het Lycée Med V op de Boulevard Victor Hugo, wist ze haar mondje te roeren tijdens de discussies met haar studiegenoten. Karima vond dat ze moest kunnen zeggen wat ze wilde zonder de Koran geweld aan te doen. Ze had de opvatting dat haar religie zich moest ontdoen van dwang en onderdrukking en dat in Marokko mannen en vrouwen dezelfde rechten moesten hebben. Haar opvattingen hadden bij enkele jongens in haar klas kwaad bloed gezet. Op een middag werd ze door Mhamed, een oudere broer van haar klasgenoot Aziz, die in Nederland woonde en in Marokko op bezoek was, een leeg kamertje in getrokken. Hij overweldigde en verkrachtte haar, terwijl Karima schreeuwde en huilde. Enkele minuten nadat Mhamed het kamertje had verlaten en de deur achter haar op slot had gedraaid, werd ze door een van de docenten van de school bevrijd. Overstuur en huilend werd Karima naar de rector gebracht, die haar ervan overtuigde dat ze het er het beste aan deed hierover tegenover iedereen te zwijgen. 'Denk aan de schande voor je familie, Karima!'

Thuis ging ze zich in baden in erg warm water. Dat deed ze fanatiek, omdat ze de viezigheid van haar af wilde boenen.

Toen ze aan tafel zat probeerde ze steeds opnieuw de brok in haar keel weg te slikken. Eten kon ze bijna niet. Haar hart bonkte in haar borst en ze zag hoe haar vader steeds opnieuw haar kant op keek.

'Ik heb het van de rector gehoord,' zei hij plotseling en de teleurstelling liet zijn stem trillen. 'Dochter, die die naam niet mag dragen, je hebt onze familie ten schande gemaakt.' Karima keek weg, want niemand zou geloven wat voor gruwelijks er met haar was gebeurd.

'Kijk me aan als ik tegen je praat, Karima!' schreeuwde haar vader. Ze keek hem aan en de tranen stroomden over haar wangen. Karima's beide broers draaiden hun gezicht vol schaamte van haar af. 'Karima, waar heb ik dit aan te danken? Jij hoort je maagdelijkheid te bewaken en niet weg te geven,' zei vader streng.

Karima stond op en stootte driftig haar stoel om. 'Ik heb niets gedaan. Ik ben verkracht, papa, Allah is mijn getuige.' Haar vader vloog hierop overeind en sloeg haar hard in het gezicht. 'Gebruik zijn naam niet oneerbiedig.' Karima draaide zich om, rende naar haar kamer en deed de deur op slot. Ze depte haar bloedende neus bij de kraan en liet zich daarna huilend op bed vallen.

Enkele maanden na het gebeurde woonde Karima in Rotterdam. Ze werd door haar vader verplicht te trouwen met Mhamed en al voordat ze naar Nederland vertrok merkte ze dat ze zwanger was.

Nadat ze enig plezier had beleefd aan het herinrichten van het huis waarin Mhamed woonde, nam hij haar haar vrijheid af. Ze mocht nu niet meer alleen naar buiten en ze had elke dag gezeur aan haar hoofd dat ze dit en dat niet mocht doen of zeggen. Tijdens een van die gesprekken pakte hij een groot mes. 'Je houdt nu je mond, anders steek ik dit mes in je buik.'

Karima zweeg, want ze was doodsbang voor hem. De volgende dag sloeg hij haar met een steelpan op haar hoofd, waarna het bloed van haar voorhoofd droop; dit omdat ze hem een weerwoord had gegeven. Karima begon met de gedachte aan zelfmoord te spelen, of misschien om weg te lopen. Die gedachte drukte ze weg omdat het kindje spoedig geboren zou worden en misschien ging het dan wel beter met Mhamed.

Toen hun dochter eenmaal was geboren, was Karima dolgelukkig. Er was niets beters op de hele wereld dan dit kleine meisje vast te kunnen houden na alle ellende. Maar dat duurde maar even en toen werd het nog veel erger. Haar man belde wel tien keer per dag en stuurde haar ontelbare sms'jes. Hij bedreigde haar als ze niet daar was waar hij wilde en o wee als de kleine Amina niet in de buurt was als hij dat gebood. De uitbarstingen van Mhamed werden zo erg dat hij ook begon te duwen en trekken, zelfs met de kleine in haar armen. Soms rukte hij de kleine Amina uit haar armen en schreeuwde dat het kind daar maar tegen moest kunnen. Hij begon haar te slaan als hij niet op tijd eten kreeg, als ze pap morste bij het voeden van haar kind, als er een knoop ontbrak aan zijn overhemd. De buren hoorden zijn geschreeuw en dreigementen die hij uitte en waarschuwden de politie. Die kwam, maar deed niets omdat Karima niet kon bewijzen dat er geslagen was en ze niets durfde te zeggen, want Mhamed zou haar dan zeker vermoorden.

Eindelijk vond Karima de moed om met de kleine Amina te vluchten naar een blijf-van-mijn-lijfhuis. Ze wist dat het net op tijd was, want ze had het idee dat er maar iets hoefde te gebeuren of Mhamed zou exploderen en haar of Amina iets aandoen. Dat hij en zij niet samen konden leven was overduidelijk. Met hulp van het blijf-van-mijn-lijfhuis werd er geregeld dat Karima met hun dochtertje onder begeleiding bij hem op bezoek kon, zodat ze niet alleen met Mhamed geconfronteerd zou worden. Ze begreep best dat zij het contact tussen hem en zijn dochtertje niet in de weg mocht staan.

Al met al hebben Karima en Amina vier maanden met medeweten van Jeugdzorg in het blijf-van-mijn-lijfhuis gezeten. Karima leerde goed Nederlands tijdens de gesprekken met de andere vrouwen en voerde gesprekken met psychologen om het trauma dat ze had opgelopen te verwerken.

Na die periode bouwde Karima een nieuw leven op. Ze leerde een lieve Rotterdamse man kennen met wie ze uiteindelijk ging samenwonen. De problemen met Mhamed bleven en ze vroeg een scheiding aan. Maar ook na de scheiding bleef haar ex-man haar lastigvallen, achtervolgen en bedreigen. De Marokkaanse ex voelde zich duidelijk aangetast in zijn eer en hij vond dat hij daar iets aan moest doen. Op 16 oktober 2006 reed Mhamed in zijn auto met een doorgeladen Glock op zak. Toen hij Karima zag, stapte hij uit, trok het pistool en schoot haar drie keer in de rug. Nadat zij op de grond was gevallen, schoot hij door haar hals.

Karima stierf in het bijzijn van de toen vijfjarige Amina, wier naam in het Arabisch betekent: 'een dame van vrede en harmonie'.

De politicus die omhoogschoot tot hij werd vermoord

Ik ben speciaal naar het Palazzo di Pietro ⑩ gelopen omdat ik op 17 april 2011 het bedrag bij veilinghuis in Diemen gewoon niet kon betalen. Ik stopte bij 4200 euro, en er werd 25.801 euro betaald voor het beeld van Pim Fortuyn. Een mens moet zich toch kunnen verplaatsen en ik besloot toch voor de tweedehands SsangYong Musso te kiezen.

Vol weemoed sta ik hier op het G.W. Burger-plein en denk aan Pim Fortuyn, de Rotterdamse politicus die door Volkert van der Graaf zo lafhartig werd doodgeschoten.

Pim is van huis uit rooms-katholiek en krijgt bij zijn geboorte op 19 februari 1948 de namen Wilhelmus Simon Petrus mee. Hij wordt geboren in Driehuis, een klein dorpje in de gemeente Velsen. Het ligt tussen Santpoort-Noord en IJmuiden en vlak bij Velserbroek. Zijn vader is vertegenwoordiger in enveloppen en papier. De moeder van Pim is een sterke persoonlijkheid die het gezin van zes kinderen prima begeleidt in hun groei. Door zijn werk en tal van werkzaamheden in het katholieke verenigingsleven is zijn vader veel afwezig.

Op de lagere school heeft Pim het niet zo naar zijn zin. De school wordt geleid door streng religieuze nonnen en die kunnen in zijn verdere leven geen goed meer doen. Pastoor Bik van de parochie Heilige Engelmundus bewondert hij en Pim kan goed met de pastoor opschieten.

Na de lagere school gaat Pim naar het Mendelcollege (hbs) in Haarlem, waar de Paters Augustijnen les geven. Die studietijd ervaart Pim als heel prettig. In die jaren trekt hij veel op met de rector, pater Hutjens, een lange, indrukwekkende man. Pim voelt in geestelijke zin veel overeenkomsten tussen hem en deze pater. Ze hebben dan ook zeer goed contact.

In die tijd wil Pim priester worden, hij ambieert een carrière in de rooms-katholieke kerk. Echter, vanwege het celibaat – hij voelt een sterk seksueel verlangen naar seksegenoten – besluit hij niet naar het seminarie te gaan. Na de hbs-B, Pim is dan 19 jaar, gaat hij sociologie studeren, maar daarnaast volgt hij colleges in scheikunde, rechten, economie en geschiedenis aan de Gemeente Universiteit van Amsterdam.

Vanwege het grote aantal studenten tijdens colleges kiest hij na drie maanden voor de kleinschaliger Vrije Universiteit en volgt daar, naast zijn studie sociologie, ook colleges in bestuurskunde, bedrijfssociologie, sociaaleconomische geschiedenis, economie en staats- en bestuursrecht. In 1971 slaagt hij voor zijn doctoraalexamen sociologie. Hij is actievoerder van de Studentenraad der Vrije Universiteit en leidt de honderduren-bezetting van de Vrije Universiteit in het voorjaar van 1972.

Hierna verhuist hij naar Groningen, waar hij universitair docent marxistische sociologie wordt aan de Rijksuniversiteit Groningen. Hoewel Fortuyn uit sociale overwegingen sympathiseert met de Communistische Partij Nederland, die hem in 1972 het lidmaatschap weigert, wordt hij actief lid van de PvdA.

In 1980 promoveert Fortuyn bij filosoof en historicus prof. dr. Ger Harmsen tot doctor in de sociale wetenschappen, op een proefschrift over de sociaaleconomische politiek in Nederland van 1945 tot 1949. In 1986 wordt Pim aangesteld als parttime-wetenschappelijk medewerker van de SER. Drie jaar later wordt hij directeur van de OV-studentenkaart BV in Groningen. En een goed jaar daarna verhuist Fortuyn naar Rotterdam. Daar is hij van 1990 tot 1995 bijzonder hoogleraar arbeidsvoorwaardenvorming bij de overheid aan de Erasmus Universiteit.

Pim publiceert zijn veelal eigenzinnige politieke standpunten in zijn boeken en columns, onder andere van 1993 tot 2001 in het weekblad *Elsevier.* In 1992 schrijft hij, in navolging van het democratisch manifest van Joan Derk van der Capellen tot den Pol, een boek met dezelfde titel waarin Pim zichzelf bestempelt als de opvolger van deze tegendraadse politicus. Pim schrijft tijdens zijn leven 32 boeken, waaronder het spraakmakende *Tegen de islamisering van onze cultuur*. Dit werk en het verhitte debat dat in het tv-programma *Het Lagerhuis* volgt, vormen de aanleiding voor Marcel van Dam om hem een 'buitengewoon minderwaardig mens' te noemen.

Pim is actief lid van de PvdA tot 1989 en stapt dan over naar de VVD. Hij wordt nationaal bekend als lijsttrekker van Leefbaar Nederland en daarna zijn eigen Lijst Pim Fortuyn in de aanloop naar de Tweede Kamerverkiezingen van 2002.

Pim maakt er geen geheim van dat hij homoseksueel is. Hij is een flamboyante man, die zich manifesteert door opmerkelijke uitspraken en een onconventionele manier van debatteren. Mede door de thema's die hij aansnijdt, weet hij het politieke toneel een halfjaar lang te domineren. Hij krijgt veel media-aandacht en verwerft veel aanhang door het aan de orde stellen van de problematiek rond het vreemdelingenbeleid. Hij is een groot voorstander van het idee van een generaal pardon voor illegale asielzoekers die nog onder de oude vreemdelingenwet vallen. Eerder hadden marginaal opererende politici als Joop Glimmerveen en Hans Janmaat gepleit voor een massale uitzetting van ongewenste buitenlanders.

In de aanloop naar de Tweede Kamerverkiezingen in 2002 maakt Pim Fortuyn deze problematiek tot een van de speerpunten van zijn programma. In een veel ophef veroorzakend interview in *de Volkskrant* in februari 2002 tracht hij zijn standpunt ten opzichte van Janmaat te nuanceren. Gevraagd naar het verschil tussen hem en Janmaat antwoordt Fortuyn: 'Ik zeg: iedereen die hier binnen is, blijft hier binnen. Janmaat ging wel een stapje verder. Die wilde bevorderen dat mensen een enkele reis terug kregen. Dat zult u bij mij niet zien. Wat ik wel zeg, is dat het nu afgelopen moet zijn. En dat we er genoeg hebben. Veertigduizend per jaar, dat is in vier jaar tijd een stad van een omvang van Groningen. Dat moeten mensen zich eens even goed realiseren. En dan veelal: enkele reis onderklasse. Nou dat zie ik niet zo zitten. Daar moeten we maar eens even mee stoppen.'

Tijdens de kabinetsformatie van mei 2002 zou zijn partij, de LPF, het voorstel inbrengen om de groep asielzoekers die langer dan vijf jaar in Nederland verblijft, een generaal pardon te verlenen, echter gecombineerd met een volledige immigratiestop.

Opiniepeilingen geven hierop aan dat Pim een grote verkiezingsoverwinning zal boeken bij de Tweede Kamerverkiezingen in 2002. Alles lijkt erop dat hij premier gaat worden.

Tot maandag 6 mei 2002. Pim Fortuyn verlaat kort na 18.00 uur de studio van Radio 3FM op het Media Park in Hilversum, waar hij kort tevoren interviews namens zijn partij had gegeven. De laatste persoon die hem interviewde was Filemon Wesselink, die op dat moment stage liep bij 3FM. Fortuyn wordt om zes minuten over zes op weg naar zijn auto neergeschoten. Ooggetuigen zijn onder anderen Fortuyns gelegenheids-chauffeur en kandidaat-Tweede Kamerlid Hans Smolders, een woordvoerder van de LPF, en radiopresentatoren Ruud de Wild en Jeroen Kijk in de Vegte. Reanimatie mag niet meer baten; Fortuyn overlijdt, 54 jaar oud, kort na de aanslag.

De dader wordt even later enkele straten verderop, na onder meer door Smolders te zijn achtervolgd, door twee agenten gearresteerd. De aangehouden man wordt door de politie geïdentificeerd als Volkert van der Graaf, een Nederlander van toen 32 jaar, woonachtig in Harderwijk. Hij heeft ten tijde van de moord geen strafblad en is werkzaam voor milieubeschermingsorganisatie Vereniging Milieu-Offensief. Hij houdt zich in die tijd met enig succes bezig met juridische procesvoering tegen milieuovertredingen door boeren en tegen dierenmishandeling. Ook controleert hij vaak eigenhandig of veehouders en boeren de vereiste milieuvergunningen hebben. Als motief voor de moord verklaart Van der Graaf dat hij Pim Fortuyn zag als een gevaar voor de zwakkeren in de maatschappij.

De rechtbank veroordeelt Van der Graaf op 15 april 2003 tot achttien jaar gevangenisstraf. De inbreuk op het democratische proces is niet ernstig genoeg en de kans op herhaling te klein om een levenslange gevangenisstraf te rechtvaardigen, aldus de rechters. Bij dat laatste baseert de rechtbank zich op het psychiatrisch rapport. Feiten die voor de rechtbank wel zwaar wegen zijn de 'brute wijze' waarop de moord werd gepleegd en het feit dat de rechtsorde ernstig was geschokt. Van der Graaf wordt niet alleen veroordeeld voor moord, maar ook voor verboden wapenbezit (van het moordwapen) en voor het bedreigen van Smolders, toen die hem na de aanslag achtervolgde.

Psychiater Antoine de Kom en psycholoog Jack Oudejans van het Pieter Baan Centrum te Utrecht hebben Van der Graaf onderzocht. Zij concluderen het volgende: 'Hij is een intellectueel hoogbegaafde, lichamelijk gezonde man, bij wie sprake is van een obsessieve-compulsieve persoonlijkheidsstoornis. Deze komt tot uiting in perfectionisme dat het voltooien van taken bemoeilijkt, en in overmatige toewijding aan het werk met uitsluiting van ontspannende bezigheden en vriendschappen. Voorts zou zijn persoonlijkheidsstoornis zich uiten doordat hij overdreven gewetensvol zou zijn, scrupuleus en star betreffende zaken van moraliteit, ethiek en normen (niet te verklaren vanuit de culturele achtergrond van zijn milieu) en doordat hij starheid en koppigheid toont. Deze persoonlijkheidsstoornis zou echter niet van aanwijsbare invloed zijn geweest ten tijde van de aan hem ten laste gelegde feiten. Zijn voornemen was ingegeven door zijn verwachting dat het slachtoffer "een groot gevaar" zou vormen voor "de zwakkeren".'

De moord op Pim Fortuyn leidt in Nederland tot geschokte reacties en geweld. Onder meer in Den Haag breken rellen uit, waarbij een auto in de parkeergarage onder het Plein, bij het Binnenhof, in brand werd gestoken. Ook buitenlandse media besteden veel aandacht aan de moord.

De dag na de aanslag besluit het demissionaire kabinet-Kok II dat de nationale verkiezingen op 15 mei moeten doorgaan. De verkiezingscampagne wordt wel een week gestaakt. Mat Herben, woordvoerder van de Lijst Pim Fortuyn en zelf de nummer twee op die kieslijst, kondigt aan dat Pim tot na de verkiezingen de – postume – lijstaanvoerder zal blijven. Dit heeft hoofdzakelijk een praktische reden: de kieslijsten mogen zo vlak voor de verkiezingen niet meer gewijzigd worden. Pas na de verkiezingen zal Herben als fractievoorzitter worden benoemd.

De LPF wordt met 26 zetels de grootste nieuwkomer in de Nederlandse parlementaire geschiedenis en na het CDA de tweede partij van het land. De LPF komt in juli 2002 in het regeringskabinet Balkenende I. De regeringsdeelname is zonder leider Fortuyn minder succesvol.

Na de moord zijn er diverse personen in de Nederlandse lokale of landelijke politiek, die het gedachtegoed van Fortuyn willen voortzetten of gelijksoortige ideeën hebben. Zo wordt het standpunt over artikel 1 van de Nederlandse grondwet, dat Fortuyn wilde afschaffen, in 2006 overgenomen door Geert Wilders. Met de PVV haalt Wilders in november van dat jaar tijdens de Kamerverkiezingen negen zetels. De LPF wordt volledig weggevaagd en in 2007 opgeheven.

Marten Fortuyn, de broer van Pim, treedt na de moord vaak op als vertegenwoordiger van de familie Fortuyn. De familie verkoopt het Palazzo di Pietro aan de Haagse vastgoedmagnaat Chris Thunessen. Deze wil het op zijn beurt alleen doorverkopen als de nieuwe eigenaren niets veranderen aan het woonhuis en de inventaris. De nieuwe eigenaren geven aan van plan te zijn in het huis een assurantie- en adviesbureau te vestigen.

Op 27 juni 2009 wordt de inboedel van Fortuyn geveild bij Veilinghuis Hessinks te Nijmegen. Het schilderij waarop Pim Fortuyn met zijn hondjes Carla en Kenneth staat afgebeeld, wordt voor 41.000 euro verkocht. In totaal is de opbrengst 495.000 euro.

RTL Nieuws meldt op 25 mei 2011 dat op 13 mei de laatste van deze twee hondjes, Kenneth, is overleden; Carla overleed al in 2010. De twee Cavalier King Charles-spaniëls waren sinds de dood van Fortuyn door diens voormalige butler Herman verzorgd. De hondjes zijn gecremeerd en bij het graf van Fortuyn in Italië bijgezet.

In oktober 2013 probeerde Marten Fortuyn het proefverlof te voorkomen van Volkert van der Graaf. Staatssecretaris Fred Teeven van Veiligheid en Justitie besloot uiteindelijk om het proefverlof geen doorgang te verlenen. Vanaf 1 februari 2014, tot en met zijn vrijlating in mei, gaat van der Graaf maandelijks met proefverlof. Nu maar hopen dat hij die wind heeft gezaaid, geen storm zal oogsten.

23

Centraal Station

Overval op het grenswisselkantoor

De nieuwbouw van het Centraal Station is eindelijk klaar. Het moet nu een levendig gebied worden rondom het station, waar wonen, werken en ontspannen 24 uur per dag samengaan. Het grenswisselkantoor in het oude station werd in 1999 opgeschrikt door een brute overvaller.

Want als er één meedogenloze crimineel is, een vent die geen enkele empathie bezit, dan is het wel Eric Jan Quakkelsteijn [51]. Een misdadiger die in Vlaardingen is geboren en berucht wordt door zijn overvallen op grenswisselkantoren. Hij brengt explosieven, zoals zware fragmentatiebommen, tot ontploffing en door het gat dat daardoor ontstaat stapt hij het kantoor binnen; hij blaast zonder pardon de gevels van gebouwen aan gort. Tijdens de paniek rooft hij het geld en met behulp van een semiautomatisch vuurwapen verschaft hij zich een vluchtweg: tijdens zijn aftocht schiet hij hele magazijnen aan scherpe munitie leeg op achtervolgende agenten. Kortom: meedogenloos, professioneel en zeer gewelddadig gaat hij te werk.

Zo overvalt hij in 1997 een grenswisselkantoor in Maastricht, in 1998 een kantoor op station Hoek van Holland Haven, en in 1999 dus een op het Centraal Station van Rotterdam. Bij de overval in Maastricht raken vier mensen gewond door de explosie. Bij de overval in Hoek van Holland vallen negen lichtgewonden en is zijn buit zeer groot. In Rotterdam valt één gewonde tijdens een schotenwisseling met de politie. Eric Jan wordt opgepakt, maar weet in december 2001 via een grote ontluchtingskoker uit het Rotterdamse huis van bewaring De Schie te ontsnappen.

Omdat Quakkelsteijn door het landelijk parket beschouwd wordt als de meest vuurgevaarlijke crimineel van Nederland, worden zijn naam en foto vrijgegeven na zijn ontsnapping. Door de politie wordt bekendgemaakt dat Quakkelsteijn in neofascistische kringen verkeert en speciale interesse heeft voor terrorisme en overlevingstechnieken.

Begin 2002 neemt hij schriftelijk contact op met zijn advocaat en verzoekt deze in beroep te gaan tegen het hem opgelegde vonnis, omdat hij meent onschuldig te zijn.

In april 2002 belandt het dossier van Quakkelsteijn in de middenberm van de snelweg A13 nabij Delft. Tijdens een verkeersongeval heeft motorrijder advocaat-generaal Hans van Atteveld het dossier verloren. Quakkelsteijn wordt in 2003 in hoger beroep veroordeeld tot veertien jaar gevangenisstraf wegens de gewelddadige overvallen.

De nationale recherche doorzoekt in september 2005 een woning van een rechts-extremist in Rotterdam-Zuid, waar Quakkelsteijn zijn vermoedelijke schuiladres heeft. Op zolder treft de politie grondstoffen aan voor het maken van explosieven. De nationale recherche begint daarna een groot onderzoek naar de verblijfplaats van de gewelddadige overvaller.

Quakkelsteijn loopt in mei 2007 echter toevallig tegen de lamp. Omstanders hebben hem aangehouden omdat hij kleding uit een winkel heeft gestolen. Een medewerker van de winkel achtervolgt hem. Quakkelsteijn verzet zich en besput de ogen van de winkelmedewerker vervolgens met traangas. Uiteindelijk wordt hij met hulp van omstanders overmeesterd. De man weigert de politie zijn naam te geven. Na het afnemen van zijn vingerafdrukken blijkt dat het om de gezochte Quakkelsteijn gaat. Hij wordt vervolgens weer aan de Dienst Justitiële Inrichtingen overgedragen voor het verder uitzitten van zijn straf.

Op 22 april 2009 melden sommige de media dat Quakkelsteijn mogelijk van plan is geweest aanslagen te plegen. Justitie maakt dat op uit de grote hoeveelheden grondstoffen, hulpmiddelen voor explosieven, kaarten en beeldmateriaal die in zijn woning aan de Boelstraat in Rotterdam worden aangetroffen. De politie neemt foto's in beslag van Hotel New York, het Botlekgebied en de rechtbank in Rotterdam. Ook de veiligheidsmaatregelen in het centrum van Den Haag tijdens Prinsjesdag komen boven water. Verder zou hij een tiental poederbrieven hebben gestuurd naar de AIVD, Shell, de rechtbank Rotterdam en de fractie van Leefbaar Rotterdam. Ook wordt hij verdacht van afpersing en een valse bommelding. Quakkelsteijn zit een gevangenisstraf van veertien jaar uit in de extra beveiligde gevangenis in Vught voor de gewelddadige overvallen.

In maart 2010 wordt tevens zestien jaar gevangenisstraf geëist voor onder meer het voorbereiden van terroristische aanslagen op doelen in het Botlekgebied en bij de rechtbank in Rotterdam. De rechtbank legt hem uiteindelijk twaalf jaar cel op. Het gerechtshof in Den Haag maakt daar in hoger beroep, in oktober van dat jaar, tien jaar en zes maanden van. Het hof acht, net als de rechter, bewezen dat Quakkelsteijn plannen had voor een reeks ernstige misdrijven, zoals moord, brandstichting en ontploffingen. Daarnaast heeft hij poeder- en kogelbrieven verstuurd.

Het hof haalt één jaar van de straf af omdat de procedure al zo lang duurt, sinds 2007. Verder krijgt Quakkelsteijn een halfjaar korting omdat hij al die tijd in het zwaarste detentieregime van Nederland verblijft, in de Extra Beveiligde Inrichting in Vught. Quakkelsteijn kondigt onmiddellijk aan in cassatie te gaan bij de Hoge Raad.

Slotwoord

Met veel plezier heb ik je rondgeleid in Rotterdam, de plaats delict van heel wat liquidaties, overvallen, bedreigingen en andere misdadige activiteiten. Ik heb geprobeerd je enig inzicht te geven in de duistere krochten van de menselijke geest, kennis te laten maken met hilarische kwajongensstreken, oplichting, uitbuiting en getracht voor de lezer personen met een geschiedenis in de onderwereld te portretteren. Natuurlijk heb ik je nog niet alle verhalen kunnen vertellen over de penozejongens en grotere criminelen die Rotterdam al van oudsher onveilig maken met hun acties. Maar het was al met al een hele tocht, deze sightseeing van de Rotterdamse penoze.

De opmerkingen en vragen die wellicht tijdens deze wandeling naar boven zijn gekomen zal ik proberen te beantwoorden in een tweede boek over de Rotterdamse penoze. Daar ga ik binnenkort aan beginnen. Maar eerst ga ik even een hartversterkertje nemen in een van de gezellige cafés langs de Witte de Withstraat.

Verantwoording

De auteur heeft zich voor dit boek gebaseerd op (openbare) bronnen als kranten, tijdschriften, sites en boeken en heeft – naast de artistieke vrijheid van het script – geprobeerd een zo compleet mogelijk beeld te geven van alle mensen, gebeurtenissen en organisaties die in het boek beschreven worden.

De auteur heeft met name vrijelijk geput uit zijn eigen websites www.crimehistory.nl en www.crimipedia.nl, aangevuld met informatie verkregen door interviews en van sites als Wikipedia, opgelicht.nl en politie.nl en de andere genoemde bronnen.

Ondanks de constante zorg en aandacht die de auteur heeft besteed aan de inhoud, kan hij noch de uitgever noch andere mensen die aan dit boek hebben gewerkt instaan voor de volledigheid en juistheid van het geschrevene. Auteur en uitgever aanvaarden dan ook geen aansprakelijkheid voor enigerlei directe of indirecte schade, van welke aard ook, die voortvloeit uit of in enig opzicht verband houdt met dit boek.

Register van personen

Lees nu ook:

Spionnennest 1914 -1918

Het spionage-spel dat van Rotterdam het grootste internationale spionnencentrum ter wereld zal maken is begonnen... – James Dunn, MI5, oktober 1914.

Het neutrale Nederland groeit na het begin van de Eerste Wereldoorlog snel uit tot een broeinest van internationale intriges. Strategisch gelegen tussen Duitsland en Engeland vormt het een perfecte uitvalsbasis voor Duitse spionage in Groot-Brittannië en Britse spionage in Duitsland en vooral bezet België. Ook veel Nederlanders en Belgische vluchtelingen laten zich in met spionage. Sommigen betalen daarvoor de hoogste prijs. De executie van Mata Hari is dan ook zeker geen incident.

Het is in het Nederland van de jaren 1914 – '18 dat de moderne inlichtingendiensten het licht zien en, met veel vallen en opstaan, bekende spionageclichés ontstaan. Kleurrijke figuren als Richard Tinsley, Hilmar Dierks, Leopold Vieyra, de politie-inspecteurs François van 't Sant & Karel Broekhoff en de onfortuinlijke Willem Roos bevolken deze vergeten geschiedenis. *Spionnennest* lijkt soms fictie, maar het beschrijft een harde werkelijkheid waarin de scheidslijn tussen helden en schurken heel dun is.

Historicus ***Edwin Ruis*** *(1971) schreef ook het uitstekend ontvangen* ***Vechtmissie****, over de dramatisch verlopen inzet van Nederlandse militairen in Albanië in 1913-1914. '(...) leest als een spannend jongensboek.'*

Lees nu ook:

Haagse penoze

Achter de schermen van een gesloten onderwereld gaat een intrigrerende wereld schuil, waar de lezer dankzij dit boek een uniek inkijkje in krijgt.

Haagse Penoze gaat over Nico van Empel die opgroeide tussen de penoze. Met zijn BV Whosa (We Hebben Overal Schijt Aan) verleende hij hand- en spandiensten aan oplichters en moordenaars. Hij groeide op met mannen als kindermoordenaar Koos H., drugsbaron Piet S. en vastgoedbaron Victor 't Hooft. Aan Nico vertelde Koos H. meer dan hij ooit aan anderen deed.
De Haagse Penoze gaat niet alleen over mannen, er komen heel veel vrouwen in voor. Nico van Empel is een vrouwenman. Nico vertelt over 'hoeren en snoeren, oplichting en liquidaties'.

Uit het *Sinis-dossier* blijkt dat in het Haagse tal van liquidaties en gewelddaden plaatsvonden terwijl de daders onder observatie stonden. Dit onderzoek dat ogenschijnlijk gaat over hasjhandel, werd in het geheim gestart na een dubbele liquidatie…

Er lopen daarnaast veel lijnen tussen het Westland en de hoofdstad. Zo deed Amsterdammer Gerrie Bethlehem niet alleen zaken met Klaas Bruinsma, maar ook met Haagse Piet en met Marco Eijk.

Misdaadjournalist ***Hendrik Jan Korterink*** *(1955) schrijft voor onder meer* ***Panorama*** *en* ***Nieuwe Revu****. Korterink schreef verschillende bestsellers en heeft daarnaast een drukbezochte eigen website:* ***www.misdaadjournalist.nl****.*

JUST
PUBLISHERS